IL MIO SOLE CHE RITORNA

Barbara Morgan

Ghostly Whisper

Website: http://www.ghostlywhisper.com

Facebook: https://www.facebook.com/ghostlywhisperltd

Instagram: https://www.instagram.com/ghostlywhisperltd

Twitter: https://twitter.com/GW_BooksEtc

Teen Spirit Whisper

PRIMA PARTE

Raccontami una storia...
una storia dolce,
una storia intensa,
una storia vera,
che commuova l'anima,
che emani calore
ed esulti
di innocente bellezza.
Le fragili storie
che racconto io
me le devo inventare,
me le devo costruire
e poi ricomporre
a frammenti
immaginari e fasulli...
mi costringe
la futile esistenza
e ciò che è sopravvissuto
al rimpianto del passato.
Perciò ti imploro,
raccontami una storia...
raccontami la storia
di noi due
ancora insieme,
ancora ingenui,
ancora inseparabili
e nel trascorrere
e trasformarsi ingannevole
del tempo e dello spazio
ancora e sempre innamorati.

(Barbara Morgan)

CAPITOLO 1

Nel corso dell'esistenza ci sono avvenimenti per loro natura destinati a non lasciare traccia. Sono avvolti dal velo dell'oblio fin dalla loro comparsa e precipitano subito in un angolo remoto della mente per poi sparire del tutto o quasi. Perduti, dimenticati, smarriti per sempre. Questo avviene anche per alcuni volti, alcuni nomi, alcuni luoghi. Appresi e lasciati scivolare via per scarso interesse più che per noncuranza. Nessuno può ritenersi responsabile. Semplicemente accade.

L'estate del 1984, al contrario, resterà per sempre impressa nella mia memoria. A rammentarmi chi ero. Cosa cercavo in quell'età di cambiamenti e frenesia di cui ancora non mi sentivo totalmente partecipe. Ero estranea a me stessa oltre che al resto del mondo. Soprattutto ero estranea alla mia generazione, ai sogni e alle speranze di una qualunque sedicenne inglese residente a Bath. Ma suppongo che in un qualsiasi altro luogo per me sarebbe stato lo stesso. Io sarei stata la stessa. Ero una ragazza fuori moda, fuori tempo. Mi sarei lasciata vivere e trascinare in un costante fluire, regalando al mondo la mia indifferenza, prestando a qualcuno le mie parole senza nemmeno lasciarmi coinvolgere da un sentimento autentico, senza partecipazione né trasporto emotivo. Nulla. Per me erano solo parole da mettere in fila una dietro l'altra. Stavano bene tra di loro, erano appropriate, erano dolci. Erano parole d'amore dettate dal cuore. Ma quel cuore non era mai il mio.

Una delle poche informazioni che il resto del mondo possedeva sulla mia città era che la scrittrice Jane Austen l'aveva attraversata trattenendosi per qualche anno e proprio a

Bath aveva ambientato alcuni dei suoi romanzi. Poi era probabile che qualcuno conoscesse qualcosa a proposito della storia della città e delle sorgenti termali che l'avevano resa il luogo di villeggiatura ideale per la nobiltà inglese.

Ma tutto questo aveva ben poco a che fare con me, Bonnie Meisel, che a Bath ero nata e cresciuta. Vivevo in una zona residenziale con i miei professionalmente impegnatissimi genitori e con mio fratello minore Eddie, un ragazzino la cui inventiva nell'infastidire il prossimo in generale e me in particolare non conosceva limiti.

Me ne stavo per lo più chiusa nella mia stanza. La scusa era quasi sempre lo studio. La verità erano le lettere. Posso tranquillamente affermare che curavo la corrispondenza, prevalentemente sentimentale, di tutta la scuola. In effetti sarebbe potuto diventare il mio lavoro, mi sarei guadagnata da vivere senza eccessivo impegno. Mi veniva naturale scrivere lettere d'amore ai ragazzi più carini della scuola. No, la mia vita sentimentale non era affatto attiva. Tutt'altro, era inesistente. Le lettere non erano mai da parte mia perché il sentimento per me era del tutto fittizio.

A volte, per divagare, mi dedicavo ai diari. Al mio riservavo scarsa attenzione, avevo giornate talmente poco interessanti che il mio diario, se avesse avuto una vita propria, si sarebbe suicidato piuttosto che occuparsi delle mie vicende quotidiane. Quelli che scrivevo erano i diari di personaggi immaginari che avevano una vita socialmente attiva e degna di essere raccontata. "Popolari", proprio come si potevano definire alcuni studenti del mio liceo.

Era iniziato tutto con una semplice richiesta di aiuto da parte di Stephanie, quando eravamo ancora alle medie. Stephanie Lindbergh, figlia di amici dei miei genitori, biondissima, bellissima, popolarissima. Da sempre reginetta della scuola. A dodici anni le avevo scritto su commissione un bigliettino per un ragazzino del terzo anno con cui insisteva per fidanzarsi a tutti i costi. Ci era riuscita, nonostante lui si fosse dimostrato particolarmente ostinato. Il bigliettino scritto da me, accompagnato da tanti cuoricini colorati disegnati a matita, era riuscito a rompere il ghiaccio e il giovane inconsapevole era capitolato al fascino di Stephanie e alle mie parole ammiccanti.

Era un'epoca in cui, nonostante tutto, le parole avevano ancora un significato. Le mie lo avevano, ero assolutamente sincera nell'espressione dei miei sentimenti, anche se l'operazione era per me automatica, quasi meccanica, e le mie frasi non erano mai rivolte al destinatario, quanto a un ideale inesistente ma comunque sufficientemente vivo nella mia mente, non nella mia anima.

Sono andata avanti, divertendomi a giocare con le parole e forse anche con i sentimenti degli sventurati destinatari della mia immaginaria ma inesistente passione. Poi ho cominciato a chiedere qualcosa in cambio, compiti di matematica per lo più, materia che detestavo ostinatamente. Ogni tanto, così senza impegno, qualcuno mi offriva un dolce durante la ricreazione.

Gestivo la vita sentimentale di molti, intrecciavo le vite di personaggi che erano però persone reali. Sì, una connessione con Jane Austen in fondo l'avevo. Adolescenti fiduciosi affidavano a me e alla mia abilità di scribacchina i loro destini sentimentali. Li accontentavo per noia. Li accontentavo perché non avevo una vita mia da vivere. Una vita che fosse soddisfacente, avventurosa, interessante come quella che raccoglievo attraverso i pensieri che i miei personaggi immaginari dedicavano ai loro diari.

CAPITOLO 2

Le solite domande ottenevano obbligatoriamente le solite risposte.

«Bonnie, cosa ci fai chiusa in casa? È una bella giornata!»

Mia madre si impegnava a non capire. E si ostinava pure, il più delle volte. Per forza, era un po' tipo Stephanie, mia madre. Bella, bionda, disinvolta, con un sorriso solare che ispirava simpatia e buonumore. Io invece castana, come mio padre, con gli occhi scuri. Da lei avevo preso l'unica cosa che non apprezzavo particolarmente, le efelidi sul naso. E solo da pochi anni ero riuscita a convincerla a smettere di intrecciarmi i capelli in tutte le fogge possibili. Già dai primi anni di scuola mi chiedevo perché non si trovasse un altro passatempo e di nascosto cercavo di disfare le "opere d'arte" che si illudeva di creare con i miei capelli. Finalmente al compimento del mio tredicesimo anno si era arresa. Avevo minacciato di tagliarli di nascosto, di raparmi a zero. Non che mi trovassi particolarmente a mio agio nel portarli sciolti sulle spalle come le altre ragazze. Avevo così optato per la coda o per trattenerli raccolti sulla nuca con le mollette. La tentazione di tagliarli tutti sussisteva davvero, non era solo una minaccia.

Alzai lo sguardo dalle mie carte e la ritrovai, come sospettavo, sulla soglia della mia stanza con le braccia incrociate sul petto.

«Ho molto da fare, mamma. E devo studiare. Tantissimo.»

«Ma una pausa per un'uscita con le amiche non ti farebbe male...» Insisteva. Niente di nuovo.

«Non ho tempo e non ho voglia.» Puntavo a stancarla, presto si sarebbe trovata qualcosa di meglio da fare. Il suo lavoro di pubblicitaria, per esempio. Oppure l'agenzia viaggi di cui era socia, insieme a papà. «E poi non ho amiche.»

«E Stephanie? Non è tua amica? Ti chiama sempre.»

In realtà le vere amiche erano mia madre e la madre di Stephanie, noi lo eravamo solo di conseguenza o di riflesso. Ci avevano spinte a frequentarci fin da piccole. In effetti eravamo… sì, tutto sommato eravamo amiche anche noi. Ma quanto possono esserlo due persone completamente diverse per carattere e interessi.

«Io e Steph frequentiamo gruppi diversi ora. Mi dispiace Carol, niente da fare.»

Quando chiamavo mia madre per nome significava che non avevo davvero più nulla da dire sull'argomento. Lei si indispettiva, sbuffava e se ne andava lasciandomi finalmente in pace. Stavo già pregustando il momento, ma non avevo fatto i conti con il più grande rompiscatole di casa.

«Certo, tu stai nel gruppo degli sfigati!» Mio fratello Eddie, approfittando della porta aperta della mia stanza, era entrato in scivolata con il solo proposito di darmi fastidio. E si guardava intorno come alla ricerca di un grande tesoro. I suoi occhi saltavano da un oggetto all'altro senza tregua, come se potesse scoprire qualcosa di proibito con cui ricattarmi successivamente.

«Se non esci immediatamente con le tue gambe…» Mi alzai pronta a rincorrerlo, anche per tutto il quartiere. Eddie filò via come un razzo. Aveva la forma del viso e gli occhi chiari di mamma, ma i capelli scuri di papà. Nel complesso quello stronzetto era più carino di me.

Non aveva del tutto torto, comunque. Stavo nel gruppo degli sfigati. Anzi, in realtà la mia situazione era anche peggiore. Perché non stavo completamente nemmeno lì, solo in parte. Al contempo ero estranea al gruppo dei popolari, pur frequentando Stephanie Lindbergh da una vita. Io stavo nel mezzo. Ecco, sì.

13

Nella terra di mezzo o forse era meglio definirla come la terra di nessuno. Ero troppo per essere una sfigata doc e troppo poco per essere una popolare. Per cui era come se fossi costantemente rigettata da entrambi gli schieramenti, una cosa indefinita, a sé stante. Insomma, il mio gruppo vero di appartenenza era composto da me soltanto.

Quindi ciò che facevo e che mi risultava più semplice per cercare di superare questa fase della mia vita, era continuare a scrivere. Le lettere, i diari, qualche articolo per il giornale della scuola. Ero in costante allenamento, un po' come i giocatori di calcio o i ragazzi della squadra di atletica. Mi allenavo per mantenermi in forma, senza sapere esattamente per quale tipo di competizione. Non sapevo nemmeno io perché continuassi a scrivere così ostinatamente, disperatamente quasi. Ma lo facevo forse sperando di arrivare presto da qualche parte, oltrepassando quel mio presente nebuloso. Forse sperando che così quei miei anni malefici sarebbero trascorsi più in fretta e io sarei approdata velocemente a un'altra età, a un futuro in cui avrei percepito la mia vita come degna di essere vissuta, con un senso e un sentiero ben preciso. Il liceo sarebbe finito presto. E io sarei diventata finalmente parte di qualcosa.

CAPITOLO 3

«Ecco il tuo articolo.»

Così dicendo consegnai i miei fogli battuti a macchina nelle mani ansiose di Stuart Sminer, il redattore capo del giornale scolastico. Mi aveva assegnato un articolo sulle attrattive della città. Avevo buttato giù qualche pagina rovistando e rimestando parole estratte dalle riviste dell'agenzia dei miei, un po' di storia, un po' di folclore locale, un po' di cultura e infine avevo tirato in ballo la cara Jane. Il fascino degli scrittori attirava sempre.

Stuart apparteneva al gruppo degli sfigati. Anzi, si potrebbe dire che ne era uno dei capostipiti, dei fondatori. Lo sfigato per eccellenza, l'esemplare perfetto. Magrissimo, occhiali spessi un dito, capelli neri che andavano in tutte le direzioni sbagliate. E per completare il quadro un'acne impietosa disseminata sulla fronte, sul naso e sul mento. Cercava di darsi un tono e di attirare l'attenzione infarcendo i suoi discorsi di paroloni, utilizzando un linguaggio forbito assurdo per un diciassettenne e indossando l'aria un po' snob da intellettuale incompreso. Ma non ci riusciva. Anche perché mirava molto più in alto delle comuni mortali come me. Decisamente oltre le sue possibilità.

Non mi degnò infatti di uno sguardo dopo essersi impossessato dei miei fogli. Da come si sistemava ripetutamente gli occhiali sul naso compresi che il suo interesse era stato catturato da altro. Da un'altra, anzi.

«Tu mi devi aiutare assolutamente, Bon! È questione di vita o di morte!» Steph aveva puntato il dito su di me. Per lei uno come il povero Sminer era aria, non esisteva proprio. Da quel punto di vista diventava ancora più cieca di lui. Non gli avrebbe prestato attenzione nemmeno se si fosse messo a fare capriole nudo per il corridoio di fronte a lei.

Stephanie mi prese sottobraccio, trascinandomi via. Il contrasto tra il suo vestitino attillato verde acqua e i miei jeans con maglione extralarge grigio topo faceva di noi due curiosi esemplari della specie umana adolescenziale di quegli anni. I suoi capelli vaporosi e trattenuti da una fascia colorata contro la mia coda stretta da un elastico nero.

Si fermò quando fummo abbastanza distanti dal povero Sminer e appartate in un angolo, in direzione della porta d'uscita.

«Si tratta di Clayton Stone.» Simulò un sospiro forzatamente disperato e si morse le labbra. La conoscevo bene. Stava riflettendo per trovare le parole più adatte per convincermi a fare qualcosa a cui non avrei acconsentito facilmente. «Devi aiutarmi a conquistarlo. Devo toglierlo a Lesley Walker!»

Certo, come no. Io dovevo. "Dovevo" aiutarla a conquistarlo perché lei "doveva" toglierlo a Lesley Walker. La lista dei miei doveri, nei confronti di Stephanie, stava crescendo a dismisura ultimamente.

«Scordatelo!» Mi sistemai lo zaino sulla spalla e ripresi a camminare verso l'uscita.

Quando si era trattato di mettersi con altri non avevo avuto problemi. Anche con Anthony Page, il campione di atletica, avevo finto di esitare ma poi mi ero lasciata convincere. Era stato una preda facile e lo avevo immaginato fin dal principio. Ma Clayton Stone era veramente un altro pianeta. Non avrebbe ceduto alle mie paroline dolci. E poi insomma… ormai lo sapevano tutti o quasi che dietro alle lettere c'ero io. Facevano finta di ignorarlo ma non era più un segreto per nessuno. E io di scrivere una lettera d'amore a Clayton Stone per farmi ridere in faccia da lui non ne avevo proprio la minima intenzione.

«E se ti offrissi una bella fetta di torta al cioccolato da "Chelsie's" oggi?»

Stephanie mi raggiunse immediatamente riafferrandomi il braccio e stringendolo leggermente. Il suo modo di esprimere le sue ragioni in tono dolce e persuasivo era veramente invidiabile.

«Non mi corrompi, Steph. Non sono così golosa. Non fino a questo punto almeno. E comunque...» Comunque, forse era davvero arrivato il momento di smetterla con la farsa delle lettere d'amore. Era durata fin troppo. Stephanie mi aveva fornito l'occasione di darci un taglio definitivo. «Hai tutti i mezzi per conquistare Clayton da sola, non hai certo bisogno di me. Quello non mi sembra proprio il tipo da letterina romantica.» Da toccata e fuga, piuttosto. Ma se stava bene a lei...

«Entro fine giornata ti convincerò!» Stephanie ridacchiò strizzandomi l'occhio. Era fin troppo sicura di se stessa. La verità era che otteneva sempre ciò che voleva da tutti, me compresa.

«Scordatelo davvero, Steph. Davvero davvero questa volta!»

Sbuffai raggiungendo il cancello d'uscita. Sì, era proprio giunto il momento di smettere. La mia dipendenza era andata seriamente troppo oltre. Lo avevo già capito qualche settimana prima in realtà, quando mi ero ritrovata a dover rispondere a una lettera che avevo scritto io stessa. I due si erano messi insieme e io continuavo a scrivere lettere per loro. Questa storia si era protratta al limite dell'assurdo. Avevo toccato il fondo, raggiunto il punto di non ritorno, insomma.

«Mi racconti cosa accadrà tra Adam e Trisha? Vorrei un'anticipazione...»

Stephanie mi conosceva fin troppo bene. Aveva opportunamente cambiato discorso per il momento, per tornare all'attacco più tardi con più energia. Ma io non avrei ceduto. Ero determinata a mantenere i miei buoni propositi.

«Non lo so ancora. Non ho più scritto dall'ultima pagina che hai letto tu.» Adam e Trisha facevano parte del *Diario di Adam*, una delle storie che scrivevo facendo finta di essere qualcun altro. Adam, appunto. Avevo anche il *Diario di Edith*, però Adam aveva riscosso molto più successo e io mi sentivo più ispirata con lui. «Ma oggi ho intenzione di continuare, ho un bel po' da scrivere.»

Speravo così di distogliere Steph dall'idea di conquista di Clayton Stone. O meglio, dal mio coinvolgimento nell'impresa. Probabilmente non ci sarei riuscita e lei avrebbe ripreso il discorso. Ma potevo almeno tentare. E per riuscire nell'intento avrei messo in campo tutte le idee possibili nel costruire l'evoluzione della storia di Adam. Sì, Adam poteva essere la mia salvezza.

CAPITOLO 4

Quando Steph me ne aveva parlato non credevo che la faccenda fosse così seria. Invece quella in atto a scuola in quei primi giorni di maggio era una vera e propria lotta. O meglio, una guerra senza esclusione di colpi tra Steph e Lesley per la conquista del meraviglioso e inarrivabile Clayton Stone.

La mia impressione era che si trattasse più di una questione di principio che di grande amore. Forse da parte di Stephanie non era nemmeno un autentico interesse ma detestava Lesley Walker dal primo anno e quindi sottrarle Clayton sarebbe stata la vendetta ideale contro colei che le contendeva il primato di più carina e popolare della scuola. C'era anche da ammettere, in difesa di Steph, che la rossa e provocante Lesley se l'era proprio cercata lanciandole una sfida a cui un tipo orgoglioso come Stephanie non avrebbe resistito.

«Davvero molto romantico!» Cercavo di attirare l'attenzione di Stephanie mentre sostavamo di fronte al campo di calcio dove Clayton e gli altri ragazzi della squadra si allenavano quotidianamente. Io ero quasi certa che tra Steph e Lesley lui avrebbe scelto la vittoria del campionato di calcio.

«Quell'uomo presto sarà mio! Lo vedrai, ci potrei scommettere un occhio...» Stephanie puntò il dito su di lui e lo seguì per qualche istante nel corso dei suoi spostamenti in campo.

«Stai attenta a non perderlo, ti potrebbe servire. L'occhio, intendo.»

Stephanie arricciò il naso e rise, prima di tornare a concentrarsi sulla preda. Fissava Clayton Stone socchiudendo gli occhi azzurri e corrugando la fronte, come se gli stesse scagliando addosso un incantesimo mentre lui inconsapevole continuava a correre dietro al pallone. «E comunque... da quando credi nel romanticismo, Bon? Proprio tu che non sei mai stata davvero innamorata!»

Ecco che rigirava la storia contro di me buttandomi addosso parole contro cui le mie argomentazioni sarebbero state troppo deboli. Situazione spinosa e imbarazzante da cui avrei desiderato uscire immediatamente, un discorso che non avevo voglia di affrontare nemmeno con lei. Anzi, soprattutto con lei. Perché tra noi due ogni confronto era sempre stato inutile.

Questa volta l'aiuto mi venne da Anthony Page, che conservava ancora il titolo di ragazzo ufficiale di Stephanie. Il suo intervento fu provvidenziale perché la trascinò via con sé prendendola per mano. Steph dopo aver opposto una debole resistenza lo seguì con espressione scontenta e profondamente insoddisfatta. Non la capivo. Aveva ottenuto Anthony, carino e sufficientemente intelligente per essere un atleta, non le bastava? In realtà non comprendevo questo atteggiamento tipico delle ragazze popolari, questa smania di essere sempre la prima, sempre la più alla moda, sempre la più corteggiata e sempre la prescelta. La più bella tra le belle. La regina sempre in cerca di conferme.

Stephanie, allontanandosi qualche minuto prima, si perse lo spettacolo di Lesley Walker che si strusciava contro il corpo muscoloso e sudato di Clayton Stone appena terminati gli allenamenti. E di lui che, attirandola per i fianchi, la cingeva a sé baciandola e al contempo palpandole indecentemente il sedere come se intorno non avessero nessun altro. Steph, buon per lei perché si sarebbe infuriata e di conseguenza accanita ancora di più, rischiava seriamente di mettersi in un guaio con quello lì. E io non ero certa di avere il potere di convincerla a desistere.

CAPITOLO 5

Non sapevo come accogliere la notizia. Non mi lasciava in realtà né entusiasta né sconvolta. L'avevo semplicemente accettata come un fatto inevitabile. I miei genitori avevano stabilito di accompagnare un gruppo di turisti in viaggio alla scoperta delle meraviglie delle isole greche. Al contempo avevano preso contatti con nuovi hotel di lusso da visitare con cui avrebbero probabilmente stabilito un accordo e firmato un contratto.

In quanto a me e Eddie la nostra destinazione era decisa e completamente diversa dalla loro. Ci avrebbero rifilati dai nonni materni a Bournemouth per tutta la durata delle vacanze estive. La scelta non mi sconvolgeva perché comunque a casa o dai nonni la mia esistenza non sarebbe cambiata. Non ci trascorrevo l'estate da alcuni anni, le estati precedenti mamma e papà ci avevano portati con loro anche se per un breve periodo. E i nonni erano venuti a trovarci a Bath, quindi i miei ricordi di Bournemouth risalivano a quattro o cinque anni prima.

La vera e assoluta novità era che Steph sarebbe venuta con noi. I suoi stavano per separarsi, mi aveva spiegato mamma senza dilungarsi nei dettagli. Quindi avevo dedotto che sarebbero riusciti a separarsi meglio senza lei intorno. Mi chiedevo se Steph ne fosse al corrente. Se lo era dal suo comportamento non lasciava trasparire nulla. In ogni caso non sarei stata io a darle la notizia, anche se averlo saputo mi aveva messa in una posizione di imbarazzo nei suoi confronti.

Forse anche per questo motivo avevo ceduto e l'avevo accontentata. O probabilmente, trattandosi di Steph, avrei ceduto comunque prima o poi e quella della separazione dei suoi era solo una scusa che mi raccontavo per sentirmi meno stupida e incoerente. Avevo scritto un bigliettino a Clayton Stone, anche se non riuscivo proprio a immaginarmi come quel tipo dall'aria strafottente e audace potesse aprirlo, leggerlo e intenerirsi alle mie parole. In realtà il solo pensiero di lui con il mio bigliettino tra le mani mi dava l'orticaria.

Comunque, un'attrazione nei confronti di Stephanie l'aveva dimostrata anche prima del biglietto. Va bene, dimostrava attrazione per la maggior parte delle ragazze popolari della scuola, ma era un dettaglio. Che Clayton Stone fosse una sorta di assatanato smanioso era evidente agli occhi di tutti. Forse non di tutti ma ai miei sicuramente.

Così era accaduto. Steph si era poco alla volta intromessa nell'instabile relazione tra Lesley e Clayton e aveva vinto la sfida sottraendolo alla rivale. Probabile anche che lui avesse ormai ottenuto tutto ciò che era possibile ottenere da Lesley e fosse interessato alla novità. Che spregevole esemplare di maschio senza cervello! Ma mi ero trattenuta dal manifestare a Steph le mie opinioni nei confronti del suo nuovo ragazzo.

Quando Stephanie era riuscita a farsi invitare al ballo di fine anno da Clayton la sconfitta di Lesley era ormai palese. L'unico per cui mi era davvero dispiaciuto in questa storia era quel poveretto di Anthony. Non mi aveva mai dimostrato particolare simpatia ma non meritava di essere mollato su due piedi. Anche se i segnali di abbandono erano stati evidenti per mesi.

Forse la mia "solidarietà" nei suoi confronti aveva dato un esito imprevedibile. Perché accadde proprio l'ultima cosa che mi sarei aspettata e che era allo stesso tempo anche l'ultima che avrei desiderato. Un invito da parte di Anthony Page al ballo di fine anno. A me. Tra tutte le ragazze che poteva avere proprio a me! La presi inizialmente come una sorta di vendetta nei confronti di Stephanie, anche se mi sembrava abbastanza assurda come idea. Se lo scopo era farla ingelosire e tornare da lui aveva davvero scelto la persona sbagliata.

In ogni caso avevo rifiutato. La prima volta che me lo aveva proposto, dopo la lezione nel laboratorio di scienze, credevo scherzasse. Si era riproposto il giorno dopo assumendo un atteggiamento più serio e deciso. Insomma, era un bel ragazzo. Gran sorriso, denti bianchissimi e perfetti, occhi scuri. Ma no. Era l'ex ragazzo di una mia amica. Dell'unica amica che avevo, in realtà. Non ci sarei mai uscita, soprattutto in occasione di un ballo scolastico di fine anno. Ma nemmeno per andare a prendere un gelato.

Per finire mi aveva telefonato a casa, il giorno stesso del ballo. Non riuscivo a comprendere né a spiegarmi perché fosse così insistente.

«Digli che sono sotto la doccia...» Sotto la doccia? No, pessima idea. «Anzi, digli che sto già dormendo! Tanto al ballo non ci vado né sola né accompagnata!» Molto meglio.

«Perché non vuoi uscire con questo ragazzo? Sembra tanto carino, educato...»

No. Non ci sarei mai uscita e non lo avrei mai perdonato per avermi messa nelle condizioni di dover dare spiegazioni alle insistenze di mia madre.

«Era il ragazzo di Stephanie fino a poco tempo fa. Non ci penso proprio. Mai e poi mai, nemmeno in un altro universo, nemmeno tra cent'anni.» Chiuso il discorso. «Digli che dormo e basta!»

Lo stava facendo sicuramente per vendetta nei confronti della mia amica. O peggio... per vendetta contro di me! Ecco, svelato il mistero. Anthony voleva farmela pagare per aver scritto il malefico bigliettino che aveva congiunto i destini di Steph e Clayton. Magari invitarmi al ballo faceva parte di un piano diabolico per distruggermi psicologicamente di fronte a tutti!

«Ma se non sta più con Stephanie...» Mia madre aveva trovato l'occasione adatta per accanirsi ancora di più contro la mia inesistente vita sociale. Sembrava sguazzare in questi problemi sentimentali adolescenziali, senza dubbio più di me che adolescente lo ero davvero.

«Insomma, non mi piace!» Ecco, questo era in parte vero. «Anzi, sai una cosa Carol? Vado davvero a dormire adesso, così non sarai nemmeno costretta a mentire!»

La verità, nella sua totalità, era un'altra. Non aveva importanza se Anthony Page mi piacesse o meno. Era stato insieme a Stephanie, quindi per me non sarebbe mai esistito come uomo. Nemmeno in un altro universo, nemmeno tra cent'anni. E poi, fattore ancora più importante, io ero completamente al di fuori da certi circuiti, da certi meccanismi. Uscire insieme, avere un ragazzo, andare a una festa o a un ballo. No, tutto questo non aveva nulla a che fare con me. Io queste storie, queste esperienze le vivevo solo di riflesso. E mi andava bene così. Non avevo idea se qualcosa sarebbe cambiato prima o poi e forse nemmeno lo volevo sapere.

L'unica cosa veramente chiara in quel momento era che Anthony Page non mi interessava e non sarei uscita con lui. Non vivevo nella smania di possesso e conquista come le altre. Forse non vivevo affatto. Il mio tempo, la mia età, l'essere alla moda e attrarre i ragazzi, tutto ciò che avrei dovuto desiderare mi erano totalmente estranei, non me ne sentivo parte.

Restavo come sospesa in un limbo, tra lunghe lettere scritte a nessuno, queste realmente da parte mia, e diari che contenevano idee e giornate inesistenti, che mi inventavo parola dopo parola. Verità e finzione amalgamate insieme mi racchiudevano come in un bozzolo protettivo da cui non desideravo uscire. Non per diventare farfalla e rischiare di essere delusa e ferita. Nessuna emozione, nessun dolore. Era questa la mia scelta.

CAPITOLO 6

Il viaggio sarebbe durato solo due ore o poco più. Ma trovarmi sul sedile posteriore dell'auto dei miei compressa tra Steph e Eddie non era entusiasmante. E stava iniziando anche a fare più caldo del solito rispetto alla media del periodo. Ero stata costretta a togliere il mio fedelissimo maglione nero.

«Ci fermiamo? Devo andare in bagno!» Eddie aveva deciso di rompere le scatole e dare a tutti il tormento.

«Ci sei già andato mezz'ora fa, Eddie.» Mio padre ormai rispondeva automaticamente, continuando a guidare.

Già qualche giorno prima della partenza avevo sospettato che, per qualche ignoto motivo, Eddie non avesse nessuna intenzione di andare a Bournemouth. In seguito avevo intuito qualcosa a proposito di una lamentela riguardo gli allenamenti estivi per entrare come titolare nella squadra di calcio della sua scuola e che partendo sarebbe stato costretto a saltare. Oltre alla richiesta di iscriverlo a non so più quali altri allenamenti supplementari a settembre.

«Mi viene da vomitare allora! Devo scendere e prendere un po' d'aria.» Ecco, dopo la fame e il bagno era arrivata un'altra scusa. Non capiva che ormai la nostra estate era condannata. Ritardare non sarebbe servito a niente. «Se non ci fermiamo vomito addosso a Bon!»

Lo scansai irritata con mani e piedi spingendolo contro la portiera della macchina. Sarebbe stato capace di farlo davvero, lo stronzetto. Voleva far pesare la sua rinuncia per ottenere poi quello che desiderava, il piccolo viscido manipolatore.

«Fermati Ron, altrimenti tuo figlio non ci darà pace!» Mamma si voltò verso di noi e sbuffò spazientita. Quando

26

Eddie diventava insopportabile o io ero troppo ostinata magicamente diventavamo figli soltanto di nostro padre.

Stephanie invece se ne stava stranamente rintanata nel suo angolo. Guardava fuori dal finestrino in silenzio. Probabilmente era a conoscenza di tutto. Approfittai della nuova sosta di papà per far scendere quel rompiscatole di mio fratello. Mentre anche i miei erano scesi dalla macchina decisi di affrontare il discorso.

«Non guardarmi così, sono giorni che hai quell'espressione di commiserazione, Bonnie.» Stephanie mi precedette, con un sospiro profondo si girò verso di me passandosi le dita tra i capelli biondi.

«Io non sapevo se tu...» Mi morsi le labbra in cerca di qualcosa da dire.

Mi sentivo una sciocca, avrei dovuto parlarle dei problemi reali invece di perdermi in quel suo assurdo tentativo di conquista di Clayton Stone. Forse era stato solo un modo di attirare l'attenzione e io non avevo capito.

«Lo so da sempre, Bon. Me lo aspettavo da tanto tempo, sapevo che prima o poi sarebbe accaduto. Quello che mi infastidisce è che mi abbiano rifilata alla tua famiglia come un pacco. E credono anche di alleggerirsi la coscienza mandandomi in vacanza con te dai tuoi nonni.»

L'espressione insofferente di Steph era molto simile a quella di Eddie. Fantastico, nessuno dei due era entusiasta di trascorrere le vacanze estive insieme a me. Almeno io non esprimevo così chiaramente la mia insoddisfazione.

«Mi dispiace, Steph. Davvero...» Cercai di fornirle una sorta di sostegno morale anche se temevo di non esserne in grado.

«Non provare pena per me, Bon. Non è davvero il caso.» Steph si rigirò ancora di più verso di me attirandosi un ginocchio al petto. «È estate. Andiamo al mare. Cosa può esserci di meglio? Prova un po' a indovinare…» Ridacchiò cercando di stirarsi e di sistemarsi lo scollo della camicetta.

«Al momento non mi viene in mente nulla…» sospirai stringendomi nelle spalle.

Forse sarebbe stata una buona idea anche per noi scendere un po' nella campagna inglese a sgranchirci le gambe. Feci un cenno a Stephanie che però mi trattenne per il braccio.

«Clayton ha promesso di venire a trovarmi fra qualche giorno a Bournemouth. Avrà un passaggio da certi suoi amici…»

Clayton Stone in vacanza con noi a Bournemouth? Dai miei nonni? Se questa era la sua idea di "meglio" avrei preferito continuare a sopravvivere nell'incoscienza.

CAPITOLO 7

Mi ero illusa che non ci fosse niente di peggio del viaggio che in teoria sarebbe dovuto durare poco più di due ore e invece per colpa di Eddie era stato infinito. Poi però c'era stato l'arrivo, traumatico. La macchina parcheggiata nel vialetto di fronte a casa, bagagli da scaricare, genitori nevrotici per il ritardo, nonni preoccupati per lo stesso motivo, fratello pigro e lamentoso. Stephanie che si guardava intorno come a studiare la zona. E io che già mi immaginavo inorridita Clayton Stone e i suoi amici scorrazzare in giro per la città, con Steph che sicuramente avrebbe tentato di coinvolgere anche me e mio fratello già pronto a ricattarmi e a fare la spia. L'inferno, insomma.

Dopo pranzo mamma e papà erano partiti, sembravano esageratamente felici di abbandonarci lì al nostro destino. Lo sarei stata anche io al posto loro. Avrei condiviso la stanza con Steph, quindi in pratica non avrei avuto un attimo di solitudine, mai.

«Ho portato il registratore e le cassette, Bon. Così possiamo ascoltare la musica in camera.»

Mentre osservava il soggiorno un po' smarrita, le mostrai con un cenno l'anticamera che conduceva alle scale e alle camere al piano di sopra.

«Il pianoforte è a disposizione se volete suonare, ragazze.» Mia nonna Lara posò gli occhi azzurri su di me. Aveva sempre sognato che io diventassi una pianista quanto meno discreta ma, come mia madre prima di me, ero stata costretta a deluderla a causa della mia mancata predisposizione e scarsa volontà di apprendere.

La musica non faceva per me. Ascoltarla forse. Ma di suonare non se ne parlava proprio. Mi chiedevo se avrebbe rivolto le sue speranze verso Eddie, ma svogliato com'era nello studio e mai fermo un minuto dubitavo che l'accontentasse facendo almeno un tentativo. Infatti aveva coinvolto nonno Bill in una discussione riguardo al calcio che, iniziata a pranzo, si era protratta. Era in cerca di sostenitori e lo stava convertendo alla sua causa, il perfido manipolatore. Parlavano fitto in soggiorno e ci avevano messe a tacere con i loro "discorsi da uomini". La nonna però non si sarebbe arresa facilmente. Forse mio fratello aveva preso la testardaggine proprio da lei.

«Quest'anno è tornato il Luna Park, finalmente.» L'informazione era rivolta a Eddie ma con un'occhiata coinvolse anche me e Steph. «Perché non andate a fare un giro? Si trova proprio di fronte alla spiaggia.»

Perché tutti avevano voglia di una vita socialmente attiva tranne me?

«No, nonna. Non mi sembra…»

«È una splendida idea!» Steph sorrise entusiasta e la sua voce sovrastò la mia. Poco ci mancò che si mettesse a battere le mani e a saltellare. «Saliamo a cambiarci. Ci infiliamo il costume così poi andiamo direttamente a stenderci sulla spiaggia. Ho proprio voglia di prendere un po' di sole e magari fare il bagno. Cosa ne pensi, Bon?»

Pensavo che avrei preferito chiudermi in camera a scrivere i miei diari o a leggere qualche libro che mi ero portata da casa. Oppure che avrei desiderato ardentemente dormire per tutta l'estate e risvegliarmi in autunno inoltrato. Anzi no, in inverno. Magari fra qualche anno, finito il liceo già che c'ero. Odiavo il mare e anche la spiaggia, il sole e il caldo. E odiavo ancora di più me stessa in costume sulla spiaggia, il mio corpo pallido e spigoloso esposto al giudizio dei bagnanti.

«Io non ho bisogno di cambiarmi, comunque...» Sollevai le spalle con espressione scontenta.

Ovviamente di ciò che io volevo o non volevo non importava nulla a nessuno, nemmeno lì. Mi sentivo ogni giorno di più un oggetto da spostare in base ai desideri altrui.

Il Luna Park si trovava soltanto a pochi isolati dal quartiere dei nonni. Conoscevo la strada, la ricordavo perfettamente dall'ultima volta. In ogni caso sarebbe stato riconoscibile dalla ruota panoramica che già si vedeva in lontananza.

Camminavo in silenzio, a testa bassa. Con mio fratello che correva avanti attirato dalla presenza della sala giochi e Steph che sorrideva cordialmente ai passanti. Salite in camera lei si era cambiata, indossando un invitante costume intero, un abitino azzurro scollato delle stesse tonalità e i sandali chiari. Io mi ero soltanto sistemata la coda, tenendomi addosso i jeans, la maglietta grigia che mi arrivava ai fianchi e le scarpe da ginnastica. Avevo tenuto anche il maglione scuro di cotone arrotolato sullo zaino che conteneva i miei diari. Mi sarei messa a scrivere sulla spiaggia. Dal Luna Park sarebbe bastato attraversare la strada e l'avremmo raggiunta.

Appena entrati Eddie aveva incominciato ad aggirarsi come un lupo famelico alla ricerca della sala giochi. Aveva fatto rifornimento di monetine dai nonni e sicuramente non intendeva risparmiare nemmeno un centesimo.

Io e Steph lo seguivamo a distanza. Dovevo ritenermi responsabile di quel nano malefico e opportunista? Ovviamente, essendo la sorella maggiore. Era quello che i miei genitori e i miei nonni si aspettavano da me, che io lo tenessi d'occhio. E pure di Stephanie mi sentivo responsabile, a causa della sua precaria situazione familiare. Da brava amica avrei dovuto assicurarmi che stesse bene e impedirle di fare sciocchezze. In pratica per me sarebbe stato come partire per una missione impossibile.

Invece in quel preciso istante non mi importava di niente e di nessuno. Mi sentivo inutile, infelice e del tutto incompresa. In realtà non ero nemmeno certa di sapere chi e dove avrei voluto essere. Sapevo solo cosa non ero e dove non avrei voluto stare. Forse tutto sommato era già un traguardo. Ma cosa ne sarebbe stato di me? Cosa volevo davvero? Chi ero io in realtà?

«Treccine? Non ci posso credere, sei proprio tu! Treccine!»

La voce alle mie spalle era sempre più vicina. Al secondo "treccine" me l'ero sentita quasi sul collo. Voltandomi tra il tiro al bersaglio, la giostra dei cavalli e la sala giochi lo riconobbi all'istante. Nonostante fosse diventato notevolmente più alto e con le spalle più ampie, gli occhi azzurri e i capelli castano chiaro che ricadevano sul viso erano proprio i suoi. Adam Comte.

CAPITOLO 8

Quanti anni erano passati? Quattro o forse di più. Cinque. L'ultima estate che avevo trascorso dai nonni lui non c'era. E non c'era nemmeno il Luna Park gestito da suo padre. Avevo undici anni e portavo ancora le trecce.

«Ciao...» Non sapevo che altro dire. Dovevo ancora prendere confidenza con il suo nuovo aspetto, con il suo corpo quasi da adulto. Feci un rapido calcolo della sua età, aveva circa due anni più di me, quindi ora...

«Non mi presenti il tuo amico, Bonnie?» Stephanie. L'avevo dimenticata. Prima che potessi ribattere aveva già teso la mano ad Adam con un sorrisetto ammiccante. «Ciao, io sono Stephanie.»

«Adam» replicò lui stringendole la mano, senza aggiungere altro.

Ormai mi avevano preceduta, quindi il mio intervento nelle presentazioni sarebbe stato inutile. Steph mi lanciò un'occhiata imperscrutabile che non seppi come interpretare.

«Sei stata via un po'...» Adam tornò a rivolgersi a me.

«Sì, ma... l'ultimo anno tu non c'eri. O forse gli ultimi due...» Non sapevo cosa dire. Eravamo cresciuti. Non avevo mai avuto molto da dire nemmeno prima in realtà.

«Ho cambiato idea. Voglio andare nella casa dei fantasmi!» Eddie. Avevo completamente dimenticato pure lui.

«Allora vai...» Mi strinsi nelle spalle, non avevo voglia di avere anche mio fratello intorno. Ma c'era, indubbiamente. C'era fin troppo.

«No, da solo non mi va, non ci vado. Vieni con me!» Eddie mi afferrò per un braccio per trascinarmi con sé.

33

«No, scordatelo… non ci penso proprio! Smettila Eddie!»

Mi divincolai cercando di liberarmi di lui. Mi sentivo stupida e patetica, tra Adam che mi fissava un po' perplesso e Stephanie che spostava incuriosita lo sguardo tra lui e me.

«Però, quanto sei cresciuto!» Adam posò la mano sulla testa di Eddie scompigliandogli i capelli. «Ma non sei abbastanza coraggioso da andare nella casa dei fantasmi senza tua sorella?»

Eddie lanciò un'occhiata furiosa ad Adam, ma una certa soggezione gli impedì di rispondergli male. Evidentemente gli aveva appena distrutto l'orgoglio di maschio intrepido e senza paura. Mi lasciò andare il braccio e si avviò deciso verso la casa dei fantasmi, che si trovava proprio accanto al tiro a segno.

«Grazie…» sorrisi appena ad Adam. «Ma non devo perderlo di vista, altrimenti i miei nonni…» sbuffai stringendomi nelle spalle.

«Non ti preoccupare troppo. Quanti anni ha ora? Undici, dodici? Noi alla sua età ce ne andavamo in giro da soli, ricordi?» Adam si voltò a guardare Eddie che si allontanava.

Aveva ragione. I miei trattavano ancora Eddie come un bambino, con me non erano mai stati così iperprotettivi. E nemmeno così permissivi. Forse era arrivato il momento di cambiare le cose, di smettere di assecondare i capricci di mio fratello.

«È un ragazzino viziato…» bisbigliai tra me.

«Mio fratello Dennis lo è ancora di più, fidati! Se ne approfittano…»

Improvvisamente rammentai che anche Adam aveva un fratello minore, più o meno della stessa età di Eddie. Gli anni passati erano entrambi troppo piccoli, ma se avessero fatto amicizia forse sarebbe stata un'ottima occasione per liberarmi di lui per l'intera estate.

«Perché non andiamo anche noi nella casa dei fantasmi? Sembra divertente!» Non so se Stephanie stava cercando di spezzare i miei continui silenzi imbarazzati o i tentativi inutili di Adam di portare avanti la conversazione.

«No, io no...» Avrei voluto scomparire. Ma non nella casa dei fantasmi.

«E tu, Adam? Mi accompagneresti? Non voglio andarci da sola!»

Proprio come Eddie. Eccone un'altra. Vogliono andare nella casa dei fantasmi ma non da soli. Anche se iniziavo a supporre che la motivazione di Steph fosse completamente diversa. Aveva appena lanciato ad Adam il suo tipico sguardo da conquista. Probabilmente oltre a liberarmi di Eddie mi sarei liberata anche di lei per l'intera estate.

CAPITOLO 9

Perfetto quindi. Mentre Adam e suo fratello Dennis si occupavano di intrattenere Stephanie e Eddie nella casa dei fantasmi io ero rimasta sola. Sola e libera. Non essendo particolarmente attratta dall'idea di aggirarmi per il Luna Park avevo attraversato la strada e in pochi passi avevo raggiunto la spiaggia. Magari avrebbero replicato il giro, oppure provato qualche altra giostra che li avrebbe tenuti impegnati ancora per un po'.

Aprii il mio zaino e frugai alla ricerca del mio diario. Però no, non avevo nemmeno voglia di scrivere. Mi sedetti sulla sabbia, ben lontana dalla riva e dalle persone stese a prendere il sole in costume o che si tuffavano tra le onde. Stesi le gambe e portai le braccia all'indietro. Chiusi gli occhi, tentata di stendermi completamente, dimenticando tutto, anche me stessa. Mi sentivo stanca e la tentazione di assopirmi stava diventando irresistibile.

«Ehi... perché sei sparita, treccine?»

Mi trattenni appena in tempo. Adam mi si era seduto accanto, circondandosi le ginocchia con le braccia. Aveva inclinato la testa verso di me e mi scrutava in attesa di una mia risposta.

«Non sono sparita. Sono qui. Mmh...» Gli avrei chiesto il motivo per cui insisteva a chiamarmi ancora "treccine" come faceva anni prima, anche se ora non le avevo più. Invece evitai. Senza un particolare motivo.

«Non avevo nessuna voglia di andare nella casa dei fantasmi, ma non volevo essere maleducato con la tua amica...» sospirò passandosi una mano tra i capelli. Era un gesto abituale, lo ricordavo. Ma ora aveva un effetto completamente diverso. Gli occhi azzurri sembravano più profondi, più vividi.

«Io invece a essere maleducata ci riesco benissimo!» Sorrisi voltandomi verso di lui. Il suo abbigliamento era molto simile al mio, maglietta scura e jeans. Ma questo significava che io ero vestita come un ragazzo e non deponeva a mio favore. «Dove li hai lasciati? Stephanie e mio fratello...»

«Tuo fratello è rimasto con Dennis e con mio padre al tiro a segno. La tua amica è andata in una cabina a sistemarsi il costume perché vuole fare il bagno, così ha detto. Non li ho abbandonati in giro, tranquilla.»

Non capivo se Adam stesse usando quel tono rassicurante per tranquillizzarmi o per prendermi in giro.

«Avresti anche potuto...»

Mi tirai la coda da parte, su una spalla, e arrotolai una ciocca intorno a un dito. Non ero solita giocare con i miei capelli, quindi il gesto inconsueto mi sorprese.

«Sono contento di rivederti.» Adam posò una mano sulla mia testa ma la ritrasse immediatamente.

Non compresi se il tentativo fosse stato quello di scompigliarmi i capelli, un po' come aveva fatto con Eddie. Essendo legati avrebbe fallito comunque, quindi sembrò piuttosto che stesse accarezzando un cane o un gatto.

«L'ultima volta non c'eri.» Lo avevo già detto. Ma non ero un'esperta nel portare avanti una conversazione. Infatti non sapevo che altro aggiungere.

«Abbiamo avuto un periodo difficile, siamo stati via per un po' per tentare la sorte altrove ma non è cambiato nulla. Probabilmente mio padre sarà costretto a chiudere, le cose non stanno andando bene, molti dei nostri collaboratori se ne vogliono andare, altri se ne sono già andati.» Sospirò lasciandosi scivolare all'indietro e scostandosi i capelli dalla fronte una volta steso. Si passò le mani sul viso, con un sospiro più profondo. «Io voglio entrare in marina, ormai ho deciso. Aspetto solo di compiere diciotto anni, tra un mese. Così potrò andarmene davvero. Questa vita non fa per me.»

«Ah... mi dispiace. Cioè... che chiudete, mi dispiace.»

Non eccellevo nemmeno nell'esprimere solidarietà. Anzi. Ero un disastro. Studiavo parole adatte da dire per poi rendermi conto che sarebbero state inopportune e soggette a un'interpretazione sbagliata. Anche il mio tono di voce apatico spesso non aiutava e le parole restavano lì, come sospese nel vuoto, intrappolate in uno spazio indefinito. Ero brava a scriverle, ad averle davanti su un foglio, una dopo l'altra, in modo da sapere sempre come organizzarle. Non a pronunciarle e a disperderle nel vento, a lasciarle andare e a perderne completamente il controllo.

«Eccomi! Che ve ne pare?» Stephanie si ripresentò nel suo costume da bagno azzurro, con i capelli completamente raccolti sulla nuca e gli occhialoni da sole. L'effetto era straordinario, sembrava una diva degli anni Cinquanta. Lanciò a terra la sua borsa, i sandali e il vestitino, ridotto a uno straccetto informe.

Adam voltò la testa verso di lei, facendosi ombra con una mano per osservarla meglio. Strizzò leggermente gli occhi con espressione compiaciuta.

«Stai molto bene.»

«Andiamo a fare il bagno?» Lo sguardo di Stephanie era fisso su Adam. Non pensai che volesse escludermi. Sapeva che non avrei accettato.

Adam si rimise seduto, poi si sfilò la maglietta con gesto deciso. «Tu non vieni?»

Scossi la testa senza esitare. «No, non ho il costume.»

Lo osservai alzarsi un po' pigramente e sfilarsi le scarpe e i pantaloni. Vedendolo nei suoi boxer blu distolsi immediatamente lo sguardo. Era decisamente cambiato.

Cercando qualcosa di indefinito nel mio zaino evitai di assistere alla corsa di Stephanie e Adam verso la riva. Con un'occhiata fugace mi assicurai che avessero raggiunto la meta.

Vidi Stephanie entrare in acqua per poi voltarsi a schizzarlo con un getto d'acqua e quindi allontanarsi allo scopo di farsi rincorrere. Mi sembrava di assistere alla scena di un film. Nulla di diverso dal solito, io come sempre assistevo alla sua vita da spettatrice. Rideva e sembrava felice, almeno lei. Io non riuscivo a comprendere come mi sentivo. Sapevo solo che finalmente potevo stare un po' da sola, in pace. Era quello che volevo e il mio desiderio si era realizzato, non avrei dovuto lamentarmi. Solo che la tanto auspicata pace era quasi annullata da una tensione incontrollabile che mi saliva dal petto e mi contorceva la bocca dello stomaco. Una sensazione spiacevole che mi faceva provare un disagio e un nervosismo a cui non ero in grado di dare una spiegazione razionale.

CAPITOLO 10

«Allora è lui!» Stephanie, una volta tornate a casa, era rimasta in silenzio fino a quando avevamo raggiunto la nostra camera.

«Lui chi?» Conoscendola mi aspettavo qualunque cosa da lei.

«Come chi? Adam!» Mi puntò addosso gli occhi cercando di incrociare il mio sguardo. «Adam insomma… quello del tuo diario. Si chiama Adam, o no? L'ho capito subito. È per lui che hai iniziato a scriverlo.»

Era vero. Il mio *Diario di Adam*. Non ci avevo pensato.

«Steph è solo un nome. È stato casuale, non intendevo lui. Cioè Adam. Poteva anche essere…» Clayton? No. Decisamente no. «Poteva essere un nome qualunque.»

«Quindi non ti interessa?»

Non apprezzavo il modo di indagare di Stephanie. Che poi era il suo modo di fare abituale, ma in quell'occasione la trovavo invadente e ostinata.

«No, Steph. Non mi interessa!» Sbuffai allargando le braccia lungo i fianchi. Già immaginavo cosa avrebbe comportato quella mia rivelazione.

«Quindi non ti dispiace se ci provo io…»

Ecco, appunto. Come se avesse avuto bisogno della mia approvazione.

«Tutto tuo se lo vuoi.» Sospirai sedendomi sul mio letto. Mi sentivo stanchissima pur non avendo fatto nulla per tutto il giorno. «Ma con quell'altro cosa farai quando arriverà?»

«Intendi Clayton?» Steph si lasciò cadere di peso al mio fianco. «Non lo so. Tanto mi starà sicuramente tradendo con un'altra in questo momento, quindi... Sai com'è fatto lui. E comunque non è mai stata una cosa seria tra noi.»

Non replicai. Durante il viaggio Steph non aspettava altro che l'arrivo di Clayton a Bournemouth. Qualche ora più tardi aveva completamente cambiato idea. Era evidente che non fosse una cosa seria, ma solo smania di vittoria su Lesley. E invece il suo nuovo interesse nei confronti di Adam, che cos'era? Sicuramente non avrei tardato a scoprirlo.

Con il trascorrere dei giorni grazie ad Adam, a suo fratello e al Luna Park avevo ottenuto la vacanza dei miei sogni. Tranquilla e rilassante. Eddie era completamente assorbito dal tiro a segno e dalla frenesia di scoprire i segreti della casa dei fantasmi. Aveva addirittura chiesto a Steve Comte, il padre di Adam, di assumerlo come fantasma in prova, promettendo che sarebbe stato bravissimo nel terrorizzare i clienti.

Allo stesso modo Stephanie stava costantemente attaccata ad Adam. Considerato il fatto che non doveva portarlo via a una rivale, immaginai che il suo interesse nei suoi confronti fosse spontaneo, reale. Anche se Adam non aveva nulla a che fare con i tipici ragazzi che di solito attiravano l'attenzione di Steph. Aveva certi amici che solitamente incontravamo sulla spiaggia, ma anche con loro sembrava avere poca confidenza.

«Sai che ho scoperto che scrive poesie!» Mi rivelò una sera Stephanie, mentre ci stavamo preparando per andare a dormire. «Tu non lo sapevi?» Si infilò a letto, voltandosi verso di me. «Lui è davvero molto diverso dagli altri. E non solo perché scrive. Anche altri scrivono. Ma Adam non sembra interessato a me dal punto di vista in cui lo sono gli altri, capisci cosa intendo Bon?»

«Mmh...» Non ero certa di voler capire. Ed ero comunque abbastanza sicura di non voler proseguire quella conversazione troppo a lungo. «Magari è solo più bravo a nasconderlo. I maschi sono tutti uguali, Steph. Non ti illudere.»

«Parli come una grande intenditrice. E invece...» Stephanie scoppiò a ridere e mi lanciò uno dei suoi cuscini.

«Non sarò un'intenditrice come te, ma so osservare bene. Ognuno ha il suo atteggiamento, il suo modo di comportarsi. Come si può definire... il suo stile, ecco. Considera Clayton, Anthony e quel poveretto di Stuart Sminer. Cosa credi che voglia anche lui?» Forse non avrei dovuto nemmeno iniziare il discorso. Ma ormai...

«Portarmi a letto?» Ecco, non si poteva certo dire che Steph girasse intorno alle questioni.

«Io non lo avrei espresso così, però... Quello che volevo dire è che ognuno ha il suo carattere, ma alla fine tutti vorrebbero stare con te. Quindi anche Adam, suppongo. Per questo dico che è come gli altri.» O forse no. Non ne ero più convinta nemmeno io in realtà. Non sapevo nemmeno più perché avevo iniziato quel discorso e dove volevo arrivare davvero.

«Comunque...» Stephanie sembrava persa nelle sue fantasie, probabilmente non mi aveva nemmeno ascoltata. «Davvero non ti importa se mi faccio avanti con lui? Se inizio una storia seria, voglio dire...»

«Me lo avevi già chiesto quando siamo arrivate. Ti ho già detto che puoi fare quello che vuoi, Stephanie.»

Non capivo perché insistesse tanto nel chiedere il mio consenso. Comunque ormai aveva deciso. E poi come poteva pensare a una storia seria? Lo conosceva solo da qualche giorno. Ma forse accadeva proprio così e io non avevo esperienza per giudicare se fosse giusto o sbagliato. Tanto meno per avere un'opinione sulle tempistiche delle relazioni sentimentali.

«Tu lo conoscevi da prima, per questo voglio essere sicura che non ti dia fastidio... Se c'è stato qualcosa tra di voi in passato...»

Mi sciolsi i capelli, posai l'elastico sul comodino e sprofondai la testa nel cuscino. «In passato quando? Avevo undici anni, Steph. Non mi è mai importato di Adam. E non mi importa nemmeno ora. Contenta?»

«Sì, sono contenta. Perché allora potresti concedermi il tuo solito aiutino...» Stephanie ridacchiò nascondendo la testa sotto le coperte. Non avevo idea di cosa intendesse. «Scrive anche lui, quindi ti dovrai impegnare molto di più questa volta! Dovrai dare il meglio di te.»

Compresi all'istante. Scrivere ad Adam? Io? No, non poteva chiedermi anche questo.

«Non ci penso proprio, mi dispiace. E poi secondo me non ne avrai bisogno con lui.»

«Bonnie, per favore. Adam è tanto carino e gentile, ma mi sembra un po' lento a capire. Non ha nemmeno provato a baciarmi ancora! Sembra intimidito. Magari con le paroline giuste possiamo accelerare un po' i tempi. L'estate passa in fretta, finirà che mi tocca partire proprio sul più bello, senza nemmeno provarlo...»

Stephanie continuava a ridere. Nonostante tutto iniziai a ridere anche io. Era davvero senza scrupoli e senza vergogna.

«No, no. Mi rifiuto. Le paroline giuste con Adam questa volta te le trovi da sola.» Le girai le spalle nascondendo la testa sotto al cuscino. «Io e le mie lettere siamo in vacanza fino a settembre!»

CAPITOLO 11

Stephanie era riuscita a ottenere quello che desiderava, come sempre. Prima da me e poi da Adam. Io avevo scritto una delle mie lettere, impegnandomi meno del solito però. Avevo prodotto una sorta di copia di quella che avevo recentemente creato per Clayton, cambiando alcuni passaggi solo allo scopo di personalizzarla e rivolgerla ad Adam. Stephanie non se n'era nemmeno accorta. E il piano di conquista di Adam aveva funzionato. Però lui, al contrario di Clayton, oltre a cedere aveva risposto. A volte accadeva, nulla di nuovo. Poche righe, un po' distaccate in realtà. Messe insieme quasi per cortesia, come da uno che volesse accertarsi di non aver frainteso le intenzioni di chi aveva scritto la lettera. Forse era stato uno sbaglio da parte mia riciclare la lettera di Clayton anche per lui. Avrei dovuto formulare frasi diverse, nuove... ma ormai era andata così e poi l'obbiettivo di Stephanie era stato raggiunto, quindi non aveva più importanza.

La verità però era un'altra. Se quelle poche parole un po' distaccate da parte di Adam non avevano creato problemi a Stephanie, avevano invece turbato me. Mi rendevo conto che la lettera destinata a Clayton Stone era stata del tutto inadatta per Adam, troppo forzata, troppo palese. Non abbastanza raffinata. Era stato un mio imperdonabile errore. La mia carriera di scrittrice di lettere altrui poteva essere irrimediabilmente compromessa.

Per questo l'inizio della frequentazione di Stephanie e Adam aveva coinciso con il mio impegno per evitare accuratamente di restare da sola con lui, anche per pochi minuti. Non volevo nemmeno conoscere i dettagli della loro storia. Piuttosto preferivo seguire Eddie e Dennis, con la scusa di sorvegliarli quando in realtà non ce n'era alcun bisogno.

Uscivo la mattina presto a passeggiare lungo la spiaggia. Era un modo per sentirmi meno sola. Paradossalmente mi sentivo più sola quando stavo in mezzo agli altri. Invece quando lo ero davvero, percepivo come un sollievo, un respiro amico che mi accompagnava, che placava il mio stato d'animo e quello strano tormento interiore che mi affliggeva senza una ragione precisa.

Passo dopo passo raggiunsi la riva. Sfilandomi le scarpe lasciai che l'acqua mi sfiorasse i piedi. Sollevai i jeans entrando fino alle caviglie. Chiusi gli occhi. In fondo mi piaceva l'acqua del mare. Che mi sfiorasse appena però, senza avvolgermi, senza sommergermi.

«Anni fa credevo che non volessi bagnarti i capelli, sai treccine? Per questo non entravi mai in acqua.»

La sua voce alle spalle non mi sorprese. Non lo aspettavo, ma mi rassegnai. Prima o poi sarebbe dovuto accadere.

«Io invece credevo che tu mi chiamassi così perché non ricordavi il mio nome.»

Probabilmente era vero. Comunque non aveva motivo di ricordarlo.

Adam si sfilò le scarpe e le lanciò indietro nella sabbia.

«Allora non avevi una grande opinione di me, Bonnie Meisel.»

«Non ho una grande opinione di nessuno, Adam Comte. Niente di personale.»

Percorsi qualche passo lungo la riva. Non sapevo come pormi nei suoi confronti. Non riuscivo ad afferrare il mio ruolo con lui che da ragazzino quasi amico d'infanzia era cresciuto per diventare il ragazzo di Stephanie.

«Peccato. Che vuoi fare nella vita, treccine?»

«Ti sembra una domanda sensata alle otto del mattino?»

Continuai a camminare sollevandomi le maniche della felpa. Non volevo voltarmi a guardarlo. Quella maledetta lettera mi faceva sentire a disagio. Non mi era mai accaduto prima, con nessuno degli altri. Ma con lui mi sentivo quasi scoperta, compromessa, come se portassi scritto in faccia che ero stata proprio io a scriverla.

«Magari prima di colazione è un po' pretenziosa, capisco...» Lo sentii ridere alle mie spalle.

«Pretenziosa? No, non è il termine adatto. Direi piuttosto che è un po'... subdola, maligna!» Mi girai ridendo. «Chiedere a una ragazza mediocre in tutto cosa vuole fare nella vita. Certo, anche la mancata colazione influisce.»

«Ecco, allora avevo ragione. Andiamo, ti offro un muffin se vuoi. Oppure uova e pancetta...»

Per un attimo fui tentata di accettare. Ma l'idea di quelle parole riciclate dalla lettera destinata a un altro, non mi permetteva di sentirmi libera nei suoi confronti.

«No, scherzavo. Non ho mai fame la mattina. Grazie comunque, Adam.»

Volevo solo togliermi dalla situazione, al momento. Tornare a casa. A casa dai nonni. Anche a casa mia a Bath in realtà. Allontanarmi e basta.

«C'è qualcosa che non va, vero?» Adam si scostò da me e dalla riva, andandosi a sedere poco lontano. Lo vidi chinare il capo e giocherellare con dei granelli di sabbia che raccolse in una mano per poi lasciarli cadere.

«No, io...» Non capivo cosa intendesse per cui non sapevo come rispondere. L'istinto mi spingeva a sedermi al suo fianco, a parlare con lui. La ragione invece tentava di convincermi a tenerlo a distanza.

«Vorrei essere più divertente, ma non ci riesco in questo momento.» Quando sollevò la testa mi sentii attraversare dai suoi occhi azzurri.

«Lo stai dicendo alla persona sbagliata, Adam. Non sono mai stata divertente in vita mia, quindi non farti problemi. Non c'è nulla che non va... sono così di natura.»

Cedetti all'istinto andandomi a sedere accanto a lui.

«Riesco solo a pensare ad andarmene via da qui, a partire.» Adam si morse le labbra, abbassò nuovamente lo sguardo e prese a disegnare sulla sabbia con le dita. «Mio padre si ostina a non abbandonare il Luna Park anche se le cose vanno male. Non accetta ragioni, da quando mia madre è morta. E io sai cosa penso? Che sia colpa sua, in fondo... che... se non fosse stato così ossessionato, lei non si sarebbe ammalata. Oppure avrebbe accettato di farsi curare prima... Ma lui cercava di salvare il Luna Park, era l'unica cosa di cui gli importava, quindi per alcuni anni ci siamo spostati e... diceva sempre di aver trovato il posto giusto, che la situazione sarebbe cambiata...»

Non sapevo di sua madre. La ricordavo. Dolce, simpatica. Molto somigliante ad Adam, nel suo modo di sorridere. Non vedendola nella settimana appena trascorsa, non avevo chiesto di lei. Nessuno ne aveva parlato e io non ci avevo pensato. Avevo creduto solo che fosse un caso non averla ancora incontrata. Non mi ero posta il problema.

«Mi dispiace, Adam.» Non sapevo che altro dire. Mi sentivo pessima, distante, indifferente alla sua sofferenza, ai suoi drammi. Stephanie non mi aveva detto nulla. Forse nemmeno lei sapeva.

«Con te non devo sforzarmi di essere divertente, treccine. Non hai idea di quanto sia complicato a volte.»

Posò la mano sulla mia testa, come aveva già fatto qualche giorno prima. La trattenne più a lungo questa volta.

«Io non mi sforzo mai. Non ti preoccupare.»

Continuando a percepire il contatto con la sua mano sulla mia testa fui tentata di sfiorargli il viso. Provavo compassione per lui. Un dispiacere sincero, pur non essendo brava a esprimerlo.

Quello che vedevo in lui andava oltre Stephanie, oltre me stessa e soprattutto oltre la mia stupida lettera. Lo trovai perso, confuso, combattuto tra doveri e desideri. Tra rancore e rimpianti. Allora compresi che la sua insistenza nel chiamarmi "treccine" era forse un tentativo di rimanere attaccato a un passato in cui il dolore non era ancora stato sperimentato. In cui il futuro sarebbe stato davvero tutto da vivere, senza contrasti, senza rimorsi, senza necessità di scelte più o meno forzate. E lo capivo. Perché io, anche se in modo diverso, provavo esattamente lo stesso.

CAPITOLO 12

Trascorse qualche altro giorno. Adam e io non parlammo più di quella mattina, non tornammo sul discorso e io evitai di approfondire le sue confidenze. Magari Stephanie sarebbe stata più adatta di me a confortarlo e a esprimere solidarietà. Lei era calda e tenera, quanto io mi sentivo fredda e arida.

La prima domenica di luglio, poco dopo l'ora di pranzo, Stephanie ricevette una telefonata a casa dei nonni. La nonna, che le aveva passato la chiamata, non disse chi l'aveva cercata e io diedi per scontato che si trattasse dei suoi genitori. Mentre era al telefono mi avvicinai senza pormi problemi. Per scoprire che a chiamare non erano stati i suoi, ma Clayton. Quindi lei in qualche modo era riuscita a fargli avere il numero di telefono dei nonni a mia insaputa. Certo, se gli aveva fatto promettere di raggiungerla, doveva averlo messo in condizioni di contattarla.

Mi ritirai in un angolo per non essere indiscreta e sperando che concludesse in fretta, ma la conversazione si protraeva ancora. La sentivo ridere senza riuscire a comprendere di cosa stessero parlando. Avevamo deciso di recarci al mercatino di antiquariato che arrivava in città la prima domenica del mese. Dopo una mezz'ora di attesa, sentendomi sempre più infastidita dal suo comportamento, decisi di andarci senza di lei. Le feci un cenno e lei mi comunicò a gesti che mi avrebbe raggiunta in seguito in centro.

Così mi ritrovai ad aggirarmi tra le bancarelle da sola. Per quanto ci avessi tenuto ad andare non riuscivo a soffermarmi su nulla. Eddie mi aveva seguita e mi era stato intorno per circa dieci minuti prima di stancarsi e avviarsi verso il Luna Park. Tra oggetti antichi, soprammobili, abiti di epoche passate e vecchi libri non c'era nulla che potesse attrarre la sua attenzione. Io invece mi sentivo quasi confortata dalla presenza di quelle anticaglie. A casa. Erano oggetti remoti, inconsueti. Passati di moda, un po' come lo ero io.

Capitai di fronte a un banco che raccoglieva insieme una quantità di oggetti vari, da utensili per la casa ad accessori per la toeletta di un tempo, specchi, vecchie spazzole, colletti ricamati. C'erano anche bamboline di porcellana, giocattoli in legno, collezioni di soldatini. In un angolo vidi esposte alcune raccolte di francobolli, vecchie fotografie, cartoline e lettere. Mi avvicinai per osservare meglio. Sì, erano davvero cartoline e lettere che qualcuno aveva scritto tanti anni prima. Ingiallite, consunte, talmente fragili da rischiare di essere distrutte anche con una pressione troppo forte delle dita. Mi diedero la sensazione di povere vecchie ossa abbandonate a se stesse, smarrite nel tempo, che si sarebbero potute sgretolare da un momento all'altro senza più un corpo che le proteggesse. Vittime di desolazione, di incuria, di noncuranza.

Venni colta da una commozione così sottile ma allo stesso tempo profonda da non riuscire a trattenere un singhiozzo. Mi portai le mani al viso per nascondere gli occhi. Che senso aveva essere così stupida? Piangere per parole passate che non mi appartenevano, che non avevano nulla a che fare con me?

Ne raccolsi una a caso. Era una vecchia cartolina di Bournemouth del 1903 spedita da una certa Gladys a qualcuno il cui nome era sbiadito e che io non riuscivo a decifrare, scritta in una calligrafia minuta e regolare.

«Cosa penseresti se qualcuno tra ottant'anni leggesse le nostre lettere, treccine?»

Posai automaticamente la cartolina in mezzo alle altre e mi staccai di un passo dal bancone. Sollevai lo sguardo e gli sorrisi appena, forzandomi di apparire naturale. Non mi stupiva incontrarlo lì, Stephanie probabilmente gli aveva detto che ci saremmo andate nel pomeriggio.

«Non penserei nulla perché sarei morta tra ottant'anni. Quindi chi se ne frega!»

Mi allontanai dalle lettere per fermarmi di fronte a una collezione di diari con copertine illustrate. Sfogliandoli mi resi conto che nonostante fossero piuttosto vecchi erano intatti, mai stati usati.

«A me darebbe fastidio se la gente leggesse qualcosa di mio.» Adam non sembrava intenzionato a desistere. «Un po' come... insomma, pensa se io scrivessi una lettera a una ragazza e la leggesse un'altra. E se a quest'altra poi saltasse in mente di rispondermi, così ipoteticamente...»

Era un modo per comunicarmi che sapeva, che aveva capito?

«A me invece non importerebbe. Quello che scrivo non è così importante.»

Stavo disperatamente cercando di cambiare discorso ma nella mia mente all'improvviso si era fatto il vuoto più assoluto. Forse avrei potuto giustificare l'assenza di Stephanie, ma avrebbe significato raccontargli che era rimasta al telefono con Clayton. Oppure sarebbe stato meglio dire che erano i suoi genitori. Ma la mia capacità di raccontare bugie non era impeccabile, quindi non era il caso di rischiare.

«C'è qualcosa che ti piace qui?» Adam bloccò il fluire dei miei pensieri prima che potessi trovare un nuovo argomento di conversazione. Stava fissando ciò che io tenevo tra le mani.

«No...»

Mi resi conto solo in quel momento di essere rimasta con uno dei vecchi diari in mano. Raffigurava, in un acquarello un po' scolorito dal tempo, un paesaggio di campagna, molto simile a quello che da Bath mi aveva portata a Bournemouth. Sullo sfondo due figure abbracciate, una donna dai lunghi capelli sciolti sulle spalle e un uomo che la cingeva per la vita. Lo posai rapidamente sul banco.

«Carino, potresti comprarlo.»

Adam lo riprese e lo osservò attentamente stringendo gli occhi.

«È solo un vecchio diario mai utilizzato, Adam. E poi non ho abbastanza soldi con me ora.»

Non ne avevo proprio. Ero uscita di fretta e senza zaino, probabile che avessi qualche moneta in tasca, ma non ne ero certa.

«Ti posso fare un prestito.»

Non capivo perché avesse costantemente la tendenza a ostinarsi. Si era messo in testa che io volessi quel diario. Quindi lo avrei avuto, che mi piacesse o meno.

«Sei davvero testardo, Adam.»

«Io sì, quando voglio qualcosa. Tu invece...»

Mi rivolse una smorfia, poi attirò l'attenzione dell'anziano signore oltre al bancone. Gli si avvicinò, acquistò il diario e tornò da me per consegnarmelo.

«Salderò il mio debito appena possibile» sospirai. Mi ero appena fatta comprare un diario che probabilmente non avrei mai usato. Non riuscivo a crederci.

«Un modo sarebbe lasciarmi leggere cosa ci scriverai.» Adam sorrise, poi si guardò intorno come in cerca di una destinazione.

«Ti sembro il tipo che lascia leggere agli altri il proprio diario?» La domanda mi uscì prima che avessi la prontezza di trattenerla.

«Sinceramente, treccine... sì, mi sembri proprio il tipo.»

Lui sapeva. Non capivo se in qualche modo lo avesse intuito. L'allusione alle lettere prima, subito dopo al diario. Probabilmente era stata Stephanie a parlargliene, a tradirmi. Ma come aveva potuto raccontargli che ero stata io a scrivere la lettera? E magari gli aveva detto anche del diario che scrivevo e che avevo chiamato con il suo nome! Io l'avevo aiutata e questo era stato il ringraziamento! Non importava come fosse successo, comunque. Ciò che contava e che non riuscivo a tollerare era che Adam sapeva e io per la prima volta mi sentivo incredibilmente fragile e vulnerabile. Proprio come quelle povere vecchie lettere che qualcuno aveva scritto tanti anni prima. Proprio come il diario che lui mi aveva appena comprato.

CAPITOLO 13

«Andiamo sulla spiaggia?» Adam sollevò le spalle con espressione indifferente. O meglio, era a metà tra noncurante e rassegnata. Come se avesse cercato invano un'altra destinazione senza riuscire a trovarla.

«Non mi va di fare il bagno.»

Meglio chiarire prima che gli saltasse in mente di propormelo.

«Lo so» annuì accennando un sorriso mentre percorrevamo il tratto di spiaggia che ci separava dalla riva. «Comunque nemmeno a me, stai tranquilla.»

Le scarpe da ginnastica mi affondavano nella sabbia asciutta provocandomi un effetto fastidiosissimo. Forse avrei dovuto toglierle, ma non mi andava. Era una giornata piuttosto fredda e ventilata nonostante ci fosse il sole. L'estate non era mai particolarmente affidabile.

Ci sedemmo a poca distanza dal mare. Le onde si infrangevano sulla riva con uno sciabordio lieve ma costante. Restammo in silenzio per qualche minuto. Nonostante cercassi argomenti di conversazione brillanti non sapevo proprio come iniziare.

«Grazie per il diario.»

Era l'ultima cosa che avrei voluto dire. Ero certa che Adam ne avrebbe approfittato per tornare sul discorso di prima. Incredibile! Mi procuravo danno da sola!

Invece tacque. Nemmeno una parola in proposito. Soltanto si sfilò il maglione e me lo posò sulle spalle.

«Stai tremando. Oggi fa un po' freddo.»

«Sì, un po'…»

Afferrai il suo maglione per le maniche e tentai di avvolgermelo intorno. Percepivo il suo profumo su di me. Ne ero talmente inondata da provocarmi una sensazione inebriante ma inaspettata al tempo stesso.

Restammo seduti in silenzio. Più di una volta mi sforzai per cercare qualcosa da dire. Qualunque cosa, anche non particolarmente intelligente, solo per fare conversazione. Ma non riuscii a trovare nulla. Adam restava al mio fianco. Osservava il mare. Forse meditava sulla sua vita, sulla scelta di partire. Avrei voluto chiederglielo, ma non osai interferire. Mi sentivo di troppo anche tra i suoi pensieri.

Fummo interrotti, se così si può dire, dall'arrivo di Stephanie. Si inginocchiò accanto ad Adam aggrappandosi al suo braccio e incollando le labbra alle sue. Evitai di guardarli per non innervosirmi. Non la capivo ma ancora meno riuscivo a capire me stessa. Stephanie in fondo era sempre stata così, non c'era nulla di molto diverso dal suo atteggiamento normale. Non lo avevo mai approvato ma nemmeno avevo mai sperimentato questa sensazione di fastidio e insofferenza nei suoi confronti.

Convinse Adam ad entrare in acqua con lei e insieme sparirono tra le onde per sempre. O almeno fu ciò che desiderai in quel momento. Invece no, restarono a scherzare poco distanti dalla riva rendendo ancora più palese la mia inadeguatezza.

«Clay arriverà domani. Con due amici. Non credo che resterà molto in zona.» Mi comunicò Steph appena arrivate a casa.

«E tu che intenzioni hai?» Lo chiesi senza riflettere. Con l'arrivo di Clayton sarebbe stata costretta a fare una scelta, ma in fondo non erano affari miei.

«Ho intenzione di rompere con lui… per quello non credo che si tratterrà a lungo.» Stephanie sospirò stringendosi nelle spalle. «Ma forse è meglio così.»

«Per Adam?»

Domanda superflua. Conoscevo già la risposta. Clayton Stone avrebbe presto fatto parte della squadra in cui si trovava anche Anthony Page. Quella dei "mollati da Stephanie Lindbergh". Sarebbe successo anche ad Adam, prima o poi.

«Sì, per Adam.» Stephanie annuì con espressione palesemente soddisfatta accompagnata da aria sognante. «Voglio stare con lui.»

«Alla fine dell'estate torneremo a casa, Steph.»

Mi chiedevo se lo avesse messo in conto. La separazione, la distanza... Non che la vicinanza avesse mai influito positivamente sulle relazioni di Stephanie.

«Bon, alla fine dell'estate non so nemmeno dove andrò a stare. I miei si stanno separando e mia madre vuole andare a vivere nel Kent. Così io...» Stephanie sospirò e si passò le mani tra i capelli, poi li lasciò scivolare su una spalla. «Probabilmente diventerò una specie di pacco che si passeranno, finché non avrò raggiunto l'età per stare per conto mio. Fortunatamente non manca molto, poco più di un anno. Passerà in fretta, spero. E comunque Adam entrerà in marina. Quindi preferisco prendermi quello che posso e che voglio per tutto il tempo che resta. E adesso io voglio lui.»

Perfetto. Il ragionamento non faceva una piega. Tra tutte le sue contraddizioni e incoerenze, Steph aveva le idee chiare. Senza dubbio più chiare delle mie.

CAPITOLO 14

In cerca di una scusa per staccarmi da Steph mi ritrovai in soggiorno a suonare. Non avevo più voglia di sentirla parlare della sua travagliata vita sentimentale. Non avevo voglia nemmeno di suonare il pianoforte di mia nonna in realtà, ma in piedi cominciai a premere i tasti distrattamente prima di ritrovarmi seduta. Era la memoria a guidarmi. A guidare le mie dita, anzi. Come quando da bambini con la costante ripetizione si impara una filastrocca senza comprenderne il senso. E rimane in eterno, con la stessa modulazione e tonalità, anche da anziani si continua a rammentarla allo stesso modo infantile e cantilenato.

«Qualcosa ti turba, bambina?»

Mia nonna si era tenuta a distanza prima di avvicinarsi con circospezione. L'avevo capito fin da subito che mi stava osservando.

«No. Volevo solo fare una prova, ma...»

Smisi all'istante di premere i tasti. Avevo accennato alcune note di *Clair de lune* di Debussy senza alcun reale sentimento. Solo memoria, tecnica. Un po' come quando scrivevo. Nessun coinvolgimento emotivo, nulla. Del resto non poteva essere diversamente, considerato il fatto che io non provavo emozioni, mai.

«È per quel ragazzo che deve arrivare domani che sei agitata?» La nonna inclinò il viso e mi scrutò attentamente.

Ma di cosa stava parlando? Anzi, di chi? "Quel ragazzo che deve arrivare domani..."

«Cosa? No, assolutamente no.» Stava parlando di Clayton Stone? E di chi altro? «Arriva per Stephanie comunque, non c'entro io.»

«E per te non c'è nessuno?»

Se avessi saputo di subire un terzo grado da parte di mia nonna avrei evitato anche il pianoforte. A questo punto era meglio Steph. Almeno la forza dell'abitudine mi avrebbe aiutata a sopportare.

«No, nessuno.»

Avrei voluto trovare altro da dire per risultare più convincente, ma non mi venne in mente nulla. Continuavo a restare senza parole. E forse era proprio questo il mio problema. All'improvviso non avevo più parole, le avevo perse tutte chissà dove, chissà quando. E no, per me non c'era davvero nessuno. E del resto anche io non c'ero per nessuno. Nessuno. Nessuno. Ero solo stata brava a scrivere lettere per un qualcuno immaginario a cui davo il volto e il nome del ragazzo del momento. Ma era il ragazzo di un'altra, per me era nessuno. E così sarebbe continuato ad essere.

C'era una novità però. Mi ero stancata. E non avevo più parole da regalare. Quindi Stephanie e Adam sarebbero stati gli ultimi. Avrei smesso una volta per tutte di unire i destini degli altri. Non avevano bisogno di me, del resto. Se la sarebbero cavata benissimo anche da soli.

Aspettai di essere sola per poter uscire. Quasi di soppiatto, senza avvisare nessuno. Stephanie era rimasta in camera a provarsi i nuovi costumi che aveva comprato, la nonna si era ritirata in cucina, il nonno era in giardino. Mi mancava l'aria. E sentivo come un fastidio al centro del petto che mi accelerava i battiti per poi rallentarli improvvisamente.

Non sapevo nemmeno dove dirigermi. Spiaggia, centro... Esisteva un posto dove potermi nascondere da tutto e da tutti?

«Andiamo in spiaggia?»

Non mi ero accorta che mio fratello mi avesse seguita. Negli ultimi giorni era stato talmente tanto insieme a Dennis e a Steve Comte che lo avevo quasi dimenticato. Anzi, in realtà mi ero abituata al fatto che fosse con loro per la maggior parte del tempo.

«No, Eddie. Io ho voglia di restare da sola oggi. Vai con Dennis in spiaggia.» Non lo volevo intorno. Non volevo intorno nessuno. «Non starmi addosso pure tu, insomma! Togliti di torno!»

Mi sarei aspettata che insistesse dandomi il tormento invece sollevò le spalle, sospirò e si voltò allontanandosi da me.

«Allora ci vado da solo...» Lo sentii borbottare mentre si incamminava in direzione della spiaggia.

Non replicai e non lo trattenni. Mi sentivo debole e stanca. Tanto che avrei preso un treno qualunque per un'altra città. Una a caso, non aveva importanza. Invece ero confinata a Bournemouth senza possibilità di scelta. E non avevo voglia di incontrare nessuno.

Certo che con queste premesse ero consapevole del fatto che il Luna Park sarebbe stata la scelta meno opportuna. Provavo una sorta di attrazione e repulsione. Desideravo allontanarmi ma allo stesso tempo non riuscivo a resistere a quell'assurdo richiamo che mi trascinò non solo al Luna Park, ma all'interno della casa dei fantasmi. Forse perché in un certo senso ero un fantasma anche io, non esistevo.

Questo non faceva nessuna differenza rispetto a prima. Invece sì, una sottile differenza c'era. Prima ero soddisfatta di non esistere, grata al mondo di avermi lasciata in pace, di passarmi oltre senza attrarmi né corrompermi. Invece improvvisamente mi sentivo come in bilico tra due mondi, senza capire a quale dei due fossi destinata ad appartenere. Ma forse la verità era che non volevo capire, non volevo rischiare che il mio piccolo universo solitario ma perfetto venisse devastato e fatto a pezzi per sempre.

Quel buio, quel fragore, quelle risate maligne, perfide. E poi repentina e crudele quella luce quasi accecante, quei fili sottili sugli occhi, tra i capelli. Quel tocco quasi perverso, spaventoso. Ero stata nella casa stregata alcune volte negli anni precedenti. Non molte, ma sufficienti a comprendere che non mi aveva mai impressionata, né tanto meno terrorizzata. Mai, nemmeno la prima volta, nemmeno quando ero bambina.

Forse perché lo catalogavo nella mia mente come un mondo finto, troppo costruito da renderlo addirittura inesistente. Come potevo temere qualcosa che non esisteva? Provavo più timore nei confronti del mondo reale, delle persone che mi giravano intorno ogni giorno. Mi ero rifugiata lì alla ricerca di una finzione che mi riportasse indietro, che mi riparasse da una realtà che stava perdendo i suoi confini invadendo i miei. La temevo troppo. Per questo non intendevo permetterlo, non intendevo farmi cogliere impreparata.

Sapevo che la malia di quell'illusione sarebbe durata per poco. Dopo tre giri mi costrinsi a scendere. Mi sentivo sempre più sciocca e speravo di non essere stata vista. Sapevo anche che, indipendentemente dalla mia volontà, mi sarei dovuta imbattere in Stephanie e Adam, prima o poi. Iniziai a calcolare quanto tempo mancasse alla fine dell'estate e della nostra permanenza a Bournemouth. Troppo. Decisamente troppo per l'insofferenza da cui mi sentivo di continuo soffocare e affliggere in quegli ultimi giorni.

Fuori dal Luna Park la scelta era tra la casa e la spiaggia. Restai ferma, quasi desiderando che qualcuno prendesse la decisione al mio posto. Attraversai la strada in diagonale per raggiungere la spiaggia, un po' più avanti rispetto a dove ci ritrovavamo di solito. Avevo intenzione di iniziare a camminare e di spingermi fin dove sarebbe stato possibile arrivare. Mi sentivo rinchiusa, costretta dai limiti fisici del mio corpo e dalle circostanze che non mi permettevano di andare via, di fuggire, di essere libera.

Lanciai una fugace occhiata verso il solito punto di spiaggia, convinta di intravedere Stephanie, Adam, magari anche mio fratello e Dennis che non avevo incontrato al Luna Park. Non riuscii però a distinguerli perché un gruppetto di persone si era ammassato sulla riva. Chissà cosa c'era di così importante da vedere? Magari qualche conchiglia particolare... ma non mi sembrava ce ne fossero. Oppure avevano trovato un oggetto di valore, qualcosa di raro, di antico. La mia immaginazione cominciò a costruire storie fantastiche e improbabili. Magari una sirena. Oppure un naufrago proveniente da qualche terra sconosciuta. No, nulla mi avrebbe costretto a tornare indietro, nemmeno la curiosità. Così, imperterrita, continuai a camminare.

«Bonnie!»

Era Steph quella che correva verso di me urlando il mio nome e agitando il braccio per attirare la mia attenzione?

Sospirai rassegnata e mi incamminai nella sua direzione. Possibile che non riuscissero mai a lasciarmi in pace? Quando me la trovai di fronte vidi che era pallida e con l'espressione stravolta.

«Bonnie, fermati...» Solo quando mi ebbe raggiunta riprese fiato e si morse le labbra. Era in uno stato di tensione che non avevo mai riscontrato prima in lei. Sembrava lottare contro parole che non avrebbe voluto pronunciare. «Eddie, stava per annegare. Per fortuna è arrivato Adam!»

Era stata tutta colpa mia. Mio fratello sarebbe annegato per colpa mia, se non fosse stato per Adam. Quando avevo desiderato allontanarmi, sperando di trovarmi altrove, credevo fosse impossibile sentirmi peggio. Mi sbagliavo. Era possibile. Avevo lasciato Eddie da solo. Se Adam non lo avesse salvato lo avrei avuto sulla coscienza per il resto della vita. Quindi sì, era possibile stare peggio. Possibilissimo.

Rimasi come impietrita tra quella gente ancora raccolta intorno a Eddie che continuava a tossire ma si sforzava comunque di mostrarsi superiore, come se non avesse rischiato troppo allontanandosi eccessivamente dalla riva. Mentre Steph mi informava sullo svolgimento dei fatti e mi rendeva partecipe del salvataggio, non avevo più nemmeno la forza di rimproverare Eddie o di ringraziare Adam. Quindi oltre a essere una sorella incosciente ero anche un'ingrata.

«Adam… grazie…» Ecco. Lo avevo fatto. Che altro dovevo dire?

Adam sollevò lo sguardo verso di me. Era ancora inginocchiato accanto a Eddie che abbastanza velocemente stava riprendendo a respirare regolarmente.

«Tranquilla… solo un po' di spavento e qualche sorso d'acqua bevuta.» Si alzò mentre le persone intorno a noi defluivano e tornavano tranquillamente al loro posto. Io non riuscivo ancora a identificare il mio. Adam mi posò la mano sulla spalla. Strinse leggermente gli occhi azzurri con aria preoccupata. «Bonnie, tu sembri stare peggio di lui… Sei pallidissima. Bonnie…»

Non compresi il resto delle sue parole. Riuscii a percepire solo il contatto delle sue braccia intorno al mio corpo e poi più nulla.

Ero stata talmente brava da riuscire a svenire per la prima volta nella mia vita. Un calo di pressione probabilmente, avevo sentito dire da chi mi stava intorno. Avevo bisogno di zuccheri. Alla pessima figura si era aggiunto l'imbarazzo di essere portata a casa in braccio, anche se mi ero ripresa immediatamente. E pensare che solo pochi minuti prima ero intenzionata a fuggire, a camminare fino a varcare i confini di questa città, di questo paese, di questo universo.

Mi ero dovuta quindi impegnare per convincere prima Stephanie e Adam, poi i nonni che stavo bene. Mi ero solo spaventata un po' per Eddie che, invece di essere tramortito dal rischio che aveva appena corso, se la rideva beatamente alle mie spalle e si era subito avviato verso il Luna Park insieme a Dennis. Erano diventati un mostro a due teste quegli infidi ragazzini. Adam mi aveva trasportata a casa in braccio e loro non avevano fatto altro che prendermi in giro per tutto il percorso. Li avevo detestati. E avevo detestato anche Adam che non aveva voluto sentire ragioni, anche se io assicuravo di essere perfettamente in grado di stare in piedi e camminare.

«Sto bene. Lasciatemi soltanto dormire un po' e fra poco starò meglio...»

Non avevo affatto sonno, ma sarebbe stata un'ottima ragione per liquidarli tutti in un colpo solo appena distesa sul letto in camera.

Cercai di non incrociare lo sguardo di nessuno temendo che mi leggessero negli occhi qualcosa che nemmeno io sapevo come definire, inquadrare. Appena mi lasciarono sola mi ritrovai al buio con le lacrime che mi inondavano il viso e che non ero più in grado di controllare.

CAPITOLO 15

«Clayton arriverà oggi!»

Il mio non risveglio, perché non mi ero comunque addormentata, era stato accolto da questa comunicazione da parte di Stephanie.

«Ah... fantastico...»

Non riuscii a colmare l'abisso che si era creato tra le parole e il tono di voce con cui le avevo pronunciate. Dovevo proprio aggiungere altro?

«Come ti senti, Bon? Stavo pensando...» Stephanie si sedette sul bordo del letto inclinando leggermente la testa, come a scrutarmi meglio. In quel momento mi diede per un attimo l'impressione del lupo pronto a sbranare la nonna di Cappuccetto Rosso. «Ecco, io stavo pensando che tu potresti tenerlo un po' impegnato...»

Un po' impegnato? Non osavo chiederle in che senso "impegnato". La guardai in silenzio e restando completamente immobile. Non avevo nemmeno la forza di cambiare espressione.

«Intendo dire che se tu intrattenessi un po' Clay magari non ci resterebbe troppo male.» Era impazzita? Cosa le faceva credere che Clayton Stone avrebbe voluto essere "intrattenuto" da me? «Magari se ti mettessi un po' più carina, con uno dei miei vestiti...»

Sì, era impazzita. Probabilmente un colpo di sole. E pensare che quella svenuta ero io!

«Assolutamente no! Scordatelo, Steph. Io non terrò impegnato proprio nessuno!»

E non volevo più sentire ragioni, questa volta. Non mi avrebbe convinta. Nemmeno usando tutte le sue arti, le sue faccine tenere e i suoi ricatti morali. Ed era bravissima in questo. La migliore.

«Perché no? Che cosa ti costa?» Stephanie sbuffò con espressione corrucciata. «Alla fine può essere divertente… Non mi dire che non hai mai fatto un pensierino su Clay? Sarebbe impossibile, tutte le ragazze della scuola hanno fatto pensierini su Clayton! E ti posso assicurare che li vale davvero tutti!»

«Anche se non l'avessi mai fatto, mi ci stai obbligando tu adesso! Comunque di nuovo no, Steph. Questa volta mi dispiace, ma…» Basta subire! Stava già mettendo in campo il suo tipico atteggiamento da vittima delle circostanze avverse. «Le persone non sono oggetti, Stephanie. Nonostante tu abbia sempre creduto il contrario.»

Ecco, lo avevo detto. E non ero nemmeno pentita.

Rimase in silenzio per un po'. Non capivo se stava riflettendo sulle mie parole o meditando su come rispondermi adeguatamente.

«Alla fine è tutto un gioco, Bon. Perché non te ne vuoi accorgere? Continui a limitare te stessa pensando cosa sia giusto fare e cosa no… Quando dovresti vivere e basta. E divertirti il più possibile! Anche l'amore è un gioco, soprattutto adesso.»

L'aveva rigirata a modo suo. E la conclusione assurda ma reale era che io stavo meditando sulle sue parole, non il contrario. L'amore era davvero un gioco? Forse aveva ragione lei e sbagliavo io. Forse la vita stessa era un gioco. Ma cosa ne sapevo in fondo io dell'amore? E della vita?

«Sai che ti dico, Bon? Dovresti davvero iniziare a uscire con qualcuno invece di reprimerti e startene sempre in casa, chiusa nei tuoi maglioni enormi. Perché non inizi con Clayton?»

Certo, per lei era tutto semplice. Un gioco, appunto.

Le voltai le spalle rifiutando di proseguire oltre il discorso. Rifiutai di tornare in spiaggia. Rifiutai anche di uscire. Con la promessa di pensarci rimasi di nuovo sola. Ma in realtà non avevo nulla da pensare. Non volevo uscire con Clayton. Non volevo intrattenerlo o "fare pensierini" su di lui. Poi chi mi assicurava che lui sarebbe stato d'accordo? Questo mi suggeriva la mia vocina interiore. Lui era abituato a... Insomma, non facevo parte del suo standard di ragazze da frequentare. E comunque... Ripensai alla scena a cui avevo assistito qualche mese prima, tra Clayton e Lesley. Mio malgrado non riuscii a impedirmi di immaginare come sarebbe stato. Essere baciata da lui, toccata da lui come aveva fatto con Lesley.

Mi posai una mano sulla fronte. In fondo sarebbe stato meglio uscire a prendere un po' d'aria. Tutta colpa di Steph! Mi faceva pensare a cose che da sola non avrei mai nemmeno preso in considerazione. Clayton Stone. No, impossibile. Era una follia!

Forse era il caso di tornare a rintanarmi nella casa dei fantasmi. Per escludere definitivamente dalla mia vita e dalla mia mente l'idea di persone reali troppo al di là delle mie possibilità, dei miei confini.

Aspettai che Stephanie fosse uscita da un po' di tempo prima di provare a ricompormi. Davanti allo specchio appeso alla parete della stanza mi scrutai attentamente. Avevo un aspetto anonimo. Ravvivai i capelli in modo tale da farli ricadere su entrambe le spalle. Truccarmi, vestirmi come Steph, come le altre... Cercare di attrarre Clayton Stone per baciarlo come aveva fatto Lesley? Sarebbe servito a qualcosa? Avrebbe cambiato l'aspetto riflesso nello specchio? Sicuramente sì. Ma avrebbe cambiato anche quella che io vedevo davvero, oltre quel riflesso?

No, assolutamente. Sarei stata sempre io. Sotto al vestito, dietro al trucco mi sarei riconosciuta. E mi avrebbero riconosciuta anche gli altri, anche Clayton Stone, rimettendomi al mio posto senza appello. I miei jeans, la mia maglia sformata, i capelli raccolti nella mia comoda e confortante coda. Questa ero io.

E così com'ero mi decisi ad affrontare il mondo, di nuovo. Non me la sentivo di raggiungere gli altri in spiaggia. Stephanie, Adam, magari anche i suoi amici che trascorrevano i pomeriggi appostati sulla riva. No, meglio evitare i loro sguardi di commiserazione. Ero svenuta e Adam mi aveva portata a casa in braccio. Meglio non tornare subito sul luogo della vergogna!

Dopo aver rassicurato la nonna sulle mie condizioni e averle promesso che avrei raggiunto gli altri in spiaggia mentendo spudoratamente, mi avviai indecisa sulla mia destinazione tra il centro e il Luna Park. Magari avrei potuto dirottarmi verso la biblioteca. Mi sembrava un ottimo espediente per nascondermi dal resto del mondo.

«Buona giornata, Bonnie. Spero che tu stia meglio ora.»

L'uomo che mi salutò a pochi passi dall'edificio stava percorrendo la mia stessa strada. Identificai solo dopo qualche istante il padre di Adam. Non ero abituata a vederlo in un luogo che non fosse il Luna Park.

«Buongiorno. Sto bene, grazie.»

La mia pessima figura era giunta fino a lui, quindi? Ottimo!

Non sapevo se accelerare il passo verso la biblioteca oppure continuare a camminare accanto a lui, anche se l'idea mi faceva sentire a disagio. Cosa ci andava a fare in biblioteca? Era davvero quella la sua direzione? Ovviamente non erano affari miei.

Mi guardava come se fosse sul punto di dire qualcosa. Sembrava quasi in imbarazzo, intimidito e io non ne comprendevo il motivo. Da quanto rammentavo non era mai stato un uomo molto socievole. Gli occhi azzurri e l'espressione assorta mi ricordarono Adam. Doveva somigliargli molto alla sua età.

«Avrei bisogno di parlare con te, Bonnie.»

Come? Avevo sentito bene? Cosa poteva volere Steve Comte da me? Increspò le labbra e mi squadrò ancora. Mi sentivo sempre più confusa, indagata. Ormai ci eravamo fermati entrambi. Lo fissai perplessa prima di annuire.

«Non sono d'accordo con la decisione di Adam di entrare in marina. Non fa per lui, non è la sua vita. Qualunque cosa cercherà di ottenere, non ci riuscirà.»

Registrai le sue parole cercando di dare un senso a quello che mi stava comunicando. Il pensiero immediatamente successivo mi indusse a chiedermi perché. Perché lo stava dicendo a me? In ogni caso Steve non mi diede il tempo di replicare.

«Adam deve portare avanti il Luna Park, deve aiutarmi a salvarlo prima che sia troppo tardi. Per me, per sua madre... e per se stesso! Non deve, non può lasciare tutto per un capriccio!»

Di nuovo non potei fare a meno di chiedermi perché lo stesse raccontando proprio a me.

«Ma se... è quello che lui vuole...» bisbigliai appena.

In realtà dentro stavo urlando. Chi era lui per impedire a suo figlio di fare una scelta? Era la sua vita... e almeno Adam, a differenza di me, sapeva esattamente cosa voleva ottenere.

«No, in realtà non è quello che vuole. Lo sta facendo contro di me, per farmela pagare. E io non posso fare niente per fermarlo. Invece tu puoi convincerlo a non andarsene...»

Io? «Ma io...» Cosa avevo a che fare io con la decisione di Adam? «No, io non posso. Cioè non...» Convincerlo a non andarsene? Ma cosa potevo fare o dire io per fargli cambiare idea? E soprattutto cosa faceva pensare al padre di Adam che io sarei riuscita a trattenerlo? «Voglio dire, ormai ha preso la sua decisione... io non ho questa influenza su Adam e poi non mi ascolterebbe comunque.»

«Sì, invece. Ne sono sicuro, Bonnie.» Non avevo notato fino a quel momento quanto il volto del padre di Adam fosse diventato affilato e severo, cupo. Non era più l'uomo sereno e tranquillo che ricordavo da bambina, al contrario si era trasformato in un uomo che si trascinava dietro la sua sofferenza, come una seconda pelle di cui non intendeva comunque disfarsi. «Adam ha grande interesse per te e per la tua opinione. Se tu gli chiedessi di non partire... ti ascolterebbe, certo che ti ascolterebbe!»

CAPITOLO 16

Aveva sbagliato persona. Decisamente. Forse non avrei dovuto dirlo con un tono così secco e sprezzante, ma Steve Comte mi aveva davvero spazientita. Non accettava la decisione del figlio per puro egoismo e si aspettava che io cercassi di influenzarlo perché portasse avanti una vita che lui gli aveva scelto.

Dopo averlo salutato frettolosamente ero corsa all'interno della biblioteca. Sentivo la rabbia salirmi dal petto fino a soffocarmi. Io non ero come gli altri. Soprattutto io non ero come Stephanie, come mia madre, come il padre di Adam. Io non cercavo di condizionare le scelte e la vita di altre persone. Quindi non avrei nemmeno tentato di convincere Adam, per nessun motivo.

Invece, per assurdo, mi ero decisa ad acconsentire alla proposta di Stephanie. Non quella di "intrattenere" Clayton, assolutamente no. Ma provare a lasciarmi vestire e truccare da lei. Solo per avere la prova tangibile che tutta quella roba non avrebbe mai funzionato su di me ed essere così libera di poter tornare tranquillamente la Bonnie di sempre.

Appena le avevo comunicato la novità, Steph aveva dato il via alla selezione dei vestiti. Avevamo più o meno la stessa taglia anche se lei era leggermente più formosa. Cioè… aveva le forme nei punti giusti, dove a me mancavano.

Quindi mi ritrovai con addosso un vestitino tinta pastello tendente all'arancione smunto, con un accenno di manica perché avevo rifiutato categoricamente i suoi prendisole scollati. Morbido sui fianchi, detestavo sentirmi comprimere le cosce e il fondoschiena nei suoi vestiti attillati. Una volta truccata mi ero mangiata il rossetto per tre volte e dovevo resistere alla tentazione di non sfregarmi gli occhi. Poi mi aveva sciolto i capelli. Il sole li aveva schiariti leggermente e insieme al vestito e al trucco mi davano un aspetto più luminoso e vivace, meno cadaverico.

Bene, avevamo fatto una prova. Ora meglio dimenticare.

«Ok, è stato divertente.»

Per modo di dire. Riafferrai i miei jeans appoggiati sul fondo del mio letto, pronta a infilarmeli sotto al vestito.

«Cosa credi di fare, Bon?»

Steph mi si piazzò di fronte con le mani sui fianchi.

«Torno in me, Steph. Devo solo riuscire a...»

Mi sollevai il vestito cercando di capire da che parte sfilarlo. Dalla testa? No, forse era meglio dai piedi.

«Non ci pensare proprio, Bon. Adesso noi due usciamo! Fra poco Clayton sarà qui e...»

Non fece in tempo a concludere la frase. Venne bloccata dall'entrata in scena di mio fratello sulla porta, come al solito entrato senza che l'idea di bussare lo sfiorasse minimamente. Il perfido nanerottolo prima mi rivolse uno sguardo allibito, incredulo. Poi scoppiò a ridere. Talmente forte da non riuscire quasi a riprendere fiato.

«Oddio... ma come ti sei conciata? Sembri un... un ghiacciolo scaduto all'arancia... anzi no, sembri una meringa vestita a festa...»

«Stronzo! Vieni qui brutto nano malefico... vieni qui che ti affogo io questa volta!»

Eddie era filato via come un lampo, ma non l'avrebbe passata liscia. Come si permetteva poi di entrare in camera nostra così? Gli avrei fatto passare il vizio, una volta per tutte!

Lo rincorsi giù per le scale. Gli avrei fatto passare anche la voglia di fare il buffone. Poi... una meringa vestita a festa? Ma come... come si vestivano le meringhe a festa? Sfrecciai di fronte a mia nonna e poi dietro a Eddie verso l'ingresso. Per ritrovarmi quasi addosso a qualcuno che sostava proprio nell'atrio. No, non qualcuno a caso. Clayton Stone.

«Ecco, ero entrato ad avvisare che era arrivato coso... coso, come ti chiami?» Eddie, senza smettere di ridere, era poi andato a rifugiarsi dietro alla nonna che ci aveva raggiunti.

«Clayton...»

Clayton si passò la mano tra i capelli accennando un sorriso forzato, poi mi squadrò da capo a piedi aggrottando serio la fronte e stringendo gli occhi. Bello come sempre, con i jeans scuri e la camicia azzurra che dava pieno risalto alle sue spalle e alla sua muscolatura, ma decisamente infuriato.

Mio fratello lo aveva chiamato "coso". Ecco, anche se avessi voluto "intrattenerlo" come suggerito da Steph, ora Eddie mi aveva distrutto tutte le possibilità.

«Mi dispiace...» Non sapevo cosa dire esattamente. «Io sono Bonnie.»

Tra tutte avevo scelto la peggiore. Non era così idiota da non riconoscermi.

«Sì, lo vedo. In una versione inedita ma ti ho riconosciuta, Bonnie.»

«Mmh... comunque salgo subito a chiamare Steph...»

Cercavo di togliermi di mezzo il più rapidamente possibile. E di togliere di mezzo anche la "versione inedita" di me stessa. Tutto inutile perché nel frattempo Steph era scesa e ci stava raggiungendo.

«Sei arrivato...» La voce esageratamente dolce di Stephanie mi colpì alle spalle. «Perfetto, possiamo andare a fare un giro allora.»

Coinvolse anche me nella proposta. Io avrei voluto nascondermi da qualche parte e uscire solo alla fine di tutto. Alla ripartenza di Clayton, magari.

«Io salgo a cambiarmi... e a mettermi le scarpe...» Ero scalza. Rincorrendo Eddie non ci avevo pensato.

«Eccole!» Stephanie reggeva tra le dita di una mano un paio dei suoi sandaletti legati con i lacci che si intrecciavano sulla caviglia. Avrei potuto ucciderla, seriamente. «Mettili e andiamo.»

La nonna mi lanciò uno sguardo meravigliato e incoraggiante. Tutti erano contro di me, ormai. Quindi mi ritrovai fuori casa con Steph, Clayton e mio fratello, diretto al Luna Park dove doveva incontrarsi con Dennis. Steph nel frattempo aveva detto a Clay di aver bisogno di parlargli da sola. Io restavo lì nel mezzo. Non mi restò altro da fare che seguire quello stronzetto di Eddie mentre Steph si avviava verso la spiaggia insieme a Clayton.

Cosa gli avrebbe detto? Che fra loro era finita, probabilmente. Che aveva incontrato un altro. Adam. A quel punto speravo che Clayton se ne andasse via senza creare problemi. Forse mi illudevo.

Adam sostava davanti al tiro a segno, di spalle. Stava controllando uno dei fucili. Senza volerlo mi immaginai uno scontro a fuoco tra lui e Clayton. Tipo Far West. Per la conquista di Stephanie. Sospirai passandomi una mano sulla fronte.

Quando io e Eddie lo affiancammo, si voltò verso di noi e restò per un attimo in silenzio. Il suo sguardo mi percorse fugacemente prima di tornare al mio viso su cui si soffermò in modo curiosamente ostinato.

«Ehi... Treccine, sei...»

«Ridicola, lo so. Non aggiungere altro, per favore.»

«Una meringa vestita a festa!» Sghignazzò Eddie, sovrapponendosi a me. «Perché è arrivato coso si è conciata così...»

«Ma io ti affogo davvero allora!»

Mi rigirai di scatto cercando di raggiungerlo con un calcio. Rischiai invece di perdere l'equilibrio con quei sandaletti bassi ma poco stabili e mi aggrappai al bancone.

«Non stai nemmeno in piedi e poi hai paura dell'acqua, fifona! Meringa vestita a festa e fifona...»

Eddie schizzò via con Dennis, sopraggiunto dal retro del bancone. Inutile cercare di rincorrerlo per fargliela pagare. Lo avrei punito adeguatamente più tardi.

«È orribile. Un ragazzino odioso, un piccolo verme!» Strinsi i pugni mordendomi forte le labbra. «Sembro davvero...»

«Una meringa vestita a festa? Non saprei, non ne ho mai vista una...» Adam incrociò le braccia inclinando leggermente il viso. Mi percorse nuovamente con lo sguardo, come a studiare il mio nuovo aspetto. «So che le meringhe sono molto dolci, però.»

«Io le detesto!»

Mi sentivo fuori luogo, fuori contesto. Fuori da tutto ciò che ero sempre stata io.

«Stai molto bene, comunque. Anche se non capisco il cambiamento.»

Adam appoggiò il fucile e si rigirò appoggiando la schiena al bancone.

«Un'idea di Steph.» Per farmi "intrattenere" Clayton Stone che sta mollando in questo preciso istante a causa tua. Evitai di aggiungerlo.

«Bonnie... so che mio padre ti ha parlato.»

Il tono e lo sguardo di Adam si fecero improvvisamente seri. Non c'era più ironia né divertimento nei suoi occhi azzurri. Solo un muto, gelido rancore.

«Io... non sono d'accordo. Insomma, io credo che tu...»

Non ero pronta ad affrontare discorsi seri. Non abbigliata così, soprattutto. Come una meringa vestita a festa.

«Vuole costringermi a restare. Userebbe qualunque mezzo, anche te.» Scosse la testa e abbassò lo sguardo. Io mi sentii ancora più inutile. «Oltretutto non ho nemmeno finito il liceo, ho interrotto gli studi, quindi sarò solo un volontario per il momento. Ovviamente, ho frequentato più scuole io in questi ultimi due anni...» Lasciò il discorso in sospeso con un sospiro nervoso. Vidi la sua mascella contrarsi per un'ira che stava trattenendo a fatica. «Alla fine non ci sono più andato. Sarebbe stato inutile. Quindi non avrò una vera carriera militare, sarò solo...»

Si strinse nelle spalle. Non sapevo questo. Anzi, io non sapevo proprio nulla. Come avrei potuto del resto?

«Adam, forse...»

Compresi che suo padre non aveva tutti i torti. La decisione di Adam non era stata spontanea né ponderata. Era contro di lui. Dettata dalla rabbia. E forse anche contro se stesso.

«Non ti preoccupare, mi dispiace solo che mio padre ti abbia messa in mezzo. Dimmi un po', treccine... è arrivato? Sapevo che sarebbe stato oggi e tuo fratello ha detto che è arrivato "coso"...»

Improvvisamente Adam ritrovò il sorriso e mi strizzò l'occhio divertito. Come se avesse voluto liquidare del tutto e in modo irrevocabile il discorso precedente. Compresi subito di chi stesse parlando, prima che citasse il soprannome che Eddie aveva attribuito a Clayton, però io non ci trovavo proprio nulla da ridere.

«Steph gli sta parlando proprio ora sulla spiaggia. E non c'è nulla di divertente, Adam. Anzi, dovresti nasconderti prima che gli venga voglia di riempirti di botte!»

«Credi davvero che ce ne sarà bisogno?»

Fece una smorfia mostrandomi i muscoli.

«Non lo so. Ma è più grosso di te, credimi. E poi vi ci vedo, prendervi a pugni per Stephanie. Non sarebbe nemmeno la prima volta.»

Mi appoggiai con i gomiti al bancone e puntai il dito contro il bicipite di Adam simulando un'aria impressionata.

«Da che parte starai tu, treccine?»

Posò una mano sulla mia testa costringendomi a guardarlo negli occhi mentre avvicinava il viso al mio.

«Non è di me che dovresti preoccuparti. L'importante è da che parte starà Steph. E io credo che starà dalla tua visto che mi ha abbigliata come una meringa vestita a festa allo scopo di "intrattenere" Clayton.»

Continuavo a definirmi allo stesso modo in cui mi aveva chiamata Eddie. Forse perché tutto sommato mio fratello non aveva torto, incominciavo a sentirmi veramente così. Una meringa offerta a Clayton Stone come consolazione, come rimpiazzo oppure offerta di pace.

«È davvero quello che vuoi, Bonnie?»

Adam rilasciò il muscolo e il braccio gli ricadde lungo il fianco.

«Prima o poi dovrò uscire con qualcuno. Perché non Clayton?» Che risposta era? Quella che mi aveva dato Stephanie. Quindi… mi definivo come aveva fatto Eddie, rispondevo con le parole di Steph. Qualcosa che poco prima mi aveva fatta arrabbiare ora mi stava bene? «Comunque, vado a casa a cambiarmi. Non credo che lui sia interessato. Io… mi sento davvero ridicola così. I rifiuti preferisco subirli con il mio consueto abbigliamento.»

Ero scappata via, prima di lasciargli il tempo di rispondere. La verità era che nemmeno volevo sapere cosa avesse da dire. In fondo la sua opinione in proposito, sempre che ne avesse una, non mi riguardava.

CAPITOLO 17

Non mi restava altro da fare, soltanto sperare che Clayton decidesse di andarsene. Prima o dopo aver spaccato la faccia ad Adam. Nemmeno quello mi riguardava. Volevo solo starmene in pace e tornare me stessa. Sforzarmi di restare me stessa il più a lungo possibile, senza drammi sentimentali altrui con cui essere obbligata a confrontarmi. Le lettere andavano bene. Una mia attiva e reale partecipazione alla vicenda invece no, decisamente no.

Stephanie rientrò pochi minuti dopo che io ero finalmente tornata me stessa, ripulendomi anche il viso da quella maschera assurda. Non osai interrogarla e attesi che mi comunicasse l'esito della sua conversazione con Clayton. Pregando tra me che fosse quello da me auspicato.

«L'ho convinto a restare. Tanto starà comunque un po' di giorni al camping con i suoi amici, quindi…» Ecco, come non detto! «Perché ti sei cambiata?»

«Non ha molto senso, Steph.»

Anzi, era totalmente assurdo. Da seduta mi stesi sul mio letto appoggiandomi sui gomiti. Al mio fianco l'abitino che avevo appena tolto per ritornare nei miei jeans, nella mia maglietta larga e comodissima. Sembravo quasi essermi sdoppiata in due persone diverse. Anzi, era come se un'altra personalità avesse improvvisamente iniziato ad abitare il mio corpo e io non sapessi più quale parte interpretare.

«Siamo d'accordo per un'uscita a quattro. Io, te, Adam e Clayton» ridacchiò entusiasta.

Perché avevo la sensazione che tutti trovassero la situazione normale e addirittura divertente, tranne me? Ero davvero così fuori dal mondo, fuori da ogni regola?

Lanciai un'occhiata al vestito, a quello che mi aveva resa una meringa insomma. Perché non prendeva davvero vita e non usciva lui con gli altri tre?

«Non mi rimetto addosso quello.» Stabilii decisa. Come una stupida. L'uscita stessa avrei dovuto rifiutare a priori, non tanto il vestito da indossare. «E non ho intenzione di intrattenere Clayton Stone, quindi non ti inventare giochetti per farmi restare sola con lui…»

Indirettamente avevo appena dato il mio consenso alla serata più ridicola della mia vita. Stephanie, bella tra le belle, con i suoi due pretendenti e io ormai vittima di una doppia personalità che non riuscivo più a contrastare e di cui non sapevo come liberarmi.

Steph per la serata aveva sfoderato un abito rosso che lasciava davvero pochissimo spazio all'immaginazione. Io non avevo voluto sentire più ragioni riguardanti abito, moda e cosmetici. Jeans e maglietta azzurra meno informe del solito, unica concessione. Anzi no, come altra concessione avevo lasciato i capelli sciolti tirandoli indietro solo con una molletta laterale.

Dopo una discussione infinita sul film che saremmo dovuti andare a vedere, animata in realtà solo da Steph, decidemmo di lasciar perdere e di andare a mangiare qualcosa. Non avevo fame, avevo lo stomaco chiuso. Presi infine solo delle patatine e un gelato che mangiai senza assaporarne il gusto.

I due ragazzi parlavano appena senza nemmeno guardarsi in faccia. Perché Adam aveva acconsentito a quella farsa? E perché Clayton aveva subito la decisione di Steph senza reagire? Non li capivo. Ma non capivo nemmeno me stessa, era la parte peggiore di tutta questa storia assurda. Eravamo tutti completamente dominati dalla personalità di Stephanie, succubi di lei. Era lei a stabilire tutto per tutti, era sempre lei a dettare le regole: chi, cosa, quando, dove, perché.

Infine, il Luna Park. E come se non ci fosse stato limite al peggio, ruota panoramica. Stephanie con Adam e io insieme a Clayton. Me ne stavo rintanata il più possibile nell'angolo cercando di evitare il minimo contatto fisico con lui. Non guardavo giù per timore delle vertigini, non guardavo intorno per il disagio. Guardavo avanti oppure abbassavo gli occhi ad osservare le mie ginocchia che mi accarezzavo nervosamente con le mani. Avrei voluto tornare indietro. Alle lettere. Stavo bene io con le lettere. Non ero mai compromessa anche se tutti sapevano che le scrivevo io. Non mi facevano sentire così sola, così persa. Così inadeguatamente esposta.

«Tutto bene?»

Clayton mi tamburellò sulla spalla con un dito.

«Sì, certo.»

Fui costretta a rivolgergli un'occhiata. Ma come poteva accettare tutto così tranquillamente? Era davvero così? Non che mi fossi mai preoccupata di sapere come fosse prima, ma… insomma accettava di essere scaricato senza batter ciglio?

«Avevo già intenzione di lasciare Stephanie nel caso te lo stessi chiedendo. Stavo solo cercando il modo più adatto, prima di tornare a scuola, quindi…»

Ah bene, mi aveva letto nel pensiero. Oppure la mia espressione era stata troppo palese, trasparente.

«Sì, come no…»

Orgoglio maschile ferito. Finta indifferenza. Far passare l'abbandono come una sua scelta spontanea. Certo.

«Puoi anche non credermi.» Clayton si piegò verso di me. Cercai di muovermi ma non trovai spazio tra lui e la parete della piccola cabina in cui eravamo costretti. «Ma ero venuto proprio per chiudere con lei. Avevo altri progetti per l'estate.»

Improvvisamente sentii qualcosa sfiorarmi il collo. Non compresi all'inizio di cosa si trattasse. Poi mi accorsi che erano le sue dita che risalendo mi stavano accarezzando piano la nuca. Qualunque cosa si fosse messo in testa, dovevo fermarlo.

«Ascoltami Clayton Stone, sentimi bene. Ma proprio bene. Io non sono un progetto per l'estate. Quindi se hai altri posti dove mettere le mani... ecco, è il momento di utilizzarli...»

Stavo fremendo, come una cretina. Anzi, ero proprio una cretina. Ma era una situazione irreale. Io e Clayton Stone? No, era una situazione fuori dal mondo. Nemmeno nel più perverso e contorto universo parallelo sarebbe potuto accadere!

«Qualche suggerimento per caso?» Lasciò volutamente cadere lo sguardo sul mio seno. I suoi occhi castani divennero più intensi. Maledissi la mia maglietta azzurra, più attillata del solito. Anche se obbiettivamente c'era ben poco da guardare lì. «Non avere paura, non ho intenzione di mangiarti. A meno che non lo voglia anche tu.»

Dovevo riflettere. Riflettere attentamente su cosa dire, cosa fare. Ma il mio cervello non era intenzionato a collaborare. Avevo caldo. E i brividi allo stesso tempo. Ripensai alla scena tra Clayton e Lesley. Volevo scendere da lì. Decisi infine di starmene ferma e zitta in attesa che l'agonia avesse fine. Insomma, il giro sulla ruota panoramica. Ci ritrovammo al tiro a segno. Dove visualizzai nuovamente uno scontro a fuoco tra Adam e Clayton. Steph propose invece un giro sulle montagne russe, ma io rifiutai sdegnosamente. Convinta che si sarebbe trascinata Adam, come sempre, lasciandomi sola con Clayton. Almeno non mi sarei ritrovata nuovamente con lui in uno spazio ristretto e sospesa nell'aria.

Ma stranamente le parti si invertirono perché Adam rifiutò di salire, Clayton al contrario acconsentì. E io rimasi sola con Adam. Sempre più perplessa a proposito della situazione che si era creata. Sempre più insofferente del ruolo che mi era stato cucito addosso e imposto di interpretare.

CAPITOLO 18

«Vuoi lo zucchero filato mentre aspettiamo?»

Impiegai un po' a interpretare il senso di una domanda così semplice.

«Se a te va...» Non mi piaceva lo zucchero filato, lo avevo sempre trovato troppo dolce e appiccicoso.

«No, vedo che fa schifo anche a te!» Ah bene, un altro che mi leggeva nel pensiero. «Hai una faccia davvero schifata, treccine.»

«Mmh...» Mi morsi le labbra. Avevo perso completamente il senso della realtà, di quello che stava accadendo alla mia vita, alle mie abitudini. «Adam...»

«Sei proprio sicura di voler andare avanti con quel tipo? Nel senso che... non mi sembra sia adatto a te. Lui è troppo...»

Cosa voleva dire? E soprattutto... cosa voleva da me?

«Cosa intendi esattamente, Adam?» Sentii la tensione sciogliersi gradualmente e poi rimontare tutta insieme, in uno scatto d'ira trattenuto troppo a lungo. Iniziai a gesticolare agitando convulsamente le braccia. «Troppo popolare? Troppo affascinante per me? Sai una cosa, Adam? Tu puoi andare a...»

Mi girai di scatto per impedirmi di proseguire e iniziai a camminare. Lo avrei insultato. Avevo una grande voglia di insultarlo. Forse non lui, ma qualcuno a caso. Magari anche me stessa, ecco soprattutto me stessa. Volevo andare a casa. Comunque via da lì, da quella situazione troppo stretta in cui mi sentivo ormai schiacciare, comprimere.

«Troppo volgare tendente al mediocre per poterti comprendere, treccine. Non ti capirebbe.»

La sua risposta mi colpì. Mi fermai. Non per rispondergli, ma per assimilarla e rendermi conto di aver sentito davvero quello che aveva appena detto.

«Potrebbe anche piacermi non essere compresa.»

In effetti, era vero. Sarebbe stato più semplice. Mi voltai verso di lui, stringendomi nelle spalle. Che senso aveva la sua domanda? E Stephanie... lei lo capiva davvero?

«Intendi davvero uscire con uno che la tua amica ti ha rifilato per liberarsene?»

Gli occhi di Adam mi indagavano, mi confondevano senza concedermi tregua.

«Stephanie ha dei problemi. Io voglio solo aiutarla. Non credo che tra me e Clayton...»

«Perché, Bonnie?»

Qualche passo e Adam fu di fronte a me. Mi afferrò per le spalle. Sentii il cuore perdere un colpo, senza capire perché. Mi sforzai di ricompormi ma mi tremavano le mani... avevo paura, ma di cosa esattamente?

«Perché no... perché...»

Perché che cosa? Cercai di fare un passo indietro ma lui trattenendomi non me lo permise. Così rimasi immobile di fronte a lui, senza riuscire a divincolarmi dalla sua stretta.

«Faresti la stessa cosa se si trattasse di me?»

Non riuscivo più a capire. Cosa intendeva? Perché interferiva?

«Tu stai con Steph. Comunque, sarebbe diverso...» Cercai di riprendere il controllo con un sospiro profondo e dare la giusta interpretazione alle sue parole. Anzi, quella che al momento appariva più conveniente per me e per la mia situazione. «Però se potessi sì, aiuterei anche te.»

«Non intendevo questo, Bonnie. Io intendevo...» Lo vidi sospirare e poi mordersi le labbra nervosamente. «Se lei... se ti avesse chiesto di uscire con me invece che con quello... per liberarsi di me. Tu lo avresti fatto?»

Che domanda assurda, insensata.

«Adam, Steph non ha nessuna intenzione di lasciarti, stai tranquillo. Vuole stare con te, non con Clayton. Io lo so, me lo ha detto. Quindi non c'è pericolo.»

«Io e Stephanie non stiamo insieme, Bonnie. Se lei ti ha detto il contrario, si sbaglia. Siamo amici, mi piace stare con lei ma non...» Adam staccò una mano dalla mia spalla, per un attimo la sollevò, sembrava indeciso se posarla sulla mia testa o forse sul mio viso. Poi invece con un gesto rapido si allontanò il ciuffo dagli occhi. «Non sarà mai la mia ragazza, non davvero ecco.»

«Anche Clayton non lo era davvero. E forse nemmeno Anthony.» Perché gli stavo raccontando cose che comunque non lo riguardavano? E non riguardavano nemmeno me in fondo. Non era mia intenzione spingerlo a dubitare di Steph, però... «Stephanie ha quello che vuole, sempre... Io la conosco da tanti anni, lo so per esperienza. Ha avuto anche te, infatti. Non è stato poi così difficile.»

La nostra conversazione non stava portando da nessuna parte. Lo avevo capito dall'inizio, da quando eravamo rimasti soli. Forse sarebbe stato meglio restare con Clayton. Cosa voleva Adam da me? Aveva risposto alla lettera di Stephanie, del resto. Cioè alla mia lettera da parte di Stephanie.

«Insomma, Bonnie. Sei stata tu a volerlo, o no?»

Era tornato ad afferrarmi per le spalle, lasciando però scivolare le mani lungo le mie braccia, fino ai polsi. Ancora più vicino, riuscivo a sentire il suo respiro sul viso.

«No, Adam. Sei tu che...»

Abbassai lo sguardo. Non potevo dirgli che ero stata io a scrivere quella lettera. Anche se non avrei voluto nel suo caso, ormai era diventata un'abitudine. Non potevo confessargli quello che facevo da anni. Scrivere lettere per altri, vivere di esperienze riflesse, di sentimenti non del tutto miei. Rifiutare questa volta avrebbe significato indurre Stephanie a credere che io... Comunque Steph avrebbe vinto in ogni modo, con o senza la mia lettera. Perché era Stephanie Lindbergh. Lei vinceva sempre. E io restavo io. La solita inconcludente Bonnie Meisel, una ragazza fuori moda che viveva la vita degli altri.

Tornati Stephanie e Clayton avevano deciso di provare a sfidare la sorte al tiro a segno. Io dovevo solo essere forte e farmi passare quella strana sensazione di smarrimento e tristezza da cui mi ero sentita inondare dopo il contatto con Adam, quando aveva afferrato le mie spalle per poi scendere ad accarezzarmi le braccia, le mani. Al loro arrivo si era staccato da me. O forse io da lui.

Clayton aveva sbagliato due colpi ma era comunque riuscito a vincere per me un orso enorme. Bianco e dal muso simpatico, con un grande fiocco blu legato al collo. Adam, nonostante l'esperienza accumulata da anni, non aveva azzeccato un colpo. Sembrava quasi essersi proposto di mancare i bersagli intenzionalmente. Solo un colpo andò a buon segno, quasi per sbaglio.

«Mi dispiace, non è la mia serata fortunata.» Si strinse nelle spalle scusandosi con Stephanie per la mancata vincita.

Doveva per forza essere così. Era già bravo da ragazzino, difficilmente sbagliava un tiro. Anzi, mai. L'ultimo anno che ci eravamo visti non ricordavo avesse mai mancato un colpo. Forse era davvero la sua serata sfortunata.

E molto probabilmente era anche la mia. Dalla giostra adiacente mi arrivarono le note di una canzone che non avevo mai sentito prima o forse non avevo mai ascoltato davvero con attenzione, *Almost over You*.

Mentre tutti gli altri intorno a me ridevano e sembravano divertirsi, io non aspettavo altro che quella serata finisse. Che la fastidiosa sensazione di disagio che ormai avevo iniziato a provare e stava diventando fin troppo comune terminasse una volta per tutte. Che l'assurdo timore e l'ansia che mi coglievano alla bocca dello stomaco, causati dalla vicinanza di Adam o forse dalla stranezza della mia nuova condizione di "intrattenitrice" di Clayton, mi passassero per sempre.

Lanciai ad Adam un'occhiata di controllo, sperando che andasse tutto bene. Non volevo che fosse teso o che la presenza di Clayton lo innervosisse. Aveva già abbastanza problemi con suo padre, il Luna Park e la partenza per cercare di entrare in marina. Del resto Steph aveva scelto lui, quindi almeno di questo non avrebbe dovuto preoccuparsi. Ricambiò lo sguardo restando serio e quasi freddo, poi lo distolse immediatamente da me, senza un sorriso.

All'improvviso mi tornò in mente la sua domanda. Cosa avrei fatto io se ipoteticamente Steph mi avesse chiesto di uscire con lui invece che con Clayton? Non volevo chiedermelo, non potevo. Lei era mia amica, forse l'unica che avevo, e io non potevo interrogare me stessa in cerca di una risposta a quella domanda che non mi era stata mai posta seriamente. Perché comunque lei aveva scelto Adam, lei voleva Adam. E qualunque mia sensazione in proposito veniva in secondo piano.

Mi doveva passare. Anzi, mi era già quasi passata. Proprio come continuava a ripetere il ritornello di quella canzone così suadente e così desolante allo stesso tempo, *"Now I'm almost over you, I've almost shook these blues"*, che ormai aveva raggiunto le sue note conclusive. Mi ero quasi tolta di dosso quell'assurda malinconia. Non era accaduto nulla in realtà. Mi era quasi passata. Presto tutto sarebbe tornato a posto, a funzionare come sempre. Me compresa. Davvero, mi era quasi passata.

CAPITOLO 19

«È stata una bella serata, sono contenta che sia andato tutto bene!»

Mi stava prendendo in giro? Giusto per saperlo.

«Sì, non si sono uccisi. Tu ti sei divertita. Sei salita su quasi tutte le giostre. È stata davvero una splendida serata.»

Aveva l'aria a metà tra sognante e inebriata. Dubitavo che si avvedesse del mio tono sarcastico. Stephanie si tolse i sandali con il tacco, che non mi capacitavo come fosse riuscita a tenersi ai piedi tutta la sera, e si sedette compostamente sul suo letto tirando poi su le gambe e piegando le ginocchia di lato perché il vestito rosso troppo stretto non le permetteva di incrociare le gambe.

«Adam mi chiederà di mettermi con lui, di essere davvero la sua ragazza. Magari già domani. E io credo che sia proprio quello giusto per me, questa volta! Me lo sento.»

Io invece sentivo lo stomaco contorcersi come stretto da una morsa crudele e inarrestabile. E un senso di nausea anche. Probabilmente non avevo digerito le patatine e il gelato. Colpa della ruota panoramica forse.

«Cosa ne farai di lui quando accadrà? Quando avrai raggiunto il tuo scopo, intendo... Lo butterai via dopo un po' come hai fatto con Anthony e Clayton?»

Ecco, ero diventata acida e anche un po' cattiva. Lo sapevo, ne ero consapevole mentre pronunciavo quelle parole. Non erano state involontarie, dettate dall'impulso del momento. Ma non mi ero fermata comunque. Anzi, ci avevo quasi provato gusto per una volta.

«Sai che se non fossi tu a dirlo mi offenderei, Bon? Sembra quasi che tu mi stia dando della...» Steph fece una smorfia che le dipinse sul bel viso un'espressione imbronciata, poi agitò leggermente la mano a mezz'aria.

«Non avevo intenzione di offenderti.»

O forse sì? Seduta sul mio letto mi trovavo proprio di fronte a lei. E inevitabilmente il mio cervello prese a considerare le plateali differenze tra di noi. Un abisso. Lei bella, bionda, con il trucco che accentuava le labbra carnose e gli occhi azzurri, vivace, briosa e divertente. Io anonima, castana, struccata, con lo sguardo spento e le labbra sottili, apatica, distaccata e malinconica.

«Per fortuna, Bon. Sei l'unica amica che ho! Comunque... tornando ad Adam. Lui è diverso da tutti gli altri. Lui è così... profondo, ecco. Diciamo profondo, sensibile, gentile. Se dovessi scegliere tra tutti gli altri ragazzi che ho incontrato nella mia vita, sceglierei proprio lui. Infatti ho scelto lui.»

«Perfetto, allora. Direi che vi siete trovati.»

Mi alzai di scatto per andare in bagno. Qualunque cosa avessero intenzione di fare, che la facessero in fretta. Per quanto mi riguardava potevano anche mettersi insieme e vivere per sempre felici e contenti.

Una parte di me quella notte sperò che il giorno dopo non giungesse mai. O che io almeno fossi inghiottita da una voragine che mi intrappolasse per sempre al centro della terra. Invece arrivò, puntuale come i miei crampi allo stomaco.

Doveva essere il grande giorno secondo Stephanie. Quindi il mio compito sarebbe stato quello di lasciare lei e Adam il più possibile da soli e distrarre Clayton. Certo, non aspettavo altro! C'erano comunque anche gli altri ragazzi in spiaggia e i due amici di Clayton che erano arrivati con lui, ma la loro presenza per Steph era ininfluente. Sperava di riuscire a trascinare Adam in un angolino isolato che aveva scoperto recentemente. Non osai nemmeno chiedere dove, non volevo sapere. Sembrava fosse diventata esperta del posto più di me. Parlava con tutti, salutava tutti, era grande amica di tutti. Era facile per lei.

La mattina e il primo pomeriggio trascorsero più o meno come al solito, nonostante Stephanie avesse incominciato a dimostrare una certa impazienza. Quando ormai la giornata stava volgendo al tramonto Stephanie si era convinta che la grande dichiarazione sarebbe arrivata quella sera.

Così io mi ritrovai sola con Clayton a vagare per il Luna Park, chiedendomi cosa ci facesse insieme a me. Perché non se ne stava con i suoi amici? Avevano la macchina, potevano anche spostarsi altrove. Non era costretto a restare intrappolato lì come me. Forse mi stava usando, stava ancora cercando a modo suo di farla pagare a Steph. Mi aveva proposto qualche giro, avevo accettato anche le montagne russe e la casa dei fantasmi. E avrei arricchito la mia collezione di pupazzi, aveva vinto per me un fenicottero rosa questa volta.

«Stasera almeno stai fingendo di divertirti, brava!» Sorrise brevemente depositandomelo tra le braccia.

«No, in realtà sto cercando di capire... Perché sei ancora qui? Stai aspettando di sapere come andrà a finire tra Steph e Adam? Ormai mi sembra abbastanza evidente, quindi è inutile restare a perdere tempo.»

Non ci credevo che non fosse più interessato a lei. Si stava mangiando l'orgoglio ma il fatto che resistesse ostinato in attesa era un chiaro segnale. Intanto si aggirava insieme a me per ingannare il tempo.

«Mi incuriosisce, se devo essere sincero. Non vedo l'ora di scoprire cosa pianificherà la nostra Stephanie per ottenere l'attenzione di uno che proprio non ne vuole sapere.» Clayton mi posò la mano sulla spalla spingendomi a camminare verso l'uscita del Luna Park. Intanto mi rivolse un'occhiata ammiccante, maliziosa. «Ma non è solo per quello. Ti ho parlato dei miei progetti per l'estate, se ricordi. E alla fine potresti esserci anche tu, tra i tanti.»

«Cosa?»

Mi ero persa nel discorso su Steph e Adam e l'allusione ai progetti per l'estate di Clayton mi colse alla sprovvista. In realtà stavo pensando ad altro. Ero comunque abituata ormai a vederli insieme. Poi dopo la sua partenza e il nostro ritorno a Bath non sarebbe più stato affar mio. L'estate doveva solo finire.

Clayton intanto mi stava guidando verso la spiaggia. Io lo seguivo senza oppormi. Non mi dispiaceva tutto sommato stare con lui. Anzi, forse era meglio che starmene da sola a pensare troppo, a riflettere su quel fastidioso dolore al petto che mi assaliva di tanto in tanto fino a soffocarmi. Il mal di stomaco almeno mi era passato. Però questo non era affatto meglio, anzi...

«Andiamo sulla riva, ti va?»

Clayton inclinò il capo verso di me per studiare la mia reazione alla sua proposta. Poi posò la mano sul mio fianco, circondandomi la vita con il braccio. Sentii il calore di quel contatto attraverso la stoffa della maglietta. Non mi diede fastidio, al contrario. Lo trovai piacevole. Inconsapevolmente mi piegai verso di lui e il mio fianco finì adagiato contro al suo.

«Mmh...»

Quindi stavo davvero passeggiando sulla spiaggia di notte con Clayton Stone? Se qualcuno me lo avesse raccontato solo qualche giorno prima mi sarei messa a ridere.

«Potremmo anche fare il bagno nudi, se vuoi?»

Clayton mi voltò completamente verso di lui increspando le labbra con aria seducente.

«Non esagerare, Stone. Sono nella posizione giusta per darti un calcio e farti male!»

In realtà non presi la sua proposta come un invito indecente. Allo stesso modo la mia era stata una minaccia scherzosa.

«Lo faresti davvero, ne sono certo. Ma io non ho così tanta paura. Mi piace rischiare.»

Mi attirò a sé ancora di più percorrendo la mia schiena prima delicatamente, con le dita. Poi premendo più forte. Il contatto ravvicinato con il suo corpo mi diede un brivido. Subito dopo mi sentii avvampare.

Restai in silenzio e lo lasciai fare mentre posava le labbra sul mio zigomo, scendendo poi verso il collo.

«Come dicevo, mi piace rischiare... almeno vorrei provare, piccola Bonnie Meisel...»

Spostò il viso in modo da ritrovarsi di fronte al mio, alle mie labbra.

Ero cosciente di ciò che stava per accadere. Non mi opposi e chiusi gli occhi in attesa. Il calore della sua bocca sulla mia mi lasciò interdetta per un attimo. Ma non mi dispiacque. Bastava tenere gli occhi chiusi e tutto andava bene. Tante emozioni, diverse e contrastanti, si accavallarono nella mia mente nel frattempo. E anche il mio corpo era percorso da sensazioni inaspettate. Mi sentii barcollare e le ginocchia mi cedettero mentre Clayton intensificava il bacio. Mi aggrappai a lui per non crollare ma ci ritrovammo entrambi seduti sulla sabbia, senza che Clayton si staccasse da me. Si tirò indietro solo quando io iniziai a respingerlo, appoggiando le mani sul suo petto.

«Scusami...» mi attrasse a sé, ma più delicatamente.

«No, scusami tu. Io non sono come...»

Come Lesley? Come Stephanie? Questo era evidente, ma in ogni caso Clayton Stone mi aveva baciata. Mi aveva baciata davvero. E sembrava anche non voler smettere anche se non ero Lesley o Stephanie ma solo io, Bonnie Meisel. E io... mi sentivo confusa, stordita e anche un po' spaventata perché mai mi sarei immaginata che sarebbe avvenuto così, con lui.

«Lo so. Va bene così, stai tranquilla. Vuoi tornare al Luna Park? O magari ti va un gelato?»

Anche nei suoi occhi lessi una sorta di smarrimento. Per un attimo mi sembrò confuso, almeno quanto me. Annuii solo per alzarmi da lì e tornare in mezzo alla gente, lontana dal mio stesso imbarazzo.

Ritrovammo Stephanie e Adam. Lei si mostrava, come sempre del resto, esuberante e inarrestabile. Adam era invece serio, compito, nel complesso anche lui come suo solito. Però sorrideva e Steph lo teneva pubblicamente per mano. Dedussi quindi che fosse andata bene tra loro, come lei sperava.

In quel momento ci fu solo una cosa che avrei potuto desiderare, con tutta me stessa. Che Clayton Stone mi prendesse tra le braccia e mi baciasse ancora. Proprio lì, davanti a tutti, esattamente come aveva fatto quando eravamo soli sulla spiaggia.

CAPITOLO 20

Era accaduto davvero. Clayton mi aveva baciata davvero lì, al Luna Park, davanti a tutti. E lo aveva fatto perché io mi ero messa proprio di fronte a lui, con le labbra a poca distanza dalle sue, circondandolo con le braccia come avevo fatto poco prima per non cadere a terra.

Avventata e sprovveduta, non mi ero neanche preoccupata del fatto che mio fratello poteva essere lì intorno e assistere alla scena. In pochi istanti ero venuta meno a tutti i miei principi tra cui, quello più importante e imprescindibile, non avere mai a che fare con uno dei ragazzi di Stephanie. Invece lo avevo baciato in un luogo pubblico. Molto affollato. Ed ero stata proprio io ad attirare quel bacio. Clayton aveva esitato. Io no.

Ci separammo nuovamente. Persi di vista Steph e Adam e rimasi sola con Clayton che sembrava però aver perso l'entusiasmo. Forse era colpa mia. Lo avevo costretto a baciarmi di fronte a Stephanie. E lui la voleva ancora. Tanto che non aveva più accennato a toccarmi, neanche accidentalmente.

«Domani parto.» Mi rivelò freddamente, dopo avermi accompagnata di fronte alla casa dei nonni.

«Mi dispiace. Io non volevo... Cioè, non avrei dovuto, ecco.»

Il suo atteggiamento era cambiato troppo nel giro di così poco tempo. Era chiaramente colpa mia.

«Posso provare a conquistare una ragazza libera. Spesso ci riesco. Anzi, quasi sempre.» Puntò gli occhi su di me e si strinse nelle spalle con aria rassegnata. «Ma non posso fare nulla con una ragazza così chiaramente innamorata di un altro.

Almeno finché non le sarà passata del tutto e non so se accadrà mai.»

«Mi dispiace.» Lo avevo già detto, ma non potevo fare altro che ripetermi. «Ma non è mai detto... può anche essere che le passi. Anche perché lui è intenzionato a partire per entrare in marina e non credo che cambierà idea. Poi in ogni caso c'è da tener conto della distanza, perché comunque Steph...»

Credevo si fosse rassegnato con Stephanie. Invece mi sbagliavo. Ecco perché era così infastidito da quel nostro bacio proprio di fronte a lei. Ma in realtà io...

«Tu non hai capito proprio niente. Non stavo parlando di Stephanie ma di te, Bonnie Meisel.»

«Perché? Perché vuoi partire?» Era vero. Forse non capivo davvero niente. Ma in quel momento sapevo solo che non volevo restare lì da sola. Con loro. Senza di lui. Mi morsi forte le labbra per cercare di evitarlo con tutte le mie forze, ma gli occhi mi si riempirono di lacrime. «Ti prego, non andare via. Non lasciarmi qui da sola... Io non voglio, non voglio!»

«Forse dovresti dirlo a un altro, ragazzina.» Clayton sospirò scuotendo la testa.

«No, no, no. Mai!» Clayton Stone era a conoscenza di qualcosa che io avevo ignorato fino a quel momento e respinto con tutte le mie forze, fisiche e mentali. Ma che purtroppo era drammaticamente vero. Però poteva passare. Poteva finire. Magari mettendomi d'impegno ci potevo riuscire. «Puoi portarmi con te, allora? Solo per poco, solo per cambiare un po' e non vedere sempre...»

«Partiamo domani mattina. Percorriamo la costa, poi risaliamo verso Bath. In macchina c'è posto, però...»

Annuii in silenzio, abbassai la testa.

«Però non ti va. Ho capito... scusami ancora.»

«Domani mattina mi travestirò da bravo ragazzo, verrò a bussare alla porta e proverò a convincere i tuoi nonni di essere un tipo affidabile e che mi prenderò cura di te. Minaccerò i ragazzi e li obbligherò a non fare i cretini come al solito.» Clayton mi sollevò il mento con un dito e i suoi occhi castani mi accarezzarono con una dolcezza inconsueta in lui. «Ti porterò con me un giorno soltanto e vedremo di farti passare un po' questa tristezza. Però ora me lo fai un sorriso, piccola Bonnie Meisel?»

CAPITOLO 21

Non mi restava che supplicare i nonni di lasciarmi andare con Clayton solo per la mattina e il pomeriggio, almeno. Era una follia ed era una richiesta davvero molto lontana dal tipo di ragazza che io ero sempre stata. Ma questa volta era tutto diverso, tutto cambiato. Io stessa ero cambiata. Non potevo cedere, non potevo permettere che tutto il mio mondo naufragasse senza cercare di opporre resistenza. Per questo dovevo partire, allontanarmi anche per poco.

Stephanie restava nonostante tutto la mia migliore amica. Avevo promesso a me stessa che non avrei mai provato interesse per un ragazzo che era stato insieme a lei. Clayton sarebbe stato l'eccezione. Del resto era finita tra loro. E questa opzione avrebbe evitato il peggio. Faceva male ma almeno non sarei venuta meno al codice morale che mi ero imposta.

Non ne parlai con Stephanie. Forse avrei dovuto iniziare a chiedere il permesso alla nonna, ma non ero nemmeno certa di risultare abbastanza convincente. Alla fine decisi di contare sulla capacità di persuasione di Clayton. Quindi per quella notte mi misi a letto rimandando qualsiasi discussione.

Il permesso venne accordato solo per la giornata, come del resto avevamo pensato io e Clayton. Sarei dovuta rientrare la sera, non troppo tardi. Sicuramente non sarei potuta stare via la notte. Per permettermi di partire con loro Clayton aveva dovuto convincere i suoi amici a modificare l'itinerario del viaggio. Saremmo andati verso Weymouth Beach per poi tornare indietro a Bournemouth. Io mi sentivo sempre più colpevole ma non potevo fare a meno di questo distacco, anche se si trattava solo di una giornata.

Stephanie mi guardò un po' accigliata quando venne a conoscenza dei miei progetti che per una volta non includevano anche lei. Né a me né a Clayton venne in mente di invitarla. Supponevo quindi che si sentisse un po' tradita, esclusa. E non ne era abituata. Ma la sua presenza avrebbe reso inutile lo scopo del viaggio.

Dovetti affrontare il senso di disagio che mi incutevano Frazer e Lee, gli amici di Clayton. Erano più grandi di noi di alcuni anni e io già non avevo molta confidenza nemmeno con lui. Stavo scappando, questa era la verità.

Non ci volle molto a raggiungere Weymouth Beach. E mi ritrovai lì, come ero stata a Bournemouth. Non c'era grande differenza se non quella mancanza. Anzi, quella presenza che io cercavo continuamente con lo sguardo pur sapendo che avrei dovuto imparare a farne a meno, per sempre.

«Lo sai che davvero non riesco a capirti, Bonnie.»

Clayton si sedette al mio fianco, posandomi una mano sulla schiena. Non mi ero nemmeno avvicinata alla riva, dove Frazer e Lee si erano tuffati iniziando a scherzare con alcune ragazze appena conosciute. Avevo mantenuto le distanze. Mi sentivo sciocca, ma allo stesso tempo ero tornata a essere la solita Bonnie, la ragazza fuori tempo e fuori moda di sempre. In un certo senso, anche se un po' contraddittorio, era confortante ritrovare me stessa.

«Ho scritto lettere per tutta la scuola, in questi anni. Molte volte. Per tanti. Anche per te, Clayton. Ma poi...» sospirai stringendomi nelle spalle e attirando le ginocchia al petto, dove appoggiai la fronte per nascondermi e non dover affrontare il suo sguardo.

Ma poi arrivata a Bournemouth non avevo più voluto. E non ci sarei più riuscita, ormai. Forse era tempo di cambiamenti, per me. In fondo aveva ragione Stephanie. Da qualcosa o da qualcuno dovevo pur iniziare. Perché non da me stessa?

«Lo sapevo. Ma credevi davvero che mi importasse qualcosa di quella letterina?» Clayton si sfilò la maglietta stendendosi sulla sabbia. Seguii i suoi movimenti con la coda dell'occhio. «Non ne avevo certo bisogno per convincermi a provare Stephanie Lindbergh. Ci pensavo da un po'. Ti sembro il tipo da letterina romantica, io?»

Mi posai la mano sulla bocca per trattenere una risata, sollevai la testa voltandomi a guardarlo.

«Non ci crederai ma è più o meno la stessa cosa che ho detto io a Steph quando cercava di convincermi...»

«Ma alla fine l'hai scritta.»

Sì, alla fine sì. Perché la verità era davvero quella, l'unica reale anche se avvilente, imbarazzante quasi. La mia volontà era ininfluente di fronte alle richieste di Stephanie.

«Io ho sempre fatto quello che Steph mi chiedeva, fin da bambine. In un modo o nell'altro è sempre riuscita a convincermi.» Chiusi gli occhi, appoggiando nuovamente la fronte sulle ginocchia. «Non potevo farne a meno, è l'unica amica che ho e tu sai come sa essere persuasiva. E poi in ogni caso... non mi è mai costato molto accontentarla.» Fino a quel momento.

«Invece adesso...» Clayton si sollevò mettendosi seduto. «Non mi dispiacerebbe che il "cambiamento" fosse avvenuto a causa mia. Sarei contento se ti fossi rifiutata di scrivere quella lettera destinata a me, se ti opponessi a Stephanie per me. Sarebbe interessante provare ad averti intorno, Bonnie.»

«Non è detto che non sia possibile. Infatti sono qui e non le ho detto niente, non ho chiesto il suo permesso e nemmeno la sua opinione. Questa mattina non sembrava molto contenta che io partissi insieme a te.» C'era qualcosa in Clayton Stone. Qualcosa che si manifestava però solo quando stavamo soli e che io non riuscivo a scorgere quando i suoi amici, Steph o altre persone erano presenti. Qualcosa che mi era sempre sfuggito prima. «Non sei come credevo. Ti credevo il migliore al mondo, perfetto. Anzi no, così è come ti vedeva il mondo. Io propendevo più a considerarti un narcisista egocentrico, tipico esemplare di maschio senza cervello, fanatico e un po' perverso anche.»

Clayton accennò un sorriso vago, mi circondò le spalle con un braccio attirandomi a sé e massaggiandomi il braccio.

«Essere stupidi aiuta più di quanto tu creda. Pensare troppo implica problemi. Guarda te stessa... potresti cercare di ottenere quello che vuoi invece di nasconderti qui. Però non riesci nemmeno a lasciarti andare. Sei così tesa che a volte mi sembra di farti male, anche solo sfiorandoti.»

«Ho già contraddetto gran parte delle mie regole ormai e demolito il mio codice morale.» Non lo guardai, ma inclinai la testa verso la sua. «Avevo promesso a me stessa che mai, mai ci sarebbe stato qualcosa tra me e il ragazzo di una mia amica. Soprattutto se quell'amica era Stephanie.»

«Sono stato il male minore, però. Almeno questo ammettilo. E mi stai contagiando, perché in altre circostanze eviterei di stare qui a rifletterci troppo e non penserei altro che a baciarti.»

Posò le labbra sulle mie. Lo lasciai fare. Non ricambiai ma socchiusi appena gli occhi. Quando si staccò mi sforzai di sorridergli. Tra me e Clayton si stava creando una sintonia inaspettata. Era del tutto diverso ma di una cosa almeno ero certa. Non mi avrebbe fatto male, anzi. Sarei crollata se non fosse arrivato lui a offrirmi una via di scampo. Era stato la mia salvezza.

CAPITOLO 22

La sera, puntualmente, Clayton mi aveva lasciata davanti alla casa dei nonni. Poi era ripartito con i suoi amici. Ci saremmo rivisti a Bath. Una parte di me si chiedeva se il nostro rapporto sarebbe cambiato una volta a casa. Magari lui sarebbe tornato a interpretare il solito Clayton Stone e io a essere quella che ero sempre stata. Forse del resto era meglio così e comunque non mi aspettavo nulla di diverso. Io nel cambio non ci avevo guadagnato. Non volevo diventare in modo permanente una copia di Stephanie e delle altre.

Non ero certa che il mio distacco fosse servito a qualcosa. C'era stato un momento in cui mi ero convinta che con un po' d'impegno sarei riuscita a trovare la giusta dimensione tra amicizia e quella sensazione di sgomento ed estasi insieme che non riuscivo a mandare via nemmeno mettendoci spazio e altre persone di mezzo. Non riuscivo a dominarla e mi spaventava l'idea di essere costretta a conviverci.

Stephanie non era in casa al mio rientro. Era uscita dopo cena, mi aveva detto la nonna. Nulla di nuovo. Dovevo solo fare un bel respiro e riprendere il controllo di me stessa. Questione di abitudine. Magari con il tempo la situazione sarebbe migliorata e io avrei imparato a considerare tutto con una certa indifferenza. Nel mio egoismo ero in parte sollevata dal fatto che per lo meno non li avrei avuti sotto agli occhi ogni giorno.

Decisi di fare un giro. Non tanto in cerca di Steph ma per controllare di aver recuperato abbastanza energia. O forse la verità era che volevo verificare subito che effetto avrebbe avuto su di me vederli insieme, dopo la giornata trascorsa con Clayton.

Tutto inutile perché sembravano spariti. Non ero riuscita a trovarli al Luna Park, né in centro. Avevo dato un'occhiata lungo la spiaggia ma non erano nemmeno lì. C'era sempre la possibilità che non si trovassero ai soliti posti. Avevo intravisto Steve Comte ma non avevo osato chiedere.

Mi rassegnai a rientrare, trascinandomi dietro Eddie che si era spazzato via mezza bancarella di dolci del Luna Park e soffriva di crampi allo stomaco. Evidentemente era un dolore che ci accomunava ultimamente. Salutai i nonni e senza trattenermi oltre andai a rinchiudermi in camera.

Stesa sul mio letto osservavo il soffitto. Dovevo essere forte. Sì, ne sarei stata capace. Il peggio sarebbe passato presto. Mi bastava arrivare alla fine di quella vacanza. Tornare a casa. Riprendere la scuola. Lasciare che le vecchie abitudini subentrassero a spazzare via tutti i pensieri e i ricordi dell'estate.

Stephanie rientrò poco prima di mezzanotte. Avevo spento la luce ma riuscivo a sentirla. Era stranamente silenziosa, forse credeva che dormissi. Era comunque un atteggiamento inconsueto da parte sua. Fui tentata di lasciarle credere di essere davvero sprofondata nel sonno. Lottavo tra il desiderio di inconsapevolezza e la necessità di sapere. Conoscendola non avrebbe esitato a raccontarmi tutta l'evoluzione della storia nei minimi dettagli. Ma almeno avrei avuto tutta la notte davanti per assimilarla e smaltirla. E il buio per nascondermi, per mascherare il mio stato emotivo senza compromettermi. Quindi, considerando i pro e i contro, lasciai vincere la necessità di sapere tutto immediatamente.

«Steph...»

Accesi la lampada sul mio comodino e mi tirai su leggermente appoggiandomi sul gomito.

«Ah, sei tornata.»

Il suo tono era strano. Strano distaccato tendente allo strano stizzito. Possibile che ce l'avesse con me per essermene andata via con Clayton? Sì, in effetti lo era. Mi aveva suggerito l'idea di intrattenerlo, di iniziare a uscire con qualcuno ma ora evidentemente non le stava più bene. Forse nemmeno lei credeva che la prendessi sul serio fino a quel punto.

Sospirai indecisa se esprimere le mie perplessità a riguardo o lasciar perdere. Optai per lasciar perdere. Non avevo nemmeno voglia di discutere in proposito.

«Divertita?» mi chiese lanciandomi un'occhiata distratta. Anche la sua espressione era strana. Strana nervosa, pronta a esplodere.

«Mmh... sì, abbastanza.»

Stavo considerando cosa dire e cosa tacere. Nel frattempo Stephanie si tolse le scarpe lanciandole in un angolo e abbassò la zip sul fianco del vestito.

«Adam mi ha lasciata» borbottò più tra sé che rivolta a me.

Impiegai qualche secondo per riuscire a interpretare il senso delle sue parole.

«O meglio...» mi precedette prima che potessi dire qualcosa. Si sfilò il vestito dai piedi lanciandolo sul suo letto. «Mi ha detto chiaramente di non essere interessato a iniziare una storia con me. L'unica cosa di cui gli importa in questo momento è andarsene via da qui, il più in fretta possibile. Oggi era...» sospirò e scosse la testa. «Scostante, maleducato quasi... non era mai stato così da quando lo conosco.»

Restai nuovamente in silenzio, sbigottita. Evidentemente Adam e Clayton si erano dati il cambio. Ma dovevo trovare qualcosa da dire. Mostrarmi solidale, partecipe. Un "mi dispiace" mi sembrò troppo scontato.

«Lo sapevi che...»

Non riuscii nemmeno a proseguire. Sentivo il cuore battere in modo totalmente irrazionale nel petto, mi tremava la voce. Lo sapeva che il suo proposito era quello di entrare in marina. Ne era consapevole, lui non lo aveva mai nascosto. Questo avrei voluto dire. Ma la voce già alle prime parole mi era uscita come una specie di singhiozzo strozzato.

«C'è una domanda che devo farti, Bonnie. E tu mi devi rispondere.» Stephanie inclinò la testa puntandomi gli occhi addosso. Era rimasta ferma dov'era, con le dita delle mani incrociate in una sorta di preghiera. «Tra te e Adam... c'è stato qualcosa?»

Qualcosa. Solo a sentire il suo nome associato a me sentii quel singhiozzo che trattenevo a stento salire su, su fino alla gola. E gli occhi pungermi impietosamente.

«No, no...» distolsi lo sguardo, mi aggrappai alle lenzuola. «Avevo undici anni, lo sai...»

«Non intendo anni fa, Bonnie! Intendo ora. Questa estate, in questi giorni. Quando io non c'ero tra voi...» Non potevo più evitarla. Stephanie si mosse verso di me e venne a sedersi sul mio letto, al mio fianco. Mi sentivo scoperta ormai, totalmente esposta. «Guardami, Bonnie! C'è qualcosa tra te e Adam?»

La guardai, sollevandomi in modo da mettermi seduta di fronte a lei. A lei. La mia rivale. La mia complice. La mia manipolatrice. La mia bellissima Stephanie. A lei, che nonostante tutto restava l'unica amica che io avessi mai avuto. Fu proprio in quel momento che trovai la forza. Di ricacciare indietro le lacrime, di mettere a tacere il cuore. Di risponderle.

«Non c'è assolutamente nulla tra me e Adam. Non c'è mai stato e mai ci sarà. Mai!»

CAPITOLO 23

Avevo cercato di sollevare il morale a Stephanie, come potevo. Il senso di colpa per la consapevolezza di aver mentito non mi dava pace ma stavo iniziando a conviverci. E in realtà ero davvero dispiaciuta per lei. Forse anche più che per me stessa. L'avevo convinta che non dipendeva da lei. Adam aveva problemi con il padre per il Luna Park. Aveva probabilmente altre preoccupazioni, altre priorità al momento, quindi doveva obbligatoriamente mettere da parte la vita sentimentale.

Mi aveva chiesto di Clayton. Le avevo raccontato che era andato tutto bene, ma che non saremmo andati oltre l'amicizia per il momento. Evitando accuratamente di scendere nei dettagli, avevo ammesso comunque che lui mi piaceva molto. In effetti non era una bugia, ma era anche una verità vagamente dissimulata.

Il mio più grande intento nel corso del pomeriggio sarebbe stato quello di evitare l'incontro. Non potevo fare altro. Quindi dovevo trovare un espediente per non uscire di casa. Dissi che mi sentivo debole, che avevo un po' di mal di testa, mal di stomaco, come un principio di febbre. Forse avevo preso troppo sole il giorno prima. E non volevo nemmeno muovermi dalla stanza.

Stephanie si trattenne un po' con me nel corso della mattinata, poi la incitai a uscire. Disse che avrebbe tentato di distrarsi un po' sulla spiaggia con gli altri ragazzi. Se Adam non ne voleva sapere di lei, peggio per lui.

Rimasta sola provai a leggere un libro che mi ero portata da casa. *La Piccola Fadette* di George Sand, la storia di una ragazzina solitaria, una piccola strega incompresa. Forse mi ci ritrovavo, mi ci riconoscevo. L'avevo già letto, ma era uno di quei libri che mi trascinavo dietro e amavo rileggere spesso.

Passai in seguito ai miei diari, ma quello a cui avevo dato il suo nome non riuscii nemmeno ad aprirlo. Che lo avessi fatto inconsciamente ma già da allora rispecchiasse la realtà? Non ne avevo idea. Poi c'era l'altro, quello nuovo. Anzi, quello vecchio che lui mi aveva regalato. Passai il dito sui contorni delle due figure abbracciate. Socchiudendo gli occhi potevo illudermi che fossimo noi due. Ma no, non sarebbe mai accaduto. Solo nei miei sogni, tra le illusioni della mente che ormai non rispondeva più al comando che la mia razionalità tentava di imporle.

Simulai un sorriso appena sentii bussare alla porta. Era la nonna. Mi sforzai di tranquillizzarla, la sua espressione preoccupata mi faceva sentire responsabile. Come se non soffrissi già abbastanza di sensi di colpa.

«Ti senti meglio?» sorrise passandomi la mano sulla fronte e poi accarezzandomi i capelli. «Non mi sembra proprio che tu abbia la febbre.»

«Sì, nonna. Sto molto meglio.»

Ma non sarei uscita comunque e non avevo intenzione di lasciarmi convincere.

«Quel ragazzo ti ha fatto qualcosa?» La nonna aggrottò lievemente la fronte. «Stai poco bene da quando sei tornata…»

«Chi?» Impiegai un po' a capire che intendeva Clayton. «No, no, lui è stato gentile con me. È andato tutto bene con Clay e con i suoi amici.»

«Stephanie allora… è successo qualcosa con lei?»

Scossi lievemente la testa. Non era qualcosa che potevo raccontare.

«Forse ho davvero preso troppo sole, non sono abituata.»

«A volte capita di dover fare una scelta che potrebbe rendere qualcun altro infelice, Bonnie. Non è egoismo. È necessario, anche se doloroso.»

La nonna sospirò trattenendo la mano sulla mia. Abbassai lo sguardo senza sapere cosa dire. Aveva capito. Forse non tutta la verità ma si era avvicinata di molto alla corretta interpretazione del mio stato d'animo.

«Non voglio che Stephanie soffra. È già un momento difficile per lei, si sentirebbe tradita anche da me.» Quindi la mia scelta era compiuta, inutile discutere oltre. E poi... insomma era giusto così. Questo era fuori questione, non avevo dubbi. «Non è nulla. Non è stato nulla e mi sta passando. Sono quasi guarita. Appena mi sentirò meglio scenderò e tutto tornerà come prima.»

La nonna mi lasciò sola appena manifestai la mia intenzione di tornare a leggere. Chiusi gli occhi e adagiai la schiena al cuscino. Aprii il libro, *La Piccola Fadette*. La storia della ragazzina solitaria, umiliata da tutti gli abitanti del villaggio. Ma non da lui, che aveva imparato a conoscerla, a capirla e infine ad amarla. Una ragazza fuori moda, proprio come me, che l'amore aveva cambiato e trasformato in una splendida, ammirata fanciulla, la cui dolcezza si era risvegliata con l'intensificarsi di un sentimento puro e incontaminato.

Non mi sarebbe accaduto lo stesso. Io sarei rimasta me stessa. Perché l'amore mi stava attraversando senza scolpire la mia anima. L'amore mi avrebbe oltrepassata presto, se ne sarebbe andato via da me, lontano, dissipandosi tra le onde del mare. Mi risuonarono nella mente le parole di quella canzone e continuai incessantemente a ripeterle dentro di me. Mi è quasi passata. Sì, mi è quasi passata. *I'm almost over you.*

CAPITOLO 24

«Clayton mi riporterà a Bath domani mattina. Ho già parlato con mia madre, è d'accordo.»

La comunicazione di Stephanie, rientrata nel tardo pomeriggio, mi lasciò interdetta. Clayton era ancora in città? Ero convinta che fosse in giro con i suoi amici per poi rientrare a Bath oppure spostarsi verso un'altra destinazione.

«Te ne vai? Ma perché Steph? Perché non aspetti di tornare insieme a me?»

Chiusi il libro e lo appoggiai di fianco. Stephanie sostava ancora sulla porta, quasi come se fosse un'ospite nella stanza che condividevamo e non desiderasse oltrepassare la soglia.

«Perché...»

La vidi mordersi le labbra nervosa, mentre si passava entrambe le mani tra i capelli. Gli occhi azzurri erano diventati troppo lucidi. No, non poteva essere. Clayton. No, non poteva averlo fatto.

Mi rigirai lasciando scivolare le gambe giù dal letto, ritrovandomi così seduta ma di fronte a lei.

«Non puoi andare via così, Steph. Non è giusto... io non ho fatto niente! Io...»

O forse ci avevo solo provato senza riuscirci?

«Ti sbagli, Bonnie. Tu hai fatto fin troppo!» Stephanie sospirò profondamente avanzando verso di me. «Solo che io sono stata tanto cieca e tanto concentrata su me stessa da non capirlo. Anzi... ancora non lo avrei capito se qualcuno non mi avesse svegliata buttandomi in faccia la verità!»

«È stato Clayton? Non è vero niente... qualunque cosa lui abbia detto non devi credergli...» Non sapevo nemmeno da cosa dovevo difendermi. E se dovevo difendermi. Cosa le aveva raccontato per convincerla ad andarsene con lui? «Noi siamo amiche, Steph. Io…»

«No. Noi non siamo amiche, Bonnie.» Vidi una lacrima scivolare lungo la sua guancia. Era stranamente pallida, sconvolta, struccata. Come se avesse già pianto prima di presentarsi di fronte a me. «Tu sei mia amica. Io non lo sono stata per te. Io sono stata così stupida, così egoista da non capire, da non vedere quello che era così chiaro, così evidente… O forse non volevo capire, non volevo accettare che qualcuno, qualcuno come Adam… il tipo di ragazzo che avrei voluto per me… in realtà non vedesse altro che te!»

«Ma no… non è così, ti garantisco che io…»

Cosa stava dicendo? Non era vero.

«Tu sei innamorata di lui, Bonnie! E io ti ho costretta, ancora una volta, a scrivere una di quelle stupide lettere da parte mia. Anche a lui. E tu mi hai ubbidito e lo hai fatto, nonostante tutto.» Stephanie aveva alzato la voce, il suo tono era diventato quasi accusatorio.

«Io non volevo… mi dispiace.» Abbassai lo sguardo stringendo forte la coperta in un pugno. «Ho fatto tutto quello che potevo… sono andata via con Clayton, ho anche provato a…»

«Già…» La voce di Stephanie uscì ora come un sussurro, un sospiro malinconico. «E sai cosa è accaduto qui nel frattempo? Adam… non lo avevo mai visto così. Ricordi che ti ho detto che è stato detestabile, che mi ha scaricata brutalmente dicendomi di non essere interessato? E non era solo per la voglia di andarsene, non era per i contrasti con suo padre. È stato a causa tua, era furioso di saperti con un altro. Adam era distrutto all'idea di perderti, Bonnie. Ti ama. I segnali c'erano tutti, fin dall'inizio. Ha sempre voluto te. Io non sono stata in grado di interpretarli perché non ho mai accettato di essere messa in secondo piano...»

«No, Stephanie. Ti sbagli. Adam non...»

Qual era il senso delle sue parole? Me le sentivo scivolare addosso una dopo l'altra. Ed era come se mi riplasmassero, come se rimodellassero il mio cuore che aveva iniziato a battere in modo incontrollabile.

«Adam vuole te, Bonnie. Ha sempre voluto te.» Stephanie mi si sedette accanto. Mi circondò con le braccia e mi cullò con dolcezza mentre io non sapevo più reprimere i sentimenti che mi si dipinsero sul viso ormai inarrestabili, mentre le lacrime scivolavano giù una dopo l'altra. «E ora tu ti sistemerai per bene, uscirai da qui. Lo andrai a cercare e gli dirai che anche tu lo ami. Prima che sia troppo tardi.»

«Io... non volevo perderti, Steph. Tu sei la mia unica amica...»

Mi asciugai ripetutamente il viso con entrambe le mani.

«Non ti libererai mai di me, rassegnati Bon. Adam è grandioso, lo ammetto. Ed è bene che una di noi due riesca ad averlo.» Stephanie mi diede un bacio sulla tempia. «Ma ora dovremo fare qualcosa per questo bel visetto e per questi occhioni lucidi.» Si alzò e mi gettò un'occhiata, come a studiare un piano di attacco. Poi sospirò scuotendo la testa. «No, tu non ne hai bisogno. Sei perfetta così come sei. Corri a prenderlo, Bonnie.»

Adam mi amava davvero? Seguendo il suggerimento di Stephanie mi ritrovai fuori casa. Cosa avrei dovuto fare io? Trovarlo, ma poi... Ero talmente confusa e frastornata da non sapere nemmeno da dove iniziare a cercarlo. Eppure i luoghi erano sempre gli stessi. Iniziai dal più ovvio, il Luna Park. Ma poi... cosa avrei dovuto dirgli?

La strada per arrivare sembrava allungarsi sempre di più, a ogni passo mi appariva più lontano anche se si trattava di pochi isolati. Avevo paura. Paura di aver frainteso tutto, paura che Stephanie si fosse sbagliata.

Quando raggiunsi il tiro a segno ero ormai senza fiato, con il cuore che rischiava di scoppiare, gli occhi gonfi. Anche respirare mi faceva male. Mi guardai intorno sempre più tesa, poi decisi di restare immobile sperando di riprendere il controllo di me stessa e del mio corpo.

Attesi invano di vederlo sbucare dal retro. Nel dubbio feci un giro completo per il Luna Park, cercandolo ovunque. Forse era in spiaggia? Alla fine presi coraggio e mi avviai decisa da Steve Comte, che stava sistemando i premi appesi alla parete del tiro a segno. Ormai non mi restava altro da fare che rinunciare all'orgoglio e chiedere spudoratamente di lui a suo padre.

«Adam... dove... Dov'è Adam?»

Si voltò verso di me senza alcun entusiasmo. Non seppi interpretare l'occhiata spenta, apatica che mi rivolse.

«Partito per Plymouth, questa mattina. È andato a stare dai parenti di mia moglie, poi si imbarcherà. Non sono riuscito a fermarlo, a convincerlo a restare...» Avvicinandosi appoggiò entrambe le mani al bancone. «Non tornerà. È tutto finito ormai, chiuderemo. Io ho sbagliato tutto e Adam ne ha pagato le conseguenze.»

Scappai via senza replicare, senza dire nulla. Se n'era andato, lo avevo perso. Mentre io me ne stavo chiusa in casa per paura di affrontare i miei sentimenti, lui aveva deciso di allontanarsi, di staccarsi da tutto, anche da me. Senza una parola, senza un saluto. Aveva spezzato per sempre il nostro legame. Aveva scelto di andare oltre, di cambiare, di lasciarsi il passato alle spalle, compresa quella sciocca ragazzina che aveva continuato insistentemente a soprannominare "treccine".

CAPITOLO 25

Nei giorni successivi non feci altro che rivivere i momenti con lui, uno dopo l'altro, in un flashback continuo e dolorosamente amaro. Non riuscivo a dare tregua alla morsa che mi stringeva il cuore. Accarezzavo con le dita il nostro diario. Era diventato il nostro diario, quel vecchio quaderno a righe che Adam mi aveva comprato al mercatino. E quella coppia abbracciata sullo sfondo della campagna inglese eravamo noi. La mia immaginazione modellava quelle due figure e le rendeva uguali a noi, come se fossimo stati trasportati indietro nel tempo, in posa per quel ritratto.

Avevo amato e perduto quasi nello stesso istante in cui avevo realizzato che esprimere ciò che provavo non mi avrebbe strappato ciò che ero sempre stata, non mi avrebbe portato via l'amicizia, l'affetto, i principi su cui avevo basato la mia vita di adolescente fuori dagli schemi. Ma era stato inevitabilmente troppo tardi. Non sarei mai stata più "treccine". Mai più, per nessuno.

Nella mia lotta tra amicizia e amore l'unica vera perdente ero stata io. Stephanie era tornata a casa, Adam era partito. E io ero rimasta lì ad accumulare i giorni che restavano alla fine di quelle vacanze estive. In attesa che i miei si decidessero a venire a riprenderci. Con i nonni che mi trattavano come una convalescente da maneggiare con cura e con mio fratello che sembrava aver dimenticato da un giorno all'altro di prendermi in giro e di essere invadente e rompiscatole.

«Stavi meglio tu comunque con quel coso da meringa vestita a festa…»

«Che cosa vuoi, nanerottolo? Non ho monetine da darti per andare in sala giochi. Chiedi ai nonni.»

Il vestito da meringa. Eddie involontariamente mi strappò un sorriso. Stephanie lo aveva lasciato per me. Quell'abito in cui io non mi sentivo me stessa, ma che aveva contribuito a risvegliare qualcosa in me. La mia voglia di sentirmi una ragazza come tutte le altre, di lasciarmi guardare. Che aveva segnato comunque l'inizio della fine, perché proprio da quel momento tutto era cambiato davvero.

«No... dicevo così per dire. Anche Dennis pensa lo stesso. E anche Adam, ecco. L'abbiamo visto noi che ti guardava, quindi...»

Parlando Eddie continuava a stringersi nelle spalle, come se fosse consapevole di dire qualcosa di inconsueto e imbarazzante. In effetti lo era. In tutta la sua vita non mi aveva mai rivolto un complimento. Non così, almeno. Poi aveva messo di mezzo Adam. Quindi anche lui sapeva, nonostante fosse solo un ragazzino rompiscatole, un piccolo opportunista che otteneva sempre ciò che desiderava con qualunque mezzo a disposizione. E a quanto diceva anche Dennis ne era al corrente. La "non storia" tra me e Adam era di dominio pubblico.

A questo punto non restavo che io. Io che mi ero tenuta tutto dentro, io che avevo continuato a tacere. Anche quando Adam mi aveva trattenuta per le spalle, lasciando scivolare poi le mani sulle mie braccia. E mentre mi guardava con i suoi occhi azzurri interrogandomi sui miei sentimenti per un altro, io perdevo il conto dei battiti del cuore che non riuscivo più a placare a causa sua. Mentre c'era quella canzone nell'aria che ripeteva costantemente *"I'm almost over you, I've almost shook these blues..."* e io mi rendevo conto, pur negandolo, che non era vero niente. Che non mi era quasi passata, che non avevo affatto dimenticato, che la malinconia persisteva immutabile nell'anima, senza di lui nella mia vita. Perché quella notte sulla spiaggia insieme a un altro erano solo sue le labbra che avrei voluto baciare, le braccia da cui avrei desiderato farmi stringere.

Compresi che era giunto il momento di scrivere una lettera. Una lettera nuova, una lettera autentica. Una lettera solo mia, questa volta. Destinata al ragazzo che amavo.

CAPITOLO 26

La scuola sarebbe cominciata entro pochi giorni. Eravamo giunti ormai agli ultimi residui di vacanza estiva. Avevo scritto la mia lettera prima di partire da Bournemouth per tornare a casa. Ma in realtà più che una lettera era il mio diario, il mio diario vero, quello che non avevo mai saputo scrivere a causa dell'inconsistenza della mia vita. E avevo quindi sostituito con altri diari di personaggi immaginari, con esistenze e storie più entusiasmanti della mia. Tra cui anche il diario di Adam che, non potevo più fare a meno di ammettere, tanto immaginario non era mai stato. Era lui già da allora, era il suo ricordo che aveva acceso la mia fantasia. Forse inconsapevolmente, quando avevo iniziato a scriverlo, ma era lui. Stephanie tutto sommato aveva avuto ragione fin dal principio.

Quindi il diario che mi aveva comprato quel giorno al mercatino, quello che mi aveva chiesto di poter leggere in modo tale da saldare il mio debito, era tornato a lui. E parlava di me. Gli avevo affidato tutto ciò che mi apparteneva davvero. I miei pensieri, i miei dubbi, i miei timori. E soprattutto la mia verità.

Tanto avevo raccontato: delle lettere che scrivevo per altri, delle storie immaginarie che nascevano da un'impressione casuale, dei diari di personaggi fittizi che interpretavo come un'attrice impegnata sulla scena. Di ciò che ero stata per tanti anni e in fondo continuavo a essere. Di amicizia, di amore... di noi. Di come non avevo saputo rifiutare la richiesta dell'unica amica che io avessi mai avuto. Perché c'era tanto in Steph che la gente non vedeva ma io riuscivo a scorgere. Nonostante il suo atteggiamento, nonostante la necessità costante di essere al centro dell'attenzione di tutti, la più bella, la più desiderata. La prescelta, sempre.

Avevo incartato il nostro diario e avevo consegnato il pacchetto a Steve Comte. Pregandolo di recapitarlo ad Adam, di farglielo avere in qualche modo. Non ero certa che lo avrebbe fatto, ma non avevo alternativa.

E dopo le pagine in cui raccontavo di me e che riguardavano prevalentemente ciò che era facile raccontare, era arrivata la parte difficile. Così improvvisamente mi ero resa conto di non essere in grado. Sapevo scrivere lettere per gli altri, intrecciavo poesia, dolcezza, sentimento, emozione. L'amore potevo immaginarlo attraverso storie non mie o attraverso un ideale che persisteva distaccato, assente, immutabile. Non potevo viverlo. Non sapevo viverlo realmente. Perché per viverlo avevo bisogno di lui. Della sua presenza, dei suoi occhi, delle sue parole. Del suo sfiorarmi le mani, della tenera carezza sui miei capelli. Del suo sedermi accanto in silenzio a guardare il mare.

Non sapevo scrivere lettere d'amore vere. Potevo solo costruirle, giocare con parole più grandi di me. Ma quelle non erano reali, non erano mie. Io ero solo un'incosciente, una ragazza fuori moda persa in sogni che ancora non conosceva, che non erano mai stati suoi.

"Torna da me, Adam." Solo questo sapevo dire davvero. Solo questo potevo scrivere, a lui. *"Torna da me perché non mi passa nemmeno un po' e io non so come fare a dimenticarmi di te, nonostante abbia provato davvero di tutto."*

Ecco, mi bloccavo. Non ero riuscita a esprimere altro. Avevo paura, una paura tremenda, paralizzante. La stessa che avevo vissuto trovandomelo di fronte. Non ero stata brava come al solito, non ero stata poetica e non sapevo nemmeno essere appassionata come avrei voluto. Sapevo solo lottare contro il dolore della perdita, con tutta la forza di cui ero capace, per quel miracolo che aveva risvegliato il mio cuore che ora implorava di essere corrisposto, accarezzato, curato.

"Torna da me perché io non voglio diventare un'altra, trasformarmi in qualcuno che non conosco. Voglio solo essere quella che sono. E voglio esserlo insieme a te. Treccine."

Il padre di Adam aveva annuito, forse un po' troppo distrattamente. Avrebbe chiuso presto il Luna Park, mi aveva rivelato. Quel mondo fatato e in parte irreale che aveva legato il mio destino a quello di Adam già negli anni precedenti sarebbe scomparso per sempre. Non c'erano alternative, ormai. Fu in quel momento che io meditai sull'idea di crearne di nuove. Dovevo solo attendere che i miei genitori tornassero a riprendermi. Avevo studiato la storia di Bath, le sue attrattive, per la ricerca scolastica. Sapevo che esistevano sistemi per rendere un luogo invitante, per fare in modo che la gente ne subisse il richiamo e se ne sentisse attratta.

Si trattava soltanto di fare un tentativo. Di rischiare ancora una volta. Di concedere a un sogno un'ultima occasione.

CAPITOLO 27

«Dimmi la verità, Bon. Ci sei tu dietro a tutto questo?»

Stephanie, al telefono da Ashford, nel Kent, dove si era trasferita con sua madre, aveva appena finito di leggermi la lettera che aveva ricevuto. Sospirando a ogni pausa e rileggendo i passaggi che riteneva più significativi ogni volta che riprendeva la lettura.

«Niente affatto, Steph. A quanto pare io ho perso il mio tocco magico, te l'ho già detto. Ho il blocco dell'autrice di lettere d'amore, a tempo indeterminato. Ciò significa che o qualcun altro ha preso il mio posto, oppure quella lettera te l'ha scritta davvero Clayton.»

Mi morsi le labbra per non scoppiare a ridere. Sì, perché l'idea di Stephanie Lindbergh e Clayton Stone che si scambiavano lettere cercando di mantenere una relazione a distanza era davvero tutta da ridere.

«Eh allora... mmh... allora sicuramente l'avrà copiata da qualcuno, da qualche libro. Non ci credo che sia opera sua! Te lo immagini? Insomma, non sarebbe da lui. Lo sai anche tu com'è Clay. Ma dimmi... che tu sappia, si vede con qualcuna? Voglio dire... Lesley gli sta ancora intorno?»

La sentii sbuffare, seccata solo per avermelo chiesto mostrandosi più interessata di quanto intendeva ammettere. La tentazione di tenerla sulle spine mi attraversò per un istante. Ma iniziando a sentirmi troppo perfida nei suoi confronti, decisi invece di rassicurarla.

«Lesley ci prova ancora, ma lui rimane abbastanza indifferente. Quindi da alcuni giorni ho l'impressione che lei riversi le sue attenzioni su Anthony. Ma anche lui sembra

117

corrispondere poco. È un brutto periodo per la tua rivale di sempre, Steph. Tempi duri per la ragazza più popolare della scuola.»

E io mi stavo trasformando in un'incorreggibile pettegola.

«E adesso io come gli rispondo per non essere da meno? No, non dirmelo...» Sospirò ancora, sdegnata. «Hai il blocco, quindi niente da fare. Non mi aiuterai. Ciò significa che dovrò fare da sola, inventarmi qualcosa, magari copiare da qualche libro, come sicuramente ha fatto lui... Forse dovrei lasciar perdere. E lo farei, se ci fosse qualcuno di interessante qui. Invece niente...»

«Non dare per scontato che lui abbia copiato, Steph. Clayton potrebbe essere molto diverso da come appare. Quindi... usa le tue parole, scrivi quello che senti davvero e andrà benissimo. Non è una gara a chi è più bravo. Comunque, quando torni a Bath a trovare tuo padre? Ho voglia di vederti.»

«Fine mese. E dobbiamo andare a fare shopping noi due. Poi ti devo insegnare a truccarti decentemente perché l'ultima volta hai combinato un disastro con quel rimmel. Ti farò un corso accelerato e questa volta ti dovrai impegnare per imparare.»

Tornata a casa da Bournemouth, Stephanie aveva insistito per darmi lezioni di moda, di trucco e di stile. Poi era partita per Ashford, dove sua madre avrebbe iniziato un nuovo lavoro. L'aveva seguita controvoglia, ma i suoi avevano deciso così, almeno per il momento, perché anche il padre di Steph viaggiava spesso per lavoro. Io speravo che il distacco fosse solo temporaneo.

Volendo avrei quasi potuto prendere il suo posto tra le ragazze più popolari della scuola. Ma io non volevo. Preferivo restare "treccine" e dentro di me sapevo che nonostante i vestiti alla moda, il trucco, i capelli sciolti sulle spalle, lo sarei rimasta per sempre. E forse per sempre sarei rimasta anche nella terra di mezzo, tra popolari e sfigati. Andava bene così.

In ogni caso Stephanie mi mancava, non solo come amica ma come punto di riferimento fondamentale nella mia vita. Il suo modo di ridere, di muoversi, di parlare. Anche le sue richieste incessanti e la sua ostinazione mi mancavano. E non mancava solo a me. Clayton si aggirava un po' perso a scuola, spesso riscoprivo in lui la mia stessa espressione smarrita, quasi assente. Come se fosse assalito da un senso di vuoto, di desolazione.

«Bon...» La sentii esitare, improvvisamente. E conoscevo il motivo.

«No, niente ancora.»

Ero tornata a casa da tre settimane, la scuola era iniziata da una soltanto. Cercavo di distrarmi, di non pensare. Stavo davvero facendo del mio meglio. Forse suo padre non gli aveva fatto avere il diario. Forse lui non aveva voluto leggerlo. Forse l'aveva letto ma non voleva rispondere. Forse mi aveva dimenticata... oppure non gli importava di me, semplicemente.

«Devi avere fiducia, Bon. Lui tornerà da te. Io ne sono sicura.»

Non sapeva che altro dire. Si sentiva responsabile, ma la verità era un'altra. Non era stata colpa sua. Ero stata io ad essermi spaventata di me stessa, di ciò che avevo iniziato a provare. Era stato più comodo rinunciare riversando la responsabilità delle mie azioni su di lei, usarla come pretesto nell'incertezza per non correre il rischio di essere respinta, ferita. Non avevo osato essere sincera, dire la verità, rivelare i miei sentimenti quando era ancora tutto semplice, possibile.

«Mi passerà comunque, Steph. Non ti devi preoccupare. Anzi in realtà... mi è già quasi passata. Voglio pensare ad altro, adesso. Organizziamo qualcosa di divertente per quando tornerai a fine mese.»

Sorrisi appena ringraziando il fatto che essendo al telefono Steph non mi potesse vedere. Una lacrima scivolò giù e prese la direzione delle mie labbra, fermandosi all'angolo della bocca mentre le note della canzone erano tornate a risuonare incessantemente tra i miei ricordi di una sera di qualche mese prima, tra le pieghe dell'anima.

CAPITOLO 28

La metà di settembre era stata superata ormai. Era giunto anche l'ultimo giorno d'estate. Un'estate che non avrei mai più dimenticato.

Avevo fatto colazione e preparato già tutto per la scuola. Potevo avviarmi con calma, godendomi ancora la temperatura mite di quel mese che se ne stava in bilico tra due stagioni, in una sorta di terra di mezzo, come me. Anche io ero un po' settembre. Mi sforzavo di andare avanti soffocando la malinconia che mi avvolgeva, celandola dietro a un sorriso, dietro a una serenità che per me stava diventando una conquista quotidiana. Giorno dopo giorno potevo riuscire a riprendermi, ad andare avanti. Forse con il tempo sarebbe diventato sempre più facile.

«Bonnie, è arrivato questo per te.» La mamma si rigirò il pacchetto tra le mani prima di consegnarmelo. «Non c'è nemmeno scritto da dove arriva, c'è solo il tuo nome.»

Lei non poteva sapere. Lei non poteva riconoscerlo. Quindi era così che finiva tutto? Il mio pacchetto, il nostro diario, non era nemmeno stato aperto. Riconoscevo la carta color avorio con cui lo avevo avvolto. Anche il nastrino di raso bianco era lo stesso.

Lo presi tra le mani senza dire nulla. Annuii soltanto prima di uscire. Scuola, dovevo andare a scuola. Concentrarmi sulle lezioni e non pensare. Non soffrire, non tremare, non piangere. Non sentire il cuore spezzarsi in tanti minuscoli frammenti. Tanto piccoli che mi sembrò impossibile trovare il modo di ricomporlo, prima o poi.

Un passo dopo l'altro. Verso la scuola. Forse non avrei mai più dimenticato quell'estate, ancora meno quel settembre. Che era proprio come me. Detestabile, inconcludente.

Mi ritrovai di fronte all'edificio. Non mi restava altro da fare che entrare e vivere quel giorno come avevo vissuto tutti gli altri. Sì, era davvero un giorno come tutti gli altri. Fu in quel momento che mi accorsi di aver trattenuto il pacchetto tra le mani. Dovevo metterlo via, nasconderlo nello zaino. Che ne avrei fatto poi? Lo avrei buttato via, senza nemmeno aprirlo? Oppure nascosto sul fondo di un cassetto sforzandomi di dimenticarlo? Non sapevo ancora. Sapevo soltanto di non volerlo rivedere, mai più. Mi stava facendo troppo male.

Mossi un altro passo verso l'ingresso della scuola. Ero in anticipo ma sarei arrivata in ritardo restando lì a fissare il vuoto. Forza, Bonnie Meisel. Coraggio. Se c'era qualcosa di positivo in tutta quella storia, era che finalmente avevo capito cosa volevo dalla mia vita. E soprattutto chi ero.

«Treccine...»

No, non poteva essere lui. Non alle mie spalle, come quando ci eravamo rivisti dopo anni al Luna Park. Non qui. Era davvero impossibile che fosse qui. A Bath, di fronte alla mia scuola. No, doveva essere l'immaginazione che faceva strani scherzi alla mia anima affranta. Mista alla delusione, ai frammenti del mio cuore che ancora lottava per illudersi, per ricomporsi.

«Treccine!»

Era davvero la sua voce. Alle mie spalle, ancora più vicina. E la sua mano che si posava sui miei capelli per poi ritrarsi, il suo respiro che mi accarezzava piano.

«Sei tu...» Mi voltai lentamente, esitante, smarrita. Ancora incredula. «Adam...»

«L'hai avuto...» sorrise imbarazzato fissando il pacchetto che reggevo ancora tra le mani.

«Prima di uscire.»

Non sapevo che altro aggiungere. Aveva voluto restituirmelo così com'era. Non era necessario che facesse tanta strada per consegnarmelo di persona. Anche perché lo aveva lasciato comunque nella posta. Che senso aveva presentarsi davanti alla mia scuola?

«E... lo hai letto?»

Abbassò lo sguardo per un attimo, poi i suoi occhi azzurri furono ancora su di me.

«No, io... tu non hai letto... non l'hai nemmeno aperto...» sospirai confusa.

Improvvisamente sembrava che entrambi avessimo perso l'uso della parola. Restavamo immobili, in silenzio. Io trattenevo ostinatamente lo sguardo fisso sul quel pacchetto intatto. Perché non osavo più sollevarlo su di lui.

Parole. Tante parole avevo scritto, tante ne avevo lette. Tante ci eravamo scambiati quando il cuore era stato messo da parte, a tacere.

«Sì, ma io... sono andato avanti a scrivere da dove tu hai interrotto e ho cercato di rifare il pacchetto uguale, ecco...»

Si passò la mano tra i capelli. Erano più corti, non lo avevo notato immediatamente. Sospirò increspando le labbra e cercando di incontrare il mio sguardo.

Cosa stava cercando di dirmi? I nostri occhi si incrociarono e restammo fermi lì, davanti alla scuola, come sospesi. A guardarci mentre il mondo inarrestabile ci scorreva intorno.

«Adam, io credevo che tu...»

«Ho lasciato il diario nella tua posta, ieri pomeriggio. Per darti il tempo di leggere.»

Sollevò la mano verso di me, poi la lasciò ricadere lungo il fianco. Improvvisamente mi sembrò quasi deluso.

«L'ho avuto solo questa mattina, prima di uscire per venire a scuola e...»

E il pacchetto così uguale al mio... mi aveva indotta a credere che lui non lo avesse nemmeno aperto, che non avesse letto quello che gli avevo scritto. Che non gli importasse di me.

«Mmh... ho capito, forse l'ho rifatto troppo bene quel pacchetto...» sospirò aggrottando la fronte. «Tu non hai letto la mia parte. Quindi non sai...»

Abbassai il viso. Avevo paura. Ancora una volta avevo paura. Ma non c'era nulla a salvarmi. Nessuna lettera per qualcun altro. Nessun personaggio immaginario da usare come rifugio, come copertura. Ero costretta ad affrontare la realtà, questa volta. Scossi la testa. No, non avevo letto la sua parte. Quindi no, non sapevo.

«Quindi non sai che sono qui a Bath per terminare gli ultimi due anni di liceo nella tua scuola. Sono rimasto troppo indietro con gli studi, spero di riuscire a recuperare. Solo dopo aver preso il diploma deciderò se entrare davvero in marina o scegliere un'altra strada. E non sai nemmeno che il Luna Park si sta trasferendo in una zona molto ampia in periferia... lungo il fiume, verso la campagna. I tuoi genitori hanno messo in contatto mio padre con una persona che si occupa delle attrazioni locali, potrebbe essere un'ottima occasione anche se probabilmente ci dovranno essere alcuni cambiamenti. Siamo arrivati a patti, mio padre ha acconsentito a fare un ultimo tentativo con il Luna Park e a lasciarlo andare senza più rimpianti se non funzionerà. Io finirò il liceo prima di prendere una decisione.»

Lo ascoltavo, in silenzio. Lo ascoltavo mentre il mio cuore si ricomponeva, un frammento dopo l'altro. Ogni sua parola era per me come un bagliore di luce, una tenue fiammella di speranza.

«E soprattutto, treccine, tu non sai che... anche a me non è passata. Nemmeno un po'. E anche io non so come fare a dimenticarmi di te. Non sai che sono andato via perché non sopportavo l'idea di vederti con un altro, non solo perché avevo litigato con mio padre. Quindi ho preferito non vederti più del tutto, sperando che tu potessi essere felice insieme a lui. E avevo creduto che non ti importasse di me perché avevi accettato di scrivere quella lettera per la tua amica. Parlando con lei avevo capito subito che eri stata tu, lei non ricordava nemmeno cosa ci fosse scritto.»

«Adam...»

Un passo e mi ritrovai proprio di fronte a lui, che teneva il viso abbassato. Sollevai la mano verso di lui e gli sfiorai la guancia con le dita, tremante.

Alzò nuovamente lo sguardo su di me. Incontrai i suoi occhi azzurri così dolci, così luminosi.

«Poi non sai che io ti amo, treccine. Ma questo speravo di dirtelo a voce...»

«Ti amo anche io, Adam. Anche quando non lo sapevo ancora, io...»

Non ci furono più parole. Mi ritrovai tra le sue braccia. E lì diedi il mio primo vero bacio. Le sue labbra sulle mie mi provocavano una sensazione di estasi, di pace, di abbandono totale. Mentre il mio cuore si ricomponeva davvero, frammento dopo frammento.

E improvvisamente, chi eravamo noi due? Due ragazzi come tanti altri che si baciavano davanti alla scuola in una giornata di settembre, ancora a metà tra l'estate e l'autunno del 1984. Un po' come nella poesia di Prévert, due ragazzi che si amavano *"nell'abbagliante splendore del loro primo amore"*.

Non sapevamo ancora cosa ne sarebbe stato di noi, delle nostre vite. Quali sorprese, dolci o amare, il destino avesse in serbo per noi. Sapevamo solo di dover vivere quel momento eterno, quell'amore puro. Desideravamo solo conservarne la traccia per sempre. E speravamo, in cuor nostro, che il sentimento che provavamo l'uno per l'altra si trasformasse nel tempo, evolvesse, crescesse con noi, ma che non ci passasse mai.

L'estate della nostra vita era appena trascorsa. Ora non ci restava che accogliere l'autunno, quel meraviglioso settembre. Che era davvero un po' come noi, dolce, mutevole, timido ma appassionato. Un po' come quelle due figure abbracciate sulla copertina del nostro diario. Un po' come me che nel trascorrere degli anni e attraverso i mutamenti ero intenzionata a rimanere, nonostante tutto, "treccine". Una ragazza fuori moda.

SECONDA PARTE

L'amore non passa.
È sempre uguale,
negli anni,
nei secoli.
L'amore vive
e perdura
attraverso i decenni,
le epoche
e le guerre
dell'anima.
Come chi amò
prima di me,
io amo,
amo ancora,
come un giorno
ho amato,
contro la mia volontà,
contro le ragioni
del dolore...
e sempre mi ribello
e sempre mi ferisco.

(Barbara Morgan)

CAPITOLO 1

Bonnie

Solo due mesi. Poco più. Due mesi e una settimana. La mia vita era cambiata. Io restavo sempre la stessa Bonnie Meisel, la ragazza fuori moda che scriveva lettere d'amore per altre persone. Che viveva la vita di altri oppure un'esistenza fittizia attraverso diari di personaggi inventati. Però avevo Adam al mio fianco e questo faceva davvero una grande differenza, per me.

Quindi no, non scrivevo più lettere d'amore. Qualcuna per me, per noi. Ma in qualche modo sembravo aver perso quel mio talento particolare. Perché Adam Comte c'era davvero. Era vivo, reale, accanto a me ogni giorno. Nonostante dall'esterno tutto sembrava aver assunto un'altra dimensione, io dentro restavo decisamente la stessa. E incredibilmente ad Adam piacevo proprio così.

Non mi sarei mai accorta che mancava solo un mese a Natale se a scuola non avessero iniziato a infarcire ogni conversazione con l'assillo della festa incombente, delle luci colorate, di quell'euforia un po' magica e un po' artefatta che avrebbe trascinato con sé i giorni e le settimane precedenti al grande evento.

Il grande evento era soprattutto la festa scolastica dell'antivigilia più che il Natale in sé. Evento che io, come una sorta di Grinch in gonnella, evitavo accuratamente da almeno quattro anni.

Non sapevo ancora come mi sarei comportata in proposito quel Natale del 1984. C'era Adam. Probabilmente avrebbe amato anche la mia versione Grinch, però... Insomma, potevo fare uno sforzo per trasformarmi in ragazza carina e accomodante anche se non necessariamente alla moda e popolare. Perché comunque senza Stephanie sarebbe stato impensabile. Mi mancava. La mia migliore amica, manipolatrice, egocentrica Steph. Non sapevo che mi sarebbe mancata così finché si era trasferita con sua madre nel Kent, dopo la separazione dei suoi.

Per fortuna però avevo Adam. Era diventato la mia ancora di salvezza, a tutti gli effetti. Il timore di perderlo mi legava a lui ancora di più, a dire la verità. Un'incomprensione e dopo la nostra estate trascorsa a Bournemouth avevo rischiato di perderlo per sempre.

È davvero così l'amore? Basta davvero così poco per non ritrovarsi più? Non lo sapevo. Non avevo sufficiente esperienza in proposito. La grande esperta era Stephanie, che manteneva viva la sua relazione con Clayton Stone attraverso lettere che si scambiavano settimanalmente. Era un po' come se i nostri ruoli si fossero magicamente invertiti, come per il curioso sortilegio di un mago burlone. Io vivevo il mio amore, lei scriveva il suo.

CAPITOLO 2

Margaret

Non ero ancora certa che fosse stata una buona idea. Probabilmente non lo sarei stata mai. Avevo vissuto a Bath per i primi diciannove anni della mia vita, allontanandomene per i successivi diciotto. Non solo fisicamente. Londra non era così lontana, del resto. Era stato il mio cuore a subire un totale distacco da quella che era stata la mia vita, il mio spazio, il mio mondo. Come se fossi stata emarginata, esclusa, esiliata. Come se avessi commesso un crimine imperdonabile.

Tornando mi ritrovavo tra ragazzini che avevano all'incirca la stessa età di quando io ero andata via. Faceva male. Non avrei mai creduto che potesse fare così male. Mi aggrappavo al mio lavoro con tutta me stessa perché era l'unica cosa che mi restava davvero. L'unica per cui continuare a lottare.

Quella passione, quella vita che ritrovavo solo nelle parole altrui. Perché in me nascevano esanimi, assenti, senz'anima. Le mie parole non avevano vigore, probabilmente non lo avrebbero mai trovato.

Eppure amavo la mia città con tutta me stessa. O forse di Bath amavo solo i ricordi. Quella sottile brezza che spirava in primavera, ancora un po' frizzante, rigida a volte. Il gelo dell'inverno che mi sferzava il viso. La piazza, i vicoli, i monumenti, il suo stile antico, severo ma confortevole. No, non era il luogo. Era solo una cittadina inglese come tante altre. Ero io in quel luogo. Io a sentirla viva, palpitante. Umana. Perché ogni luogo ha un'anima, ma dipende sempre dagli occhi con cui lo si guarda. Io a Bath avevo lasciato la mia.

Parlami dell'anima.
Ora.
Dell'anima mia
che chiama
che invoca
che fremendo
scala cime elevate
solca mari profondi.
Parlami dell'anima.
Amore. Amante.
Dell'anima tua
ben poco
mi è noto.
Descrivimi l'anima.
Io ti ascolterò.

CAPITOLO 3

Bonnie

Non sapevo come prendere la gelosia che Adam provava nei confronti di Clayton. Non ero nemmeno certa che si trattasse proprio di gelosia, ma non riuscivo a interpretarla. Adam sapeva che io e Clay avevamo avuto un flirt a Bournemouth, mentre Steph provava a conquistare lui. Quindi forse era davvero gelosia perché i loro rapporti erano ancora un po' tesi. O forse si trattava più di un senso di fastidio. Ecco, ero talmente poco avvezza ai legami sentimentali che non riuscivo ancora a dare una definizione a certe emozioni. Nemmeno alle mie. Perché, in tutta onestà, mi sentivo lusingata di aver suscitato tali sentimenti.

In ogni caso non avevo alcun dubbio sulla mia scelta. Su ciò che provavo per Adam. E volevo aiutarlo a rimettersi in pari con il liceo. Era rimasto indietro a causa del tempo che aveva perso con i continui trasferimenti e del perpetuo vagare con il Luna Park che suo padre gli aveva imposto nel corso degli anni precedenti.

Il Luna Park in periferia si stava attrezzando per il Natale. Avevamo bisogno di aree coperte nel caso, altamente prevedibile, di maltempo. Probabilmente sarebbe arrivata anche la neve. Parlavo del Luna Park quasi come se fosse mio. Forse non me ne rendevo conto a quel tempo, ma me ne sentivo parte. Il suo successo sarebbe stato anche il mio. E avrebbe significato che Adam sarebbe rimasto. Per questo motivo volevo aiutare a gestirlo, perché non venisse chiuso definitivamente.

Non desideravo che Adam si sentisse forzato a restare, da suo padre e anche da me. Sapevo che non aveva rinunciato al suo sogno di entrare in marina. Proprio per questo era importante che recuperasse a scuola. Per realizzare il suo sogno e ottenere il meglio. Forse il suo meglio non avrebbe incluso me, ma dovevo rispettare la sua decisione.

«Non ho mai visto il Luna Park in inverno.» Mi guardavo intorno mentre passeggiavo con Adam tra le giostre illuminate. Il padre di Adam, Steve Comte, non si era risparmiato nello scopo di rendere il Luna Park un luogo magico. Aveva assunto degli aiutanti extra a tal proposito.

«Sei sempre stata a Bournemouth solo in estate, Bonnie. Forse per questo non l'hai mai visto… Ne avrai visto un altro in inverno.» Adam sorridendo mi attirò a sé.

«No Adam, non ne ho mai visto nemmeno un altro. In inverno me ne sono sempre stata chiusa in casa, molto peggio che in estate!»

Sollevando il viso verso di lui incrociai i suoi occhi azzurri.

«A scrivere lettere per altri e diari, immagino.» Annuì serio accarezzandomi i capelli mentre io rigirandomi lo abbracciavo.

Mi sentivo più bella insieme a lui. Più bella e più viva. In qualche modo cercavo di esserlo. Avevo raccolto tutti i suggerimenti di Stephanie anche se il più delle volte fingevo di non dare importanza ai consigli con cui mi affliggeva quasi quotidianamente per telefono. Sicuramente se non si fosse trasferita mi avrebbe costretta a vestirmi, pettinarmi, truccarmi trasformandomi in una ragazza alla moda, una copia di se stessa anche se con occhi e capelli castani. Forse non essendo bionda come lei sarei stata comunque meno appariscente. O forse no. In realtà era meglio non scoprirlo. Almeno finché non sarebbe tornata per le vacanze natalizie.

Coloro che continuavano a divertirsi incuranti dei problemi e delle difficoltà erano i nostri fratelli minori. Mio fratello Eddie, uno scapestrato di dodici anni. E Dennis, il fratello di Adam, che aveva la stessa età. Noi li soprannominavamo "il mostro a due teste". Per loro era come se la vacanza non finisse mai. Io invece alla loro età già mi lanciavo in profonde meditazioni sulla vita e sul destino. Ma forse ero sbagliata io. Leggevo troppo, scrivevo troppo. La mia massima aspirazione a tredici anni era essere lasciata in pace da chiunque mi circondasse.

Adam viveva con suo padre e suo fratello in una villetta rustica che avevano preso in affitto e si trovava a poca distanza dal Luna Park ma orientata verso la città. In modo tale che Adam e Dennis non avessero troppa difficoltà a raggiungere la scuola in autobus.

«Aiuterai me, vero Adam? Sono tuo fratello!» Dennis, che sembrava una copia più giovane e paffuta di Adam, con i capelli biondi scompigliati e le guance rosse per il freddo e per la corsa, si impiantò di fronte a noi impedendoci il passaggio.

«Aiutarti in cosa?» Adam, stringendosi nelle spalle, finse noncuranza.

«Ma lo sai!» Gli occhi azzurri di Dennis sprizzavano scintille. «Quella cosa…»

«No, aiuterai me perché sono il fratello della tua ragazza e se non mi aiuti le parlerò male di te!» Eddie lo interruppe con un impeto crescente, come il suo tono di voce che si era alzato gradualmente.

"Il mostro a due teste" stranamente era discorde. Anzi, tendeva a rivaleggiare con se stesso.

«Scusa nanerottolo, ma io sono qui. Non parlare di me come se non ci fossi.» Sollevai la mano per manifestare la mia presenza. «E ti posso assicurare che parlarmi male di Adam non funzionerà.»

Se ne andarono entrambi, furiosi più con noi che tra loro. Io e Adam ci guardammo scoppiando a ridere. I due nani malefici e presuntuosi si contendevano le attenzioni di una ragazzina, Miriam, figlia di Timothy Harris, uno dei nuovi addetti agli impianti elettrici assunti da Steve. Timothy aveva avuto problemi con la giustizia in passato a causa di alcuni furti d'auto in cui era stato coinvolto. Quindi Steve Comte aveva dimostrato grande fiducia nei suoi confronti, assumendolo mentre tanti altri gli avevano sbattuto la porta in faccia.

Il padre di Adam credeva fermamente nel potere della "redenzione" e nel fatto che a tutti dovesse essere concessa una seconda possibilità. Portava avanti degli ideali romantici che in parte erano condivisi anche da Adam. Era anche questo che apprezzavo in lui. Adam, come suo padre, credeva nella bontà innata delle persone. Io al contrario ero meno propensa a fidarmi del prossimo.

«Non mi daranno pace!» Adam sbuffò tirandosi indietro il ciuffo di capelli che gli ricadeva su un occhio. «Ma ho proprio l'aria da costruttore di case per le bambole da regalare alle ragazzine?»

«Mmh…» Mi voltai verso di lui appoggiando le mani sulle sue braccia. «No. Ma più o meno hai l'aria di uno che riesce bene in tutto quello che fa. Però se costruirai una casa per le bambole dovrà essere per me. Altrimenti mi ingelosisco!»

«Meglio. Non ho intenzione di parteggiare per uno di quei due… troppo pericolosi sia uniti sia separati.»

«Ragazzini competitivi.» Ridacchiai aggrappandomi al suo braccio e appoggiando la tempia alla sua spalla.

Adam mi posò un bacio sulla fronte, scendendo poi a sfiorarmi le labbra.

«Io sarò assolutamente neutrale. Vedremo chi vincerà!»

CAPITOLO 4

Margaret

Avevo bisogno di un po' di pace. Insegnare mi dava pace, anche se avendone la possibilità avrei preferito trasferirmi in campagna per riuscire a respirare. Comunque Bath, la mia città natale, era stata una buona alternativa, un compromesso accettabile. Mi aggiravo tranquillamente nel centro e nei vicoli conosciuti. A Londra avevo iniziato a sentirmi soffocare. C'era un'altra verità, inoltre. Ma non ero ancora disposta a rivelarla, nemmeno a me stessa.

Un po' di pace. Anche se sapevo perfettamente che Bath avrebbe significato avere a che fare ancora una volta con l'autorità di mio padre. Nonostante i molti anni trascorsi. Nonostante non fossi più una ragazzina.

Sarei riuscita a reggere l'impatto, comunque. La situazione era notevolmente cambiata. In parte anche i tempi erano cambiati. Ero diventata una donna libera e indipendente. Avevo preso un appartamento tutto mio, in affitto. Non vivevo più nella grande casa di mio padre e di Kate, la sua seconda moglie. Anche se da Kate avevo accettato un invito a cena proprio quella sera.

Kate non era mai stata la classica matrigna cattiva per me, tutt'altro. Sebbene non l'avessi mai considerata una madre, era sempre stata serena, conciliante e amichevole con me. Addirittura possedeva una vivacità che a me mancava. Era una delle poche persone di cui mi fidavo, anche se la sua intromissione in passato mi aveva causato un dolore. Forse il più grande della mia vita. Ma quel dolore era uno dei motivi per cui ero tornata a casa. Del resto, non potevo più delegare ad altri la responsabilità del mio destino. Non avrei dovuto nemmeno prima.

Avevo affittato l'appartamento da circa due mesi e non avevo ancora sistemato i miei libri sugli scaffali. Restavano contenuti in scatoloni che mi ero fatta spedire da Londra. Come se non osassi ancora aprirli e metterli a posto. Come se la mia attuale condizione fosse ancora incerta, indefinita. Forse lo era davvero. Forse attendevo altro prima di provare a raggiungere un'adeguata stabilità domestica.

Così riponevo i miei libri poco alla volta, con una calma esagerata. Sfruttavo prevalentemente i momenti in cui non avevo voglia di fare altro. Quello era uno dei momenti. Non avevo voglia di andare a cena in casa di mio padre. Non avevo voglia di rispondere alle sue domande sul mio futuro, sui miei progetti. Perché in effetti non ne avevo, nemmeno uno. Avevo preso la solenne decisione di vivere alla giornata senza stabilità, senza domandarmi niente. E di non permettere ad altri di interferire nel mio niente.

Ottima prospettiva, la mia. Però non ero stata abbastanza forte da resistere all'invito di Kate. Come una donna briosa come lei e un tipo austero come mio padre fossero riusciti a vivere insieme e ad andare d'accordo per così tanti anni era una domanda a cui non sarei mai riuscita a rispondere. Ma in lei mio padre aveva trovato la compagna ideale, colei che lo aveva risollevato dopo la morte prematura di mia madre. Io avevo solo pochi mesi e tutto ciò che conoscevo di lei era solo qualche fotografia.

Mi dovevo rassegnare a proseguire più tardi, oppure quando non avevo voglia di accettare un altro invito a cena. Abbandonai lo scatolone in un angolo della stanza dopo aver riposto i classici che avevo in mano in ordine alfabetico, nella sezione che avevo predisposto per loro.

D. H. Lawrence. Non sapevo per quale ragione avessi quasi tutti i suoi libri. Non era mai stato uno dei miei preferiti. Forse per il semplice gusto di accumulare, oppure per ricerca letteraria. Trovò comunque posto nel lungo ripiano sottostante a quello di Jane Austen. Uno scherzo del destino, considerato il fatto che non l'aveva mai apprezzata. La considerava inglese nel senso peggiore del termine, snob e manierata. Non aveva tutti i torti. Io trovavo nei suoi libri un'accurata descrizione della società del tempo. Che altro? Brio, arguzia, spirito. Così dicevano. Ma io faticavo a riconoscere in lei qualcosa che mi convincesse ad amarla. Proprio come non amavo me stessa. Entrambe, secondo la mia opinione, stavamo troppo rinchiuse in certi limiti da non oltrepassare. Senza passione, senza entusiasmo per la vita. Senza ardore, energia, calore. Senza coraggio. Io ero così. Lo ero già a diciannove anni, cosa avrei potuto sperare di ottenere quasi vent'anni dopo?

Spostai lo sguardo da *Persuasione* della Austen a *Cime Tempestose* della più talentuosa delle sorelle Brontë a mio parere. In pratica sognavo la passione, la rabbiosa grinta di Emily Brontë ma mi ritrovavo rinchiusa nei confini familiari e rassicuranti di Jane Austen. Riuscivo ad affrontare una pioggerellina sottile e delicata, non ero in grado di sfidare una tempesta. Ma la desideravo, la tempesta. E non mi ero ancora rassegnata.

Mi trascinai stancamente in bagno per darmi una sistemata. I miei capelli scuri raccolti in uno chignon cadente erano spenti, senza vita. Così il resto del mio viso, la mia pelle smunta, pallida. Mi passai le mani sulle guance allo scopo di dare un po' di colore senza avvalermi del fondotinta. Non avevo voglia di truccarmi. Era solo una cena informale. Soprattutto non avevo voglia di mostrare il meglio di me. Quello mi capitava già da un po'.

Tentai comunque di sistemarmi. Un trucco leggero sui miei occhi nocciola, un filo di rossetto. Sì, ero decisamente più presentabile. Accettabile, solo per non dover subire i rimproveri di Kate a proposito della mia scarsa cura di me stessa e del mio aspetto.

Decisi di evitare la mia utilitaria parcheggiata sotto casa e mi avviai a piedi. Dovevo solo camminare per una ventina di minuti e attraversare Pulteney Bridge. Avevo bisogno di sentire l'aria frizzante sul viso, sperando che mi risvegliasse dal sonno perpetuo e dall'apatia con cui mi trascinavo quotidianamente.

Raggiunsi il cancello di quella casa che ormai non definivo più come "mia". Quel cancello alto e nero, un'inferriata che lasciava fuori tutto l'esterno, come se fosse estraneo, dannoso. Spostandomi sul lato premetti il pulsante del citofono e attesi.

Mi venne aperto solo il cancelletto per passare a piedi. Probabilmente dall'alto avevano notato che ero arrivata senza macchina. Percorsi la salita sentendo il fiato farsi sempre più pesante, affannoso. Sospirai rassegnata. Stavo davvero invecchiando allora, irrimediabilmente.

Mi preparai ad avere a che fare con Kate e con mio padre. Non mi aspettavo lui. Anzi, speravo di non doverlo vedere ancora dopo un paio di incontri fortuiti. Ma il mondo poteva essere davvero troppo piccolo. Soprattutto se Kate e papà lo invitavano alla stessa cena sapendo che anche io avrei partecipato.

Niegel Thorpe mi accolse nell'atrio che portava al soggiorno.

«Margaret, che piacere rivederti. Sono appena arrivato anche io.»

Mi accarezzò il braccio con una familiarità che non gli avevo mai concesso. I suoi ricci biondo rossiccio sembravano più tirati a lucido del solito. Il suo viso tendeva al rosso come il mio permaneva in un pallore quasi spettrale. Era un contrasto eccessivo, da quanto potevo osservare attraverso il lungo specchio appeso alla parete.

«Abbiamo invitato anche Niegel!»

La voce allegra di Kate echeggiò dal salone prima che la moglie di mio padre facesse la sua comparsa davanti a noi.

«Mmh... lo vedo...»

Le lanciai un'occhiata quasi minacciosa ma Kate la ignorò. Non mi aveva detto che Niegel sarebbe stato invitato.

«Bene, siete arrivati insieme.»

Strinsi i pugni trovandomi di fronte mio padre, Henry Canfield. Si era vestito per le grandi occasioni, quindi non si trattava di una semplice e informale cena in famiglia. Posò gli occhi azzurri su di me, trattenendoli a lungo. Come per impormi di comportarmi bene. Nonostante la distanza, nonostante avessi trascorso periodi evitando di vederlo, non era cambiato molto. Anzi... mentre le forme di Kate si erano arrotondate con gli anni e il suo viso era solcato da piccole rughe, mio padre si conservava ostinatamente in splendida forma. Era quasi uguale a vent'anni prima. Anche i suoi capelli si erano appena ingrigiti, solo sulle tempie.

Niegel ruppe il silenzio. «La domestica è venuta ad aprirmi... poi è arrivata Margaret, subito dietro di me.»

«Io... sono venuta a piedi.»

Il mio tentativo era stato quello di sottolineare che non avevo nulla a che fare con Niegel Thorpe, il braccio destro di mio padre nella sua azienda di apparecchiature elettroniche. L'uomo che era stato scelto per me. Sicuramente se fosse stata ancora in vigore la regola che i figli dovevano rispettare la decisione dei genitori riguardo al matrimonio, mi sarei ritrovata sposata con questo individuo i cui colori, interessi e personalità si discostavano così palesemente dai miei.

Incredibile che non avesse trovato una donna adatta, considerata tutta la fretta che aveva dimostrato di volersi sistemare anni fa. Non poteva seriamente pensare ancora a me. O meglio, all'opportunità di diventare ufficialmente il successore di mio padre. Lo sarebbe stato comunque. A me l'azienda di famiglia non interessava.

«Accomodiamoci, è tutto pronto.» Kate mi sfiorò il viso con dolcezza. «Come sei pallida, tesoro. Non dovresti prendere freddo.»

La trattenni per un braccio mentre i due uomini ci precedevano in sala da pranzo. «Non mettetevi in testa strane idee. Io non sono tornata per lui, Kate...» bisbigliai risentita. «Non sono più la piccola Mag che si lascia gestire la vita dagli altri.»

E sicuramente non mi sarei lasciata rinchiudere di nuovo in una scatola, in una gabbia dorata. Ma questo evitai di dirlo. Lo pensai soltanto.

C'era una volta una ragazza
chiusa a chiave in una scatola di metallo.
La gente le chiedeva "Da dove vieni? Chi sei?"
E la ragazza rispondeva con tristezza e con dolore...
E la gente la inquadrava,
la indagava e la chiudeva di nuovo
a chiave nella scatola.
E lei piangeva e si dibatteva e lottava per uscirne
ma nessuno la ascoltava, ma nessuno la liberava.
Passò un giorno un vagabondo un eremita o un poeta
e interrogò la ragazza.
"Da dove vieni? Chi sei?"
"Vengo dal mondo"
rispose lei questa volta
"il mio nome è libertà."
"Vengo dal mondo"
ripeté lui
"il mio nome è libertà... seguimi se vuoi,
non so dove vado,
non ho meta,
né casa né confini...
ma fermarmi non posso, non voglio..."

La ragazza fuggì dalla scatola di metallo
e lo seguì per le strade del mondo.
Non sapeva dove, né come né perché.
Ma se ne andò lontana,
tanto lontana che nessuno mai più
riuscì a raggiungerla,
ad afferrarla e a chiuderla di nuovo
a chiave nella scatola.
E a chi ora le chiede
"Da dove vieni? Chi sei?"
lei sempre prontamente risponde
"Vengo dal mondo, il mio nome è libertà!"

CAPITOLO 5

Bonnie

«Quindi è assolutamente deciso che tornerai per Natale, Steph?»

«Assolutamente deciso forse è un po' azzardato, Bon. I miei sono famosi per cambiare idea ogni cinque minuti. Mia madre, soprattutto.» La sentii sbuffare dall'altro capo del telefono. «Però per come stanno le cose ora è anche probabile che torneremo a vivere a Bath, nella vecchia casa dei nonni. La sto incoraggiando in questo senso, senza forzarla troppo ovviamente. L'importante è che si convinca che sia una sua idea. Del resto tra mia madre e "grande amore" le cose non funzionano. Anzi, direi che vanno proprio da schifo. Averlo troppo spesso intorno è stancante, un uomo così palloso, quasi peggio di mio padre! Inaudito, la relazione di mia madre è durata meno delle mie. Ma almeno io non avevo mai definito i ragazzi con cui sono stata "grande amore".»

Ammiravo il cinismo di Stephanie. In qualche modo riusciva sempre a trovare un lato comico in ogni situazione. E mi mancava, moltissimo. Per quanto mi avesse sempre un po' manipolata fin da quando eravamo bambine, per quanto avessi rischiato di perdere Adam a causa sua... era sempre la mia Stephanie Lindbergh.

«Bene, sono contenta! Cioè... non che la relazione di tua madre sia fallita...»

«Ma sì, ho capito sciocchina!» La risata fragorosa di Steph mi colpì forte, al timpano. «Sei contenta di avermi di nuovo

146

intorno a darti tutto il fastidio possibile! E comunque... mmh... Clay come... come sta?»

Ecco, a proposito di "grande amore". L'esitazione di Stephanie era un cattivo segno. Anzi, pessimo.

«Non so molto... Ci vediamo a scuola, però...»

Però l'ho visto uscire con altre ragazze, Lesley Walker compresa. Lesley, la rivale più aguerrita di Steph. Quella a cui lei aveva portato via Clay prima dell'estate. Non avevo voglia di dirle che se lo stava riprendendo. Se avesse insistito però non avrei avuto alternativa, ero una pessima bugiarda.

Fortunatamente Stephanie non insistette con le domande su Clayton. Anzi, prima di salutarci e riagganciare cambiò completamente discorso raccontandomi del nuovo taglio di capelli che intendeva farsi prima di tornare.

«Steph sarà qui per Natale. Molto dipende dall'umore di sua madre, ma è quasi certo.» Tornai nella mia stanza, al mio tavolo. Quello dove io e Adam studiavamo insieme, quasi quotidianamente. «Mmh... mi ha chiesto di Clay. Ho evitato di raccontarle... di scendere nei dettagli, insomma.»

«Stephanie merita di meglio.» Adam aveva un'opinione chiara e insindacabile in proposito.

«La difendi sempre. Anche Steph ha i suoi difetti.»

Mi sedetti imbronciata, incrociando le braccia sul libro di storia.

«Come tu difendi sempre Clayton. Siamo pari!»

Adam imitò la mia espressione e la mia posa.

«Non è vero. Io non difendo sempre Clayton.» Cercai di trattenermi, di restare con l'aria corrucciata, senza riuscirci. Accennai un sorriso e gli sfiorai la guancia con le dita. «Forse dovrei tornare alle mie lettere d'amore false per farli riappacificare visto che a quanto pare loro hanno smesso di scriversi.»

«E come faresti a spedirle? Dal loro indirizzo non puoi...» Adam mi fece presente le oggettive difficoltà dell'impresa.

«Stavo scherzando. Non lo farei mai. Mai più!» Sospirai lanciando un'occhiata all'immagine di Napoleone Bonaparte sul mio libro di storia. Dopo l'interruzione per la chiamata di Steph dovevamo riprendere a studiare. Adam era rimasto indietro un po' con tutto e io mi ero offerta di aiutarlo a recuperare, soprattutto nelle materie letterarie. «Dopo ci tocca il ripasso di letteratura. Il programma è vasto, Adam.»

«Sì, il programma è vasto e la Canfield è odiosa. Mi farà impazzire! È talmente precisa e meticolosa... Non le va mai bene niente, deve proprio avere una vita orribile per essere così stronza.»

Adam appoggiò la testa sul libro. Miss Margaret Canfield, la nostra insegnante di letteratura, era diventata il suo incubo. In effetti era molto esigente. Pretendeva la perfezione o quasi. Adam non era l'unico a detestarla. Era, in un certo senso, la persona più inquadrata che avessi mai incontrato. Precisa, proprio come aveva detto Adam. Però io la adoravo. Quasi mi riconoscevo in lei, anche se non osavo ammetterlo. Vedevo in Margaret Canfield caratteristiche che appartenevano anche a me. E se avessi dovuto immaginare me stessa adulta... probabilmente avrei visto lei. Ma forse era meglio non raccontarlo ad Adam.

«A me piace...» dissi semplicemente, senza sbilanciarmi ma sentendo la necessità di difenderla in qualche modo.

«Ovvio, sei la sua preferita!» Adam sbuffò sollevando la testa. «Buon per te, comunque. Almeno non ti rende la vita un inferno.»

«Esagerato! È solo leggermente severa.» Ridacchiai scompigliandogli i capelli. Il mio rapporto con la nostra insegnante si discostava totalmente dall'idea che tutti gli altri si erano fatti nei suoi confronti. Leggevo ogni singolo libro che lei consigliava. In realtà andavo a cercare anche quelli che nominava soltanto occasionalmente. «Però tu mi dovrai aiutare in matematica e fisica. Nonostante tu sia rimasto indietro sei uno dei migliori, anche meglio di Stuart che è il primo della classe in tutto!»

«Per entrare in marina la letteratura serve a poco...» Ecco che tornava alla ribalta uno dei discorsi a me meno graditi in assoluto. Ma non potevo fare altro che tentare di assumere un'aria conciliante, tranquilla. «Mi è sempre piaciuto scrivere, ma non sono bravo a organizzare le parole per esprimere i miei pensieri. Non quanto te, Bonnie.»

Forse intuendo il mio stato d'animo Adam mi accarezzò il viso dolcemente. Non volevo pensare a una sua prossima partenza. Sapevo che non era immediata e nemmeno certa. Ma non potevo sopportare l'idea di una separazione da lui.

«Ahah! Beccati!»

L'entrata in scivolata di mio fratello interruppe il momento di tenerezza. Eddie sembrava fatto apposta per questo. Promisi a me stessa che un giorno mi sarei vendicata, nei modi più orribili e sadici.

«Quante volte ti devo dire che non devi entrare in camera mia senza bussare, nano malefico!»

Non avevo neanche la forza di alzarmi per rincorrerlo in giro per casa.

«Io sono incaricato di cogliervi di sorpresa e spiare cosa fate! Ricevo una paga settimanale per questo!»

Filò via alla velocità della luce, ridendo forte.

«Non è possibile...» scossi la testa incredula.

«Sarà una bugia per farti arrabbiare, non credergli!» Adam rise passandosi le mani tra i capelli. «E comunque... visto che il grande controllore è già passato, posso approfittarne...»

Si allungò verso di me per baciarmi sulle labbra. Sorrisi e gli circondai il collo con le braccia, ricambiando il bacio.

Non volevo pensare che se ne sarebbe andato. Non volevo pensare che si sarebbe allontanato da me. Volevo cogliere quell'attimo di magia, volevo viverlo intensamente. Una parte di me era consapevole che non sarebbe più tornato. Forse era quella parte di me che immaginava se stessa come Margaret Canfield. La parte di me che auspicava un'esistenza fatta soltanto di vite immaginarie, di poesia, di parole.

CAPITOLO 6

Margaret

Disgraziatamente non avevo rifiutato il passaggio a casa in macchina di Niegel. In realtà avrei potuto. Ma la mia maledetta educazione mista ad arrendevolezza ancora una volta mi aveva condannata a subire la volontà di altri e a lasciarmi convincere.

"Prenderai freddo." "È già tardi, cara." "Meglio che non cammini da sola al buio." Meglio che la gente, anzi la mia famiglia, cominciasse a farsi i fatti suoi una dannata volta!

Mi sentivo sempre di più una perfetta e posatissima signorina inglese, vecchio stampo, ottocentesca quasi. In cui però divampava un fuoco divorante che prima o poi l'avrebbe consumata del tutto. Dovevo solo permettergli di scorrermi nelle vene, smettere di trattenermi. Come avevo fatto a Londra, anni prima. Prima di tornare a essere l'algida e inquadrata Margaret Canfield che tutti conoscevano a Bath.

Niegel parcheggiò dall'altro lato della strada di fronte a casa mia. I suoi tentativi di instaurare una conversazione in macchina erano andati a vuoto. Come era accaduto durante la cena. Avevo lasciato a Kate il compito di portare avanti la conversazione. Un po' anche per vendetta, era stata lei a incastrarmi con questo individuo. Di nuovo.

«Grazie infinite, Niegel.»

Feci per abbandonare l'auto, ma lui si precipitò ad aprirmi lo sportello. Ecco, lo sapevo. Il motivo per cui aveva parcheggiato con cura e non semplicemente accostato. Ma io non avevo nessunissima intenzione di invitarlo nel mio appartamento.

Appena scesa mi strinsi il cappotto al petto, come per proteggermi da un'invasione che sentivo in arrivo. Lui del resto non osava chiedere e io non facevo nulla per incoraggiarlo.

«Sono stato davvero felice di vederti, Margaret. Anzi, mi piacerebbe continuare a parlare un po' con te. Magari...»

Indicò con un cenno casa mia. Come non detto. Osava eccome!

«No, io in realtà...» In realtà niente! Poteva andarsene al diavolo. Non avevo bisogno né di altre chiacchiere né di un dopocena. Non con lui. «Casa mia è ancora un totale disastro. Ho ancora molto da sistemare...»

«Oh, ma non importa Marge...» E quest'uomo non aveva la più pallida idea di quanto detestassi essere chiamata Marge. Al punto che avrei potuto trasformarmi nella versione femminile di Jack lo Squartatore. O forse era solo sentirmi chiamare così da lui che stimolava il mio lato violento. Sembrava proprio che non avesse perso il vizio. «A me basta stare un po' con te.»

«No, Niegel. Sono stanca e poi...» Non lo volevo intorno. «Sono davvero molto stanca, ti pregherei di non insistere.»

"E ti pregherei anche di andare all'inferno, già che ci sei" aggiunsi mentalmente.

Niegel Thorpe annuì e prima che potessi scostarmi mi depositò un umido bacio sulla guancia. Oltrepassata la portina d'ingresso, prima di salire le scale, mi ripulii la guancia con la manica del cappotto. Mi sentivo esattamente come una bambina irritata che riceve un bacio sgradito.

Arrivata alla mia porta mi tremavano le mani. Niegel non aveva mai fatto niente di male contro di me, niente di veramente odioso o disprezzabile. Non avevo mai tollerato la sua insistenza e i suoi modi. Il fatto che si sentisse così sicuro di sé, quella prepotenza maschile che però nel suo caso, almeno dal mio punto di vista, lo rendeva insopportabile.

Quando finalmente riuscii a entrare in casa mi tolsi il cappotto e lo lanciai su una sedia all'ingresso, che ancora fungeva da attaccapanni. Mi slacciai la gonna e la lasciai scivolare lungo le cosce. Intanto tolsi anche le scarpe basse aiutando un piede con l'altro. Via la gonna, sciolti i capelli che portavo raccolti sulla nuca. Via anche la leggera sciarpina di seta che tenevo al collo per ripararmi la gola.

Restai con il mio caldo maglione tinta sabbia e i collant al centro del mio piccolo soggiorno. Mi avviai decisa verso la libreria che occupava quasi tutta la parete. Mi inginocchiai e con foga aprii gli scatoloni ancora chiusi, uno dopo l'altro. Sapevo cosa cercavo, anche se non avevo certezza del dove. Non mi sarei arresa.

Depositai libri ovunque sul pavimento. Classici, libri di poesie, autobiografie varie, qualche libro di storia, qualche thriller e romanzi d'amore. Lo trovai infine, tra gli altri, a metà del quarto scatolone di cui avevo strappato il cartone.

Il diario con le sue fotografie. Le nostre fotografie di ragazzi degli anni Sessanta. Così magici, così perduti ormai. Così eterni nella mente, nel cuore. Diciannove anni entrambi. I suoi occhi verdi, così cupi, nei miei. Quel filo di barba scura che gli percorreva il mento. La nostra adolescenza a Bath.

Davanti al fiume Avon. Tutti quei colori su di lui mentre si impegnava per ritrarmi e sembrava voler condividere il colore con la tela. Tutta la sua gioia, la sua sfrontatezza. Ecco, quell'inarrestabile euforia, quella prepotenza maschile che in lui avevo trovato adorabile e che non avevo mai tollerato in nessun altro. Tutto quel sole anche in una giornata grigia, tutto quel calore anche nel freddo dell'inverno. Non li avevo mai più ritrovati.

Desideravo solo fuggire con lui. Lontano e per sempre. Anche a rischio di perdere la mia città, il mio mondo, me stessa. Desideravo fuggire e vivere di lui. L'intensità di quei momenti, il palpito amato che il mio cuore aveva riconosciuto soltanto una volta, soltanto con lui. Quella poesia, non mia, ma su cui molti dei miei malriusciti tentativi poetici si erano fondati. Il mio palpito amato. L'amore dei miei primi anni. Quello che sognavo tornasse a prendermi. Quello che forse ero tornata io a riprendere. Robert Prichard.

Torna sovente e prendimi,
palpito amato, allora torna e prendimi,
che si ridesta viva la memoria
del corpo, e antiche brame trascorrono nel sangue,
allora che le labbra ricordano, e le carni,
e nelle mani un senso tattile si riaccende.
Torna sovente e prendimi, la notte,
allora che le labbra ricordano, e le carni...

(Costantino Kavafis)

CAPITOLO 7

Bonnie

Ero consapevole che l'idea di Adam restava intatta. Entrare nella marina militare. Mi dovevo solo arrendere all'evidenza, accettare la sua scelta. Me lo ripetevo costantemente. Ci sarebbe voluto ancora tempo. Più di un anno. Ma per me era un peso sul cuore che mi trascinavo costantemente e non osavo affrontare con lui. In realtà non osavo neanche sperare che lui cambiasse idea.

Un ufficiale di marina. Improvvisamente ricollegai il pensiero a un libro che avevo letto qualche anno prima. *Persuasione*. Una separazione, un lungo distacco, un ritorno. Il protagonista maschile era un capitano della marina inglese. Non lo avevo apprezzato particolarmente. Non era nemmeno uno dei più celebri. Praticamente il nulla o quasi paragonato al famosissimo e acclamatissimo *Orgoglio e Pregiudizio*. Ma essendo Jane Austen una sorta di colonna portante delle attrattive della città sentivo quasi l'obbligo morale di conoscere tutte le sue opere. Che poi la verità era che la cara Jane aveva sempre detestato cordialmente Bath, ricollegandola a eventi drammatici nella sua vita.

Andai comunque a cercare il libro, arrampicandomi quasi su uno scaffale della mia camera. Lo appoggiai sul tavolo, aggiungendolo alla lista di quelli acquistati o presi in prestito dalla biblioteca, consigliati da Miss Canfield. Così, senza una ragione particolare. Non avevo gran voglia di rileggerlo. Lo avevo messo lì, in vista. Nel caso Adam lo avesse notato il giorno successivo, studiando insieme… No, non intendevo discuterne apertamente. Non sapevo nemmeno io cosa sperassi di ottenere. Forse nulla di concreto. Non ero nemmeno sicura che lui conoscesse la trama di quella storia.

In ogni caso non potevo forzarlo a restare. Di sicuro non potevo nemmeno seguirlo. Sospirai riprendendo il libro in mano. Forse sarebbe stato meglio rimetterlo a posto, lontano dalla nostra vista. Mi avviai verso lo scaffale, ma invece di posarlo e nasconderlo, mi stesi sul mio letto e cominciai a leggerlo.

CAPITOLO 8

Margaret

Ero stata costretta a lasciarlo andare. No, non costretta. Convinta, persuasa ecco. Lo avevo lasciato andare per il suo bene e anche per il mio.

Kate sapeva cosa era giusto per me. Io avevo solo diciannove anni. E lui... anche lui. Robert Prichard. Non era il ragazzo per me. Il ragazzo ribelle, abbandonato, orfano, passato da una famiglia all'altra senza mai trovare una casa. Sicuramente non era adatto alla figlia di Henry Canfield.

E non era nemmeno ammissibile che vagassimo per Londra. Eravamo ancora minorenni all'epoca. Non potevo, non avrei potuto... Mi riportarono a casa. Lo lasciai andare perché non potevo costringerlo a restare, ad aspettarmi. Per lui era meglio fuggire. Disse che sarebbe tornato. Invece lo persi per sempre. Si trascinò in giro per un po', affidato in seguito a un'altra famiglia a Oxford. Ci scambiammo qualche lettera che Kate mi fece avere nonostante rendesse abbastanza palese la sua disapprovazione. Poi sparì del tutto. Nessuna lettera, nessun messaggio.

Lo ritrovai circa dieci anni dopo a Londra. La sua fotografia su una rivista di arte abbandonata nella stazione di Paddington. Si parlava di una sua mostra a Parigi. Robert Prichard era un giovane artista inglese di talento che stava facendo parlare di sé, sempre di più. Scrutai il suo volto. Era lui ma allo stesso tempo completamente diverso. Passai in rassegna i suoi lavori, le fotografie dei suoi quadri immortalati in quelle pagine. No, non era più lui. Non c'era più vita in quelle opere. Tanta tecnica, una maestria e un talento invidiabili. Ma mancava totalmente quell'energia che era sempre stata parte di lui, quel vigore giovanile. Eppure aveva solo poco più di trent'anni.

Fui lieta per lui. Fui grata che i miei timori non si fossero avverati. Era riuscito a realizzare il suo sogno. Il mio invece restava sospeso tra noncuranza e disinteresse totale. Mi trascinavo. Mi ero laureata in letteratura specializzandomi in filologia. Per tenermi impegnata avevo scelto qualcosa di particolarmente complicato. Per non tornare a Bath.

Avevo insegnato in un liceo, poi in un altro. Ero diventata il terrore di gran parte dei miei studenti. Una donna troppo severa, fredda, arida, dai lunghi capelli raccolti, quasi annodati sopra la testa. Una donna che involontariamente celava la propria femminilità. Algida, mi definivano. Una donna che era passata attraverso qualche relazione con uomini piacevoli ma poco interessanti. Una donna che si lasciava amare senza concedersi mai completamente.

Cosa avrebbe fatto Robert di me? Come mi avrebbe resa? Robert aveva avuto grandi progetti per noi. Intendeva sposarmi, portarmi via, senza mai specificare dove. Via era tutto quello che chiedevo. Non mi importava altro. La meta ovvia ma non prestabilita era stata Londra.

Ci eravamo sentiti un po' persi. Anche lui lo era, nonostante si sforzasse di celarlo per infondermi sicurezza. Conosceva un certo tipo. Un ragazzo, di qualche anno più grande di noi, con cui avevano convissuto per qualche tempo in una famiglia che li aveva ospitati a Bristol e che lavorava come costruttore edile a Londra. In realtà era un semplice manovale, ma in ogni modo era riuscito a trovarci una piccola stanza dove stare.

La nostra fuga era durata poco. Poi per me c'era stata la via di casa e per lui… dopo qualche tempo, la fortuna di trovarsi nei posti giusti ai momenti giusti, senza di me. Aveva ottenuto tutto ciò che con me avrebbe perso. Il suo sogno. Era una cosa buona per lui che ne aveva uno. Forse il mio dramma era quello di non sapere nemmeno se avessi un sogno, quindi nulla a cui aggrapparmi con forza, con tenacia. Nulla da sognare che mi ridonasse la gioia di vivere.

Rivedere lui. Robert Prichard. Non si poteva certo definire un sogno, ma piuttosto una realtà. Eppure era nelle mie intenzioni. Rivederlo. Perché anche lui, proprio come me, stava tornando a casa.

Rivedrò te.
Rivedrò quel tuo modo
così particolare
di muoverti
e di agitarti
e di sorridere.
Rivedrò
l'oscura luce dei tuoi occhi,
oscura ma brillante e vivida
anche nel buio.
Rivivrò i momenti con te,
ogni attimo rubato al tempo,
ogni istante in cui
i nostri sguardi
si sono incrociati e riconosciuti.
Come due naufraghi
in mezzo a tanti altri naufraghi
su un'isola di questa terra...
ci incontriamo,
ci avviciniamo,
ci accarezziamo col pensiero,
ci separiamo,
ci allontaniamo.
Non per sempre,
non è mai definitivo.
Noi sappiamo,

non c'è niente di scontato.
Attraverso le burrasche
della vita e del cuore,
attraverso le nostre indecisioni,
le nostre perplessità,
i nostri turbamenti.
Solo una cosa
è certa
e vera
e importante ora.
Rivedrò te.
Presto.
Rivedrò te.
Tu, tutto ciò che conta.
Rivedrò te.

CAPITOLO 9

Bonnie

«No, Clayton. Non ho intenzione di entrare nella squadra di calcio. Te l'ho già detto, non mi interessa.»

Non ero del tutto convinta che l'ostinazione di Adam dipendesse realmente da un disinteresse per il calcio. Forse si trattava piuttosto di un'antipatia nei confronti di Clayton Stone, che era il capitano della squadra. Oppure di entrambe le cose.

«Ma hai giocato una volta... non sei male...» Clayton ovviamente si ostinava ancora più di lui. Faceva valere la sua autorità di capitano, oltre che di ragazzo più popolare della scuola.

Adam non solo non era male. Era davvero bravo. Aveva giocato al posto di uno dei ragazzi della squadra che era uscito per un infortunio. Una delle riserve era a casa con la febbre. Un altro giocatore aveva subito uno stiramento. Adam si era allenato con loro solo un paio di volte, quando lo avevano quasi forzato a unirsi a una delle squadre della scuola. Alla fine aveva deciso di aspettare e concentrarsi principalmente sullo studio per mettersi in pari. Non aveva ambizioni sportive.

«Ho già detto di no. Mi dispiace. Almeno per quest'anno non se ne parla...»

Adam mi prese la mano, mentre dal corridoio ci incamminavamo verso l'uscita della scuola. Con la coda dell'occhio vidi Clayton sbuffare, passarsi le mani tra i capelli e stringersi nelle spalle con aria stizzita. Non era abituato a ricevere un no come risposta. Da nessuno.

Percorremmo il corridoio in silenzio. Io non osavo interferire nella sua decisione.

«Hai qualcosa da dire?» Adam voltò lo sguardo verso di me, corrugando la fronte.

«No, niente. È una tua decisione... però sei bravo. Se non lo fossi Clayton non insisterebbe, ne sono sicura.»

«Lui ha detto che non sono male.» L'occhiata che Adam mi rivolse era imperscrutabile ma tendeva vagamente al sarcastico. «Non ha detto che sono bravo.»

«Non te lo direbbe mai, nemmeno se segnassi dieci goal a partita e facessi vincere alla squadra il campionato. Non sarebbe da Clayton Stone.» Sospirai stringendogli la mano mentre avevamo raggiunto l'ingresso e ci avviavamo verso il cancello.

«Allora vorrà dire che non mi avrà mai!» Adam rise strizzandomi l'occhio.

«Mi stai dicendo che rifiuti di entrare nella squadra perché Clayton non si inchina al tuo passaggio e ti nega i suoi complimenti?» Risi anche io, pizzicandogli il braccio. «Sei davvero perfido, Adam Comte!»

«Ovviamente! No... sto scherzando. Non mi va e basta. Sono molto più motivato a trascorrere il mio tempo studiando insieme a te. Poi devo anche aiutare al Luna Park. Ci sono troppe questioni in sospeso. Non voglio essere bocciato. E ho capito anche di non volere...» Adam si fermò e voltandosi completamente verso di me mi accarezzò le spalle, risalendo a sfiorarmi il viso con le dita. «Insomma, non voglio che il Luna Park fallisca. Vorrei che ci sistemassimo qui definitivamente, ecco. Mi piace molto il luogo dove si trova ora il Luna Park, lungo il Bath Skyline. Credo che sia in assoluto uno dei posti più belli dove siamo stati.»

«Adam...» Mi morsi il labbro inferiore. Voleva davvero restare. Voleva restare qui con me. «Io ti aiuterò. Ti prometto che ti aiuterò al meglio delle mie possibilità. Con lo studio e anche con il Luna Park.»

Ero innamorata. Di lui e della nostra storia. Come non mi era mai accaduto prima e dubitavo potesse accadermi in seguito. Desideravo solo stare con lui per sempre.

Adam mi baciò fugacemente sulle labbra e riprendemmo a camminare. Era timido in pubblico. E io lo ero più di lui. Distogliendo lo sguardo da lui, mi trovai di fronte Miss Canfield. Inaspettatamente mi accennò un sorriso mentre ci oltrepassava. O forse lo avevo soltanto sognato.

Il fatto che avesse assistito al nostro bacio sul cancello della scuola mi imbarazzò, ma evitai di manifestare il mio disagio ad Adam. Le altre ragazze non si facevano problemi. Ma io restavo io.

Probabilmente nel mostrare in pubblico i miei sentimenti provavo lo stesso pudore di una signorina vissuta nel secolo scorso. Un personaggio da romanzo. E in questo trovavo in Margaret Canfield uno spirito affine. Ecco, lei avrebbe potuto rappresentare perfettamente uno dei personaggi femminili della Austen. Non ce la vedevo in storie più appassionate e distruttive. Non riuscivo a immaginarla mentre manifestava il suo ardore e le sue emozioni in modo dirompente, impetuoso, struggente. No. Non era certo il tipo da compiere una follia per amore. Come non lo ero io. O forse sì?

Adam non era l'unico a lamentarsi della Canfield. In realtà si lamentavano tutti del suo atteggiamento scostante e un po' arcigno. Tranne io. Perché a modo suo mi incoraggiava a scrivere. Era molto restia nei complimenti, ma apprezzava i miei tentativi mentre sistematicamente distruggeva quasi sempre quelli degli altri.

«Tu credi davvero che la Canfield abbia una preferenza per me?»

Non sapevo a chi altro chiederlo, sperando di ricevere una risposta onesta. Di Adam potevo fidarmi.

«Bonnie, la verità è che io osservo molto. Per me è abbastanza evidente, ma credo che dipenda dalle tue doti più che da una sua preferenza spontanea. Incoraggia te ma rimane abbastanza distaccata con tutti gli altri. Evidentemente vede in te qualcosa che negli altri manca. Ma non dovrebbe sorprendere nessuno... Del resto hai tenuto la corrispondenza per tutta la scuola!»

«Mmh... Lesley non sta perdendo occasione per sottolinearlo. Che sono la prediletta della Canfield, insomma.»

Mi faceva sentire a disagio, sempre di più. E ovviamente Lesley Walker ci teneva a diffondere la notizia, come se nei miei rapporti con Margaret Canfield ci fosse qualcosa di cui dovessi vergognarmi. Come se dovessi sentirmi parte di un circolo esclusivo da cui gli altri erano esclusi. Il suo atteggiamento mi infastidiva.

Avevo iniziato a vedere Margaret Canfield, oltre che come un personaggio ottocentesco, anche come la Miss Brodie raffigurata da Muriel Sparks nel suo libro *Gli anni fulgenti di Miss Brodie*. Libro che Miss Canfield stessa mi aveva consigliato.

«Non badare a Lesley. Secondo me è solo gelosa e sa che non ha possibilità contro di te.»

Adam aveva archiviato così i miei dubbi ma io non mi sentivo del tutto tranquilla. Poi c'era quella competizione letteraria. "Un racconto d'inverno" lo avevano chiamato, molto originalmente. Margaret Canfield ci avrebbe rivelato i titoli scelti a giorni e noi avevamo tre settimane circa per consegnare i nostri racconti. I loro, anzi. Quelli degli altri studenti. Perché io non avrei partecipato. Non mi sentivo pronta a scrivere una storia natalizia. Non ne avevo voglia, soprattutto. Detestavo il Natale e non lo trovavo un argomento su cui poter scrivere qualcosa. E detestavo ancora di più le competizioni, di ogni genere. Lesley Walker, al contrario di me, quella competizione voleva vincerla assolutamente. Ma del resto voleva vincere ogni cosa. Era nata per vincere, un po' come Steph. E in questa occasione anche Stuart Sminer avrebbe partecipato per vincere. E lui sì, era un avversario abbastanza temibile. L'unico che mi avrebbe preoccupata davvero se avessi deciso di partecipare.

«Io non ho nessuna intenzione di partecipare a quel concorso, Adam.» Incrociai le braccia fermandomi di fronte a lui. «Detesto ogni tipo di competizione.»

«Qui non ci sarebbe competizione, Bonnie. Ma solo una vittoria, la tua. Nemmeno Stuart la scamperebbe, ne sono certo. Forse non vuoi partecipare perché il tuo livello è troppo alto…»

«Dovresti partecipare tu, se ci tieni tanto!» Non lo pensavo veramente. Lo dissi solo per interromperlo.

«No, io sono un disastro!» Adam inclinò il viso fissando gli occhi azzurri nei miei.

«Non è assolutamente vero! Hai scritto bene su… sul nostro diario insomma…»

Il diario che mi aveva regalato. Dove io gli avevo scritto quando avevo creduto di averlo perso. Dove lui mi aveva risposto facendomelo poi trovare nella posta. Il diario che ci aveva separati e poi uniti.

«Se si tratta di scrivere a te è un'altra cosa. E anche i miei pensieri, quelli che scrivo per me stesso… Non scrivo cose che gli altri possano leggere. O forse non voglio che le leggano. Per me è importante che resti così, il mio deve rimanere un diario di bordo solo mio. Tu invece sei molto più adatta a scrivere storie vere e proprie, Bonnie.»

«Ma io non ho mai creato una storia vera e propria! Sono sempre state lettere. Oppure quei diari che scrivevo facendo finta di essere un'altra persona. Ma è tutto molto diverso… So che si tratta solo di un racconto, da bambina ho scritto qualche favola, qualche breve storiella, ma…» La verità era un'altra. Non la paura del concorso. Ma la paura di me stessa, di fallire, di non essere in grado. Partecipando a "Un racconto d'inverno" avrei avuto la dimostrazione palese della mia incapacità. E il risultato mi avrebbe tolto per sempre il piacere della scrittura. Decisi di rendere partecipe anche lui dei miei pensieri. «La competizione mi toglierebbe la gioia di fare qualcosa che mi piace, Adam.»

«Quindi capisci perché non voglio entrare in nessuna squadra? Per il tuo stesso motivo.» Adam mi attirò a sé accarezzandomi la spalla mentre riprendevamo a camminare. «Niente competizioni per noi, treccine. Restiamo così come siamo.»

CAPITOLO 10

Margaret

Un altro giorno che si sarebbe ripetuto esattamente uguale a quelli che lo avevano preceduto. Dovevo impegnarmi per resistere alla distrazione o avrei perso credibilità e reputazione allo stesso tempo. Ma non riuscivo a concentrarmi, ero continuamente presa da altro. Non ero riuscita ancora a mettere insieme i titoli per le tracce dei racconti. A chi diavolo era venuto in mente quel maledetto concorso? E perché mai io avevo accettato di presiedere la giuria?

«Dunque, il termine ultimo per la consegna dei racconti è… una settimana prima della proclamazione del vincitore.» Non avevo nemmeno controllato la data esatta sul calendario. Se avessero partecipato in molti consegnando all'ultimo minuto mi sarebbero toccati quattro giorni di delirio prenatalizio nel tentativo di leggere gli sforzi letterari di adolescenti liceali. Continuavo a maledire l'ideatore del concorso e delle modalità di consegna. Il preside Ribbs era stato. Era sua la colpa. Con la partecipazione della Green, l'insegnante di storia. Che poi aveva scaricato tutto su di me, ovviamente. «Al più presto vi consegnerò i titoli, tratti da opere letterarie da cui dovrete prendere spunto per scrivere il vostro racconto.»

«Quanto dovrà essere lungo il racconto?» Stuart Sminer, l'intellettuale della classe, era intervenuto prontamente. Sistemandosi gli occhiali sul naso pendeva dalle mie labbra in attesa di una risposta. Da quando ne avevamo parlato la prima volta si era dimostrato molto interessato al concorso. Fin troppo.

«Direi da un minimo di due facciate, per dare modo a tutti di partecipare, a un massimo di...» Dovevo fare attenzione. Sminer, per quanto mi sembrava di averlo conosciuto in pochi mesi, sarebbe stato in grado di produrre in due settimane la versione adolescenziale di *Alla ricerca del tempo perduto* di Proust. Magari solo per la gioia di farmi impazzire! «Direi dieci facciate. Comunque vi darò tutti i dettagli al più presto.»

Incrociai lo sguardo con Bonnie Meisel, che se ne stava tranquilla al suo banco, con la mano appoggiata sulla guancia. Sembrava riflettere, ma non sul concorso. Sembrava effettivamente persa in altri pensieri. Eppure lei avrebbe avuto ottime possibilità. Era brava a scrivere, quanto io non lo ero mai stata. Sapeva esprimere i concetti in modo semplice ma efficace, incisivo. Non litigava continuamente con le parole come accadeva a me, anzi da lei fluivano in modo naturale, spontaneo.

Inoltre, mentre gli altri mi ascoltavano distrattamente e il più delle volte si trattenevano per non sbadigliarmi in faccia, Bonnie si segnava diligentemente su un quadernetto tutti i libri che io proponevo in lettura. Ogni mio consiglio, ogni mia parola in proposito. Si segnava tutti i titoli, anche i più impossibili. Non avevo idea se poi andasse davvero a cercarli per leggerli. In ogni caso era troppo timida per parlarmene, era come rinchiusa in un suo mondo a cui raramente concedeva l'accesso. Avevo l'impressione che solo quel ragazzo dagli occhi azzurri fosse ammesso, Adam Comte. C'era molta sintonia tra loro, molta dolcezza. Mi ricordava... No. Il nostro rapporto era stato completamente diverso, ma in qualche modo non riuscivo a impedirmi di fare un confronto.

Dickens. Dovevo parlare di Dickens a lezione. Non lasciarmi trascinare nel passato. Per un'ora circa la donna Margaret Canfield non doveva esistere per lasciare spazio esclusivamente all'insegnante. Concentrarmi. Concentrarmi per ripetere concetti che conoscevo a memoria anche se avevo la mente altrove.

Riuscii a resistere. E finalmente i ragazzi liberarono l'aula per la fine delle lezioni. Anche io mi ero liberata di loro per quel giorno.

Aprii la mia borsa posata sulla cattedra di fronte a me. Avevo acquistato la rivista quasi di soppiatto, dopo averla sfogliata distrattamente fino a trovare quello che cercavo. Era tornato davvero. Era qui. Ma avevo la certezza che, così come era cambiato il suo stile, fosse cambiato anche lui. Da dolce, sereno, impressionista a rabbioso, cupo, espressionista. E io restavo sospesa. In dubbio tra correre a cercarlo e trovare un rifugio adatto dove nascondermi. Del resto, inutile negarlo, ero cambiata anche io.

Se tu mi potessi vedere
ora così persa,
così inconcludente,
così smarrita,
così devastata,
senza te,
senza lui,
senza un altro,
senza me stessa,
allora forse potresti comprendere,
potresti tentare,
potresti almeno sfiorare
la superficie
esausta
del mio cuore...
Se soltanto tu mi potessi vedere
ora,
se potessi vedere
cosa sono diventata,

cosa n'è stato dei miei segreti,
cosa n'è stato dei miei sogni,
cosa n'è stato di ciò che amavi in me...
oh, amore mio,
mio tesoro,
se tu potessi...

CAPITOLO 11

Bonnie

Mentre io e Adam disdegnavamo le competizioni di ogni genere, i nostri rispettivi fratelli sembravano non pensare ad altro negli ultimi tempi. Erano diventati competitivi in tutti i campi: la conquista di Miriam, l'entrata nella squadra di calcio della loro scuola, addirittura scommettevano quotidianamente su chi avrebbe fatto più punti al tiro a segno del Luna Park. Erano amici ma rivali. Evidentemente lo spirito competitivo era andato tutto a loro, escludendo me e Adam.

Io, per mia scelta, non ero entrata a far parte delle ragazze "popolari". Nonostante le istruzioni di Stephanie. Avevo iniziato a essere più socievole o almeno ci avevo provato. E cercavo di vestirmi in modo un po' più femminile sfoggiando qualche abitino ogni tanto. Questo rendeva felice anche mia madre, stanca di vedermi sempre con i soliti jeans e maglioni extralarge.

Sembrava che Lesley Walker si stesse mettendo di impegno per candidarsi a mia migliore amica dopo la partenza di Steph e io non ne avevo ancora compreso il motivo. Sicuramente non aveva bisogno di qualche mia lettera da mandare a un ragazzo, ormai quei tempi erano passati, definitivamente conclusi. In ogni caso non mi interessava quel ruolo. Lesley, ora che non doveva più subire la competizione di Stephanie, poteva vantarsi di essere la reginetta incontrastata della scuola.

Mi ero comunque accorta che alcune ragazze del suo gruppo avevano notato Adam i primi giorni del suo arrivo a Bath. Per poi lasciarlo perdere appena si erano rese conto che stava con me. Questa volta non ero disposta a cederlo a un'altra anche se ovviamente la scelta doveva essere sua.

«Vieni con noi da "Chelsie's" a prendere una cioccolata?» Lesley mi rivolse un sorriso dolce e compiacente. Inclinando il viso si era sistemata i capelli rossi su una spalla.

Avevo appena salutato Adam dopo le lezioni, che quel giorno erano estese fino al primo pomeriggio. Aveva preso l'impegno con suo padre di gestire il tiro a segno nel pomeriggio, mentre io volevo provare a scrivere qualcosa, non per il concorso ma per me stessa. Lesley attendendo la mia risposta lo guardava allontanarsi con l'aria di un'aquila pronta a scagliarsi sulla preda. Conoscevo bene l'espressione ormai, era stata spesso tipica anche di Stephanie quando puntava qualcuno.

«Io in realtà avrei da fare...» Non mi andava di dire che volevo correre a casa a scrivere o a leggere. «Va bene, ma solo per poco perché poi devo studiare.»

Così mi ritrovai seduta a un tavolino di "Chelsie's", la caffetteria dall'altro lato della strada, con Lesley e due componenti del suo gruppo, Nora e Susan. La rossa, la bionda e la mora. Molto eccentriche e sicure. Mi sentii improvvisamente sotto osservazione.

Con Stephanie era sempre stato diverso, sapevo cosa dire e come comportarmi. Con Lesley perdevo ogni certezza e tornavo a essere la solita Bonnie Meisel, la ragazza fuori moda che comunque si aggrappava alle sue convinzioni e non intendeva cedere ai compromessi della "popolarità" scolastica, tanto meno per entrare in un gruppo che non stimavo particolarmente.

«Come dire... mi sono accorta di una cosa, Bonnie...» Lesley si leccò le labbra, dopo essersi portata un cucchiaino di cioccolata alla bocca. Aveva catturato la piena attenzione delle sue due amiche, mentre io la osservavo cercando di mascherare l'indifferenza. Nemmeno la indussi a continuare, a Lesley

172

Walker non era necessario il mio incoraggiamento. «Mi sento in dovere di avvisarti, ecco. Tu avrai bisogno della nostra protezione, in modo che nessuno cerchi di giocarti qualche brutto tiro.»

«Brutto tiro?» ripetei dopo aver ingoiato un sorso di cioccolata.

Mi sembrava più amara del solito. Avrei voluto essere già fuori da lì. A casa. Ovunque, insomma. Perché non ero stata abbastanza forte da declinare l'invito? Queste velate minacce dei "popolari" mi inquietavano. Preferivo la quieta rassegnazione e l'autoironia degli "sfigati". Sì, sicuramente se avessi dovuto scegliere di unirmi a un gruppo avrei preferito quello capeggiato da Stuart Sminer.

«Sì, esattamente. Brutto tiro. Come tentare di portarti via il ragazzo. Adam è stato notato da molte, dal giorno del suo arrivo.» Il suo tono di voce divenne sottile e insinuante. Mi ricordò quello della strega mentre offriva la mela avvelenata a Biancaneve e la incoraggiava ad accettarla. "Mangia la mela, bella bambina…" Anche se il suo aspetto era completamente diverso. «Per questo avrai bisogno della nostra protezione.»

«Io non temo che qualcuna voglia tentare di portarmi via Adam. Quindi non credo di avere bisogno di protezione.»

Appoggiai con cura la tazza sul piattino cercando di mantenere i nervi saldi. Sperai che l'apparenza ingannasse. La verità era che dentro di me non mi sentivo così sicura come intendevo mostrare a Lesley e alle sue amiche.

«Ti assicuro che ci sono ragazze che hanno già deciso di fare la loro mossa con lui, Bonnie. È solo questione di tempo. C'è chi ha scommesso di averlo entro Natale. Si sa, la festa più romantica dell'anno…» Ancora effetto "strega di Biancaneve" in formato giovane, rossa e avvenente. Io sentivo intanto che il suo veleno stava facendo effetto su di me. «Te lo porteranno via.»

Mi morsi le labbra con forza. Portarmi via Adam. Lo avrebbero fatto davvero? Certo che sì, che domande! Pensai a lui, a com'era nata la nostra storia, al tempo trascorso insieme. Non mi restava altro.

«Ma... la festa più romantica dell'anno non era San . Valentino? Comunque io mi fido di Adam.» Trovai la prontezza di risponderle. «Anche perché... se si facesse portare via da un'altra non avrebbe più nulla da condividere con me. Quindi non avrebbe senso cercare di trattenerlo.»

La risposta mi era uscita d'istinto. Era effettivamente quello che pensavo davvero. Non ero sicura però del modo in cui lo avevo espresso. Le labbra di Lesley avevano però preso una poco rassicurante piega all'ingiù.

Lessi una sorta di confusione nei loro sguardi che non seppi come interpretare. Visto che non toccava a me proseguire il discorso, ne approfittai per inghiottire l'ultimo sorso di cioccolata.

«Un uomo che si lascia "portare via" da un'altra non è assolutamente degno di attenzione.»

La replica non sopraggiunse però da Lesley, Nora o Susan. Ma da Margaret Canfield che si era appena alzata dal tavolino dietro al nostro. Essendo stata di spalle la notai però soltanto quando ce la ritrovammo di fronte, di fianco al nostro tavolo, mentre si stava avviando per uscire dalla caffetteria.

Mi aggrappai al bordo di legno, come se stessi correndo il rischio di precipitare da una giostra. Che imbarazzo! Non riuscii a dire nulla, non ne ebbi il tempo. Lo stesso per le altre ragazze, anche loro erano state colte alla sprovvista. Quando mi ripresi la Canfield aveva già abbandonato la caffetteria, richiudendo con grazia la porta alle sue spalle.

CAPITOLO 12

Margaret

Mi ero sentita profondamente cretina ad essere intervenuta in quei discorsi da ragazzine. Essendo seduta al tavolo dietro al loro non avevo potuto fare a meno di sentire quello che stavano dicendo, ma avrei dovuto evitare di esprimere il mio parere in proposito. Una brava insegnante deve mantenere il distacco. E anche un sano riserbo per essere rispettata! Era assurdo mettermi a parlare di ragazzi e relazioni sentimentali con le mie allieve!

Anche se si trattava di un argomento che mi aveva toccata personalmente. E comunque Bonnie Meisel aveva ragione. Ero costretta ad ammettere che alla sua età io non avrei ribattuto con argomentazioni così sensate, mature. Nessuno può portare via una persona. Una persona non è un oggetto che può cambiare stato di appartenenza contro la sua volontà.

"Sei mia. Sei mia." Lui però continuava a ripeterlo. E aveva ragione.

Quanti anni erano passati? Anche io mi ritrovavo al "Chelsie's" con le amiche. Era gestito dalla madre dell'attuale proprietaria a quei tempi. Era stato restaurato e reso molto più moderno. Però era il nostro posto. Io lo frequentavo con le amiche... poi successivamente con lui. E in fondo i nostri discorsi non erano così diversi. Probabilmente io stessa ero la Bonnie Meisel della situazione, anche se molto meno sicura di se stessa. Del resto la sicurezza non aveva mai fatto parte della mia personalità, purtroppo.

Comunque di quel mondo, il mio mondo di quasi vent'anni prima, rimaneva ben poco. Com'è ovvio che fosse. Legge naturale. Avevo incontrato qualche amica per un caffè o un pranzo veloce. Tutto era uguale tra noi ma allo stesso tempo cambiato. Il distacco era sempre lo stesso. Io nei ricordi di tutti restavo ancora la brava ragazza scappata di casa con un tipo poco raccomandabile. Nessuno sospettava però che nel profondo, in una realtà che apparteneva solo a me, io non ero mai stata quella brava ragazza che tutti ipotizzavano.

Lo specchio rifletteva un'immagine che non era la mia. Quella di una donna severa, compita, posata. Di un'insegnante intransigente e un po' ostile. Capelli raccolti e abiti sobri. Dentro invece attendevo solo che la fiamma tornasse a divampare in me. Attendevo quel misterioso fulgore che non mi concedeva tregua. Il ritorno del mio palpito amato. Sapevo che era tornato. Sapevo anche dove. Ma lo evitavo. Non mi sentivo pronta. E restavo ancora immobile, sospesa tra terrore e desiderio.

Avevo accettato di vedere Kate quel giorno. La scusa era qualche spesa e poi magari una passeggiata lungo Royal Crescent, una sosta ai giardini. In realtà a me non serviva nulla. Mi ero fermata a prendere qualcosa al "Chelsie's" per non tornare a casa. La verità era che avevo deciso di essere coraggiosa. L'inverno si avvicinava. L'inverno era la mia stagione di ardore e sfrontatezza. Non avevo particolare simpatia per i mesi caldi. Era il freddo a scaldare il mio cuore. O forse erano i ricordi.

Cosa gli avrei detto? C'era ben poco da dire. Comunque avrei avuto tutto il tempo di pensarci, era ancora presto per incontrarlo. Per il momento potevo solo avviarmi all'appuntamento con Kate, sotto ai portici. Ero già in ritardo.

Avevo scritto un po' in caffetteria. Qualche pensiero preso a caso nella mente. Poi le idee per le tracce dei racconti da proporre ai ragazzi. Non era così complicato sceglierle, ero io infinitamente pigra. Io che non avrei saputo mettere insieme una storia, intrecciare i destini. Del resto, non avevo avuto particolare successo neanche con il mio. La mia storia non aveva futuro.

Nella fretta misi un piede in fallo, mentre stavo per raggiungere il marciapiede dall'altra parte della strada. Zoppicai per un po' prima di riprendere la mia solita andatura, anche se a fatica. La fitta alla caviglia mi provocava un lieve dolore, ma non era nulla di preoccupante.

Mi guardai intorno. Kate doveva essere già arrivata, di solito era sempre puntuale. Probabilmente aveva avuto un contrattempo. Non mi restava altro che attenderla. Sospirai voltandomi verso una vetrina. Decorazioni natalizie e souvenir vari. In quel piccolo negozio sotto ai portici il Natale era già arrivato. C'era un serie infinita di Babbo Natale e di slitte, luci colorate, bigliettini di auguri. Un piccolo albero decorato sul lato destro. Io non mi ero portata nulla da Londra. Non lo avevo mai festeggiato il Natale. Alcune volte ero tornata a casa, da Kate e mio padre e dal loro grande albero che occupava il centro del salone. Mi venne improvvisamente voglia di comprarmi qualcosa. Magari proprio quell'alberello, uno dei piccoli Babbo Natale, qualche luce colorata.

Seguii con lo sguardo una di quelle decorazioni che dal centro della vetrina saliva arrampicandosi verso l'alto, con una luce argentata.

Così il mio viso finì con lo specchiarsi direttamente. E proprio dietro al mio un altro viso comparve. Sì, un viso. Due occhi. Così familiari, così intensi, anche attraverso il riflesso della vetrina. La mia storia. Subito dopo, una voce.

«Ciao, Maggie.»

Tu sei la mia storia.
Cantata
narrata

evocata...
dentro me.
Tu sei
la poesia
che non so
comporre,
il romanzo
che non oso
raccontare.
Mi hai inciso
crudele
il tuo nome
sul cuore.
Inchiostro
rosso
che scorre
nelle vene
e poi più giù
in profondità,
nelle carni
nelle ossa.
Lo sento urlare
quasi impazzito.
Non conosce pietà
nel rammentarmi che
tu sei la mia storia.

CAPITOLO 13

Bonnie

Così si erano lanciate in ipotesi riguardanti la vita sentimentale di Margaret Canfield. Lo trovavo poco rispettoso da parte loro ma almeno avevano distolto l'attenzione da me e da Adam. La loro curiosità ossessiva mi infastidiva. Però, anche mentre percorrevo la strada per tornare a casa, non potei fare a meno di rifletterci io stessa. Una donna così bella doveva avere un amore. Forse segreto. Forse anche un po' tragico.

Scossi la testa cercando di rimuovere il pensiero. No, sicuramente la vita privata della nostra insegnante non erano affari miei. Tornai a concentrarmi su me stessa. Non temevo che Adam mi lasciasse per un'altra. Ma per andarsene via. Via, lontano da me per realizzare il suo sogno. In questo caso la protezione di Lesley Walker e del suo gruppo non mi sarebbe servita proprio a nulla. Poi certamente lontano da me Adam avrebbe potuto incontrare un'altra ragazza, iniziare una nuova vita. E io non sarei stata mai più la sua "treccine".

Ovviamente non lo avrei detto a Lesley e alle altre. E anche con Adam continuavo a tacere. Conoscevo i suoi progetti.

Trascorse ancora qualche giorno e ci ritrovammo a dicembre. Sarebbe stato il nostro primo Natale insieme. Non volevo pensare che poteva essere anche l'ultimo.

Al Luna Park le abituali canzoni pop erano state sostituite con una colonna sonora quasi completamente natalizia che si univa alle luci colorate e al clima di allegria un po' forzata che precedeva sempre il Natale.

Ripensai alla canzone che durante l'estate aveva segnato

l'inizio della mia storia con Adam. *Almost over you.* L'avevo ascoltata molte volte nel periodo in cui credevo che fra noi fosse tutto finito ancora prima di cominciare. La conoscevo a memoria ormai.

Indipendentemente dalla mia volontà non ero riuscita a rimuovere il discorsetto che mi aveva fatto Lesley e si riproponeva nella mia mente ogni volta che me la ritrovavo davanti. Avevo la sensazione che mi lanciasse "quello sguardo", soprattutto quando ero insieme ad Adam. Come una sorta di minaccia, di avvertimento che i miei giorni erano contati. E avevo la sensazione che quella che intendeva portarmi via il ragazzo fosse proprio lei, non un'altra.

Incontrandola anche al Luna Park strinsi più forte la mano di Adam. Ovvio che fosse anche qui, non c'era nulla di strano. Però mi sentivo fragile, vulnerabile di fronte a lei. Non volevo che accadesse, ma era inevitabile. Quello che mi faceva male era ipotizzare che Adam potesse essere diverso da come io credevo, essermi illusa. Così tornava quella fastidiosa sensazione di nodo allo stomaco che avevo subito durante l'estate, prima di chiarirmi con lui.

Però… mi aveva detto che mi amava. Anche se mi rendevo conto che tutto poteva cambiare in un istante. Per gli altri cambiava così velocemente. Per Stephanie, per Clayton, per Lesley. Perché noi dovevamo essere diversi? Io sapevo esattamente quello che provavo… ma Adam?

Lo vidi salutare Lesley e le altre senza particolare entusiasmo. Non so se questo poteva servire a rassicurarmi. Poi lo osservai scrutare Clayton con espressione cupa. Clayton era sempre il solito mix di fascino e provocazione con gli occhi scuri e l'aria sfrontata. Comunque c'erano proprio tutti, insomma. Anche Anthony Page.

«Ho intenzione di entrare nella squadra di atletica… Anthony me lo ha chiesto.» La rivelazione di Adam mi colse alla sprovvista.

«Vuoi proprio fare un dispetto a Clayton, allora?» ridacchiai pizzicandogli il braccio. «Ragazzino dispettoso!»

«Sì, infatti! È esattamente questo il mio scopo!» Adam rise stringendomi a sé. «No, scherzo... Ho scelto l'atletica perché mi sembra che ci sia meno pressione che nel calcio. È uno sport più individuale.»

«Mmh...» Osservavo Clayton e Lesley. Insieme. Da come si comportavano sembrava che tra loro fosse rinato qualcosa. Probabilmente Lesley si era fatta avanti con lui e Clay aveva colto l'occasione. «Steph sta per tornare...»

Non mi resi conto di averlo detto ad alta voce.

«Non ti preoccupare per Steph.» Adam, guardando nella mia stessa direzione si strinse nelle spalle. «Se vuole quando torna saprà come riprenderselo. Clayton e chiunque lei voglia.»

«Incluso te?»

Distolsi lo sguardo da Clay, Lesley e altri ragazzi che sembravano pendere dalle sue labbra mentre si avviavano insieme verso la giostra dei dischi volanti.

«Escluso me.» Adam mi voltò verso di sé, guardandomi negli occhi e accarezzandomi il viso con le mani. Infilai le braccia nel suo giubbotto stringendomi a lui. «Io sono già innamorato di un'altra.»

CAPITOLO 14

Margaret

«Robert...»

Non sapevo che altro dire. Non avevo nemmeno la forza di voltarmi verso di lui. Tutte le domande che mi attraversavano erano confluite contemporaneamente in un angolo remoto del mio cervello, in modo da non rendermi in grado di formularne nemmeno una.

«Ti trovo bene.» Continuava a parlarmi restando dietro di me. Sentivo la sua voce e scorgevo il suo viso attraverso la vetrina.

Compresi che toccava a me girarmi, ma non avevo la forza di trovarmelo di fronte. Il vetro, in un certo senso, mi proteggeva da sensazioni troppo intense.

«Grazie.» Dovevo preparare un sorriso mentre mi voltavo. Sperai che non risultasse troppo finto, forzato. «Anche tu stai bene.»

Mi guardai intorno, per riprendere fiato. Dov'era finita Kate? Perché non arrivava? Cosa avrebbe detto trovandomi insieme a lui? La città non era troppo grande però incontrarlo così era davvero strano... E io ero sempre stata scettica nei confronti delle coincidenze.

«Sapevi che ero qui, Margaret?»

Mi richiamò a sé, incollando implacabile gli occhi sul mio viso. Mi sentii avvampare e finalmente mi decisi a guardarlo in faccia.

Era sempre lui. Con gli occhi verdi, le ciglia folte e l'aria audace. L'espressione intraprendente di uno che avrebbe ottenuto molto dalla vita nonostante le circostanze di partenza fossero avverse. I capelli castani più corti di quanto ricordassi, il fisico più possente sotto al giaccone scuro. Sembrava addirittura più alto.

«Sì, già da un po' anche se non sapevo con esattezza quando saresti tornato» annuii cercando di ricompormi e di ritrovare la mia sicurezza. «Io lo so... io so... della tua mostra qui in città. E in effetti intendevo...»

«Davvero?»

Inclinò il viso scrutandomi dubbioso, stringendo leggermente gli occhi nel modo che gli era abituale quando cercava di prendermi in giro.

«Sì, Robert. L'intenzione c'era. Ma i troppi impegni...» sospirai rassegnata. Inutile tentare di nascondermi da lui. «No, probabilmente non sarei mai venuta alla tua mostra, nonostante l'intenzione.»

«Ah, ecco. Un po' di verità, almeno.»

Sollevò una mano, quasi tentato di posarla sul mio braccio. Invece la trattenne a mezz'aria per poi lasciarla ricadere nel vuoto.

«Io non mento mai, dovresti saperlo.»

Inevitabilmente compii lo stesso gesto, come se il mio corpo fosse sintonizzato con il suo. Per evitare di toccarlo, di cedere io stessa alla tentazione mi guardai nuovamente intorno.

«Se cerchi la tua matrigna... non verrà all'appuntamento. Mi dispiace, Maggie.» Le sue parole catturarono nuovamente la mia totale attenzione. «Lei al contrario di te è venuta alla mia mostra, qualche giorno fa. Abbiamo parlato di te. Mi ha detto che sei tornata qui dopo essere stata a Londra per anni.»

«Quindi vi siete accordati per...»

Mi sembrava strano da parte di Kate. Improbabile che mi avesse attirata con la scusa di fare qualche spesa per poi incastrarmi proprio con Robert Prichard.

«L'ho obbligata. Sono diventato molto convincente in questi

anni.» Appoggiò deciso la mano sulla mia spalla. «Volevo vederti.»

«Eri abbastanza convincente anche prima.» Gli sorrisi non sapendo cosa dire. Mi stupiva che Kate avesse accettato di prestarsi a quel… come definirlo? Sotterfugio? «Comunque… vorrei vederla davvero la tua mostra. Ho visto i tuoi quadri su una rivista.»

«Cosa ne pensi?»

Distolse lo sguardo da me, incerto. Lanciò un'occhiata intorno, come a chiedersi se fosse il caso di rimanere in piedi immobili davanti a una vetrina oppure spostarci altrove.

«Sei cambiato.» Non osavo dirgli la verità su quello che pensavo. Supposi che lo avrebbe intuito comunque. «Ma sono contenta che tu abbia fatto strada e ottenuto il successo a Parigi. Sono certa che anche qui…»

«Mi sta andando bene anche in Inghilterra, già da qualche tempo. Anche se non vivo più qui stabilmente. Volevo comunque tornare personalmente per la mostra a Bath e restare per un po'.»

Sentii la sua voce incrinarsi. Non aveva definito Bath la sua città. Non lo aveva mai fatto. Mi aveva confessato di non essersi mai sentito a casa. Di non essersi mai sentito a casa da nessuna parte. Del resto, essendo stato abbandonato, non sapeva nemmeno quale fosse la sua casa. Non sentiva il senso di appartenenza a un luogo.

«Sono davvero contenta…»

Durante gli anni del nostro primo amore mi aveva ricordato Heathcliff, il protagonista maschile di *Cime Tempestose*. Con la sua irruenza, con quella rabbia che tratteneva a stento e che influenzava anche me. Come Heathcliff non apparteneva a un luogo, come Heathcliff in seguito aveva cercato fortuna altrove. Ora non riuscivo a non pensare al fatto che proprio come Heathcliff era tornato, ricco e con un nome di prestigio. Io però non avevo nulla a che vedere con Catherine Earnshaw. Io…

non ero certo un personaggio letterario. E comunque non avrei mai scelto un altro al suo posto. Non ero stata abbastanza forte da seguirlo. Mi ero lasciata convincere a lasciarlo andare, questo sì. Ma per il suo bene, soprattutto.

«Tu, invece?» Più che mosso da un reale interesse sembrava che volesse semplicemente spezzare il silenzio che si era creato tra noi.

«Io sono una semplice insegnante di liceo. Nessuna fama, nessuna aspirazione. Del resto non ne ho mai avute neanche prima.»

Mi strinsi nel mio cappotto accarezzandomi le braccia.

«Hai freddo.» Posò entrambe le mani sulle mie spalle lasciandole poi scivolare lungo le mie braccia, con un gesto istintivo che riconobbi in lui. Così le nostre mani si sfiorarono, prima che io riuscissi a ritrarmi. A contatto con le sue sentii le mie mani ancora più gelide. «Vuoi andare a bere qualcosa? Mi dispiace, so che non ti aspettavi di trovare me...»

«Tu e Kate non avreste dovuto incastrarmi, Robert. Sai che detesto le sorprese. E lo sa anche Kate...» sospirai corrucciando la fronte.

«Sì, lo so. Quindi accetterai di vedermi un'altra volta se non sarà una sorpresa ma un incontro pianificato?»

Quel sorriso seducente e provocante mi era mancato. Quel sorriso che era apparso sul suo viso, quasi inaspettatamente.

«Sei un grande artista ora, Robert. Sei sicuro di avere tempo per un'ignota insegnante di liceo un po' carogna con i suoi studenti?»

«Se non lo è anche con gli ex... magari...» annuì increspando le labbra. «Sembri diventata una signora tanto per bene, Maggie. Ma sappiamo entrambi che non sei davvero così.»

Improvvisamente mi afferrò per il braccio e io lo seguii senza oppormi. Entrammo nel primo caffè che ci trovammo di fronte, sotto ai portici.

«Tu che ne sai? Potrei essere cambiata...»

Mi morsi le labbra mentre andavamo ad accomodarci a un tavolo appena oltre l'ingresso.

«Maggie... non sarei dovuto andare via. Permettere che ti riportassero indietro.»

Ancora tratteneva la mano stretta attorno al mio braccio, come se temesse che svanissi nel nulla. E per quanto io tentassi di abbassare lo sguardo per evitare il contatto visivo con i suoi occhi, non riuscivo a trovare la forza per distogliermi da lui, per smettere di guardarlo.

«Mi avevi detto che saresti tornato a prendermi.» Mi tirai indietro appoggiandomi con la schiena alla sedia. «Un anno, poco più. Quando saremmo stati in grado di andarcene davvero. E io sì, alla fine me ne sono andata... ma da sola.»

«Volevo diventare qualcuno, prima.» Appoggiò la mano sul tavolo. Solo in quel momento mi resi conto della fede che portava al dito. Non ebbi il tempo di reagire perché la sua voce mi indusse a sollevare rapidamente lo sguardo. Cercai affannosamente di placare qualunque sensazione in me, qualunque stato d'animo. Il suo tono era mutato, in pochi istanti cambiò completamente diventando freddo e arido, tanto che stentai a riconoscere la voce di Robert Prichard. «Ho incominciato ad avere successo dopo qualche anno. Lentamente all'inizio. Ho lavorato giorno e notte, senza tregua, dipingendo, creandomi contatti, cercando di essere superiore alla concorrenza... Accumulando soldi, proprietà. Ho continuato ad accumulare, perdendo il conto di tutto ciò che avevo, degli anni trascorsi, anche di me stesso e dell'uomo che ero diventato. Mi sono trasformato e continuavo a pretendere di più, di più. L'unica cosa di cui mi importava era diventare celebre, rispettato. E volevo essere ricco più di ogni cosa al mondo. Dannatamente e schifosamente ricco. Ma soprattutto... volevo esserlo più di te, più di quanto lo era la tua famiglia. Diventare qualcuno, come ti ho detto.»

Non era più il ragazzo che avevo amato. Quello a cui avevo dedicato i miei fallimentari tentativi poetici. In lui non c'era più nulla ormai. E quel che era ancora peggio... in lui non riuscivo più a ritrovare me stessa.

«Mentre tu sei diventato qualcuno, Robert... io mi sono trasformata in nessuno. Potevo avere materialmente qualunque cosa volessi. Il mio problema era che non sapevo più nemmeno io cosa volere dopo aver perso te.»

Ho cercato di dirti addio
tante volte,
in tante poesie,
in racconti scritti a mano,
innumerevoli pensieri
d'amore e d'abbandono.
Ho cercato di dirti addio,
di lasciarti andare,
di cancellare il tuo viso,
l'impronta delle tue labbra
sulla mia pelle,
delle tue mani
tra i miei capelli.
Ho cercato di dirti addio,
prima con dolcezza, con pazienza,
poi con determinazione,
quasi con rabbia.
Ho cercato di inventarmi
un nuovo amore o forse più di uno,
qualcosa, qualcuno
per cui valesse ancora
la pena di vivere,
di sopravvivere.
Ho cercato di volere davvero
ciò che avevo,

di non chiedere di più,
di non pretendere,
di non supplicare più
di rivederti solo per un minuto
per poi rassegnarmi
a resistere al mio niente.
Ho cercato di non chiamare
più il tuo nome,
di non sognare più
il tuo profumo,
la tua voce,
i tuoi gesti.
Non mi resta che accettare.
Ho cercato di dirti addio
ma tu vivi dentro me.

CAPITOLO 15

Bonnie

Mi sentii improvvisamente come tutte le altre. Una ragazza quasi normale, insomma. Qualcuno. Anche se non mi importava che Adam mi manifestasse così apertamente i suoi sentimenti, in quell'occasione particolare ne provai piacere. Soprattutto perché sapevo che Lesley ci stava osservando. Assisteva al nostro abbraccio, al nostro bacio.

No, non ero il tipo da effusioni in pubblico. Però Adam era mio e la parte più sfacciata di me era orgogliosa di dimostrare alle altre che non temevo rivali.

Mi distolsi sentendo una risata femminile a poca distanza. Vidi Lesley aggrapparsi a Clayton per poi staccarsi e correre via, rigirarsi e continuare a indietreggiare, sempre ridendo. Per andare a rifugiarsi tra le braccia di Anthony. Insomma, sembrava in vena di attirare l'attenzione.

Non feci in tempo a rendermi conto delle sue intenzioni e me la ritrovai davanti. Di fronte al tiro a segno, dove sostavamo io e Adam.

«Adam… secondo te nevicherà quest'anno?» Si rivolse direttamente a lui ignorando me.

«Sì, potrebbe essere.» Adam istintivamente lanciò un'occhiata al cielo. Non era tardi ma diventava buio presto ormai.

«Vorrei fare qualche tiro, mi insegni?» Lesley stava sfruttando la sua vocina dolce e suadente. Continuando a ignorare la mia presenza.

Mi prese una gran voglia di farle lo sgambetto mentre si

189

avvicinava ancora di più a noi. Colpirla proprio a livello dei suoi stivaletti in velluto nero che mettevano in bella mostra le gambe avvolte in una minigonna rossa a pieghine che le lasciava scoperte le cosce.

Non riuscii a crederci quando avvenne davvero! Lesley Walker, affrettando il passo verso di noi, trovò sulla sua strada un cavo elettrico che fuoriusciva dalla struttura del tiro a segno mentre stava salendo il gradino che portava al bancone. Sarebbe stato quasi impossibile infilare il piede proprio lì, anche impegnandosi. Ma in qualche modo Lesley ci riuscì, precipitando rovinosamente a terra dopo aver sbattuto il ginocchio contro al legno del ripiano.

Forse non avrei dovuto desiderarlo così intensamente. Restai talmente stupita da non avere nemmeno la prontezza di muovermi per accertarmi che stesse bene. Adam fu molto più veloce di me. Quando li raggiunsi vidi che Lesley lamentava un dolore atroce al ginocchio e, nonostante l'aiuto di Adam, non mostrava alcuna volontà di alzarsi da terra. Per farlo circondò il collo di Adam con entrambe le braccia. E una volta alzata rimase così, tenendo il piede sollevato e appoggiando il fianco contro il suo petto.

«Non mi è sembrata una botta così forte…» Adam tentava di piegarsi per controllare il ginocchio di Lesley.

Mi inginocchiai mentre anche gli altri si stavano avvicinando.

«Fa un male tremendo… non riesco ad appoggiare il piede…»

Mi aspettavo che scoppiasse a piangere, anche se l'incidente non sembrava così grave. Non si era nemmeno rotta le calze. Mi infastidiva però allo stesso tempo mi sentivo in colpa per averle augurato di cadere.

«Io non vedo sangue. Se non c'è sangue non ti sei fatta niente!» Clayton liquidò così la questione. «Appoggia il piede e cammina, non fare sceneggiate Lesley.»

Lesley gli lanciò un'occhiata sdegnata e furiosa, ma trattenne l'insulto che le stava salendo a fior di labbra.

«Io devo andare a casa...» Iniziò a tremare e le uscì una voce singhiozzante. «Accompagnami a casa, Adam. Ti prego...»

«Ma io...» Adam sospirò confuso. Era come se chiunque intorno a noi si aspettasse una reazione da parte sua. Io compresa. «Dovrei cercare mio padre. Lui ti potrà accompagnare in macchina...»

«No, no... accompagnami tu!» Il tono di Lesley da supplichevole divenne perentorio. E io mi sentii ancora più in colpa. Come se le avessi fatto davvero lo sgambetto per farla cadere, causando una reazione a catena di problemi che avrebbero coinvolto anche Adam.

Lesley così ottenne di farsi accompagnare a casa da Adam. Restando aggrappata a lui. Chiunque lì aveva capito che si trattava di una scusa patetica. Ma il Luna Park apparteneva al padre di Adam e questo lo faceva sentire obbligatoriamente responsabile di quel maledetto cavo elettrico fuoriuscito dal ripiano del tiro a segno.

«Mi dispiace dirtelo, Bonnie...» Clayton si avvicinò a me che ero rimasta immobile mentre li guardavo allontanarsi. Lesley stava riprendendo a camminare senza quasi nemmeno più fingere di zoppicare. «Ma è partita una nuova scommessa e sicuramente Adam ci cadrà. È la vittima designata.»

«Lo immaginavo.»

Abbassai lo sguardo e con il piede andai a colpire il punto in cui Lesley era inciampata... o aveva finto di inciampare.

«Bonnie... Ehi, scherzavo. Non prenderla così male. Adam accompagnerà la stronza poi tornerà qui da te.» Clayton mi batté una mano sulla spalla nel tentativo di rassicurarmi o di consolarmi. «Comunque, avresti dovuto seguirli. Non lasciarlo da solo con lei.»

«Se lo avessi fatto mi sarei mostrata insicura. E io non

voglio esserlo. Neanche se si tratta di Lesley.»

Forse invece di sicura mi stavo mostrando solo incredibilmente stupida. Inutile tentare di negarlo.

«Piccola Bonnie Meisel... ti posso assicurare che Lesley non ha speranze contro di te.» Clay mi sollevò il mento e scosse la testa deciso. «Nemmeno uno straccio di speranza, stai tranquilla.»

«Sei troppo buono nei miei confronti, Clay. Lesley è... un po' come Steph... loro sono i tipi di ragazze che ottengono sempre quello che vogliono in un modo o nell'altro.»

Ecco quanto ero sicura di me stessa! Un malefico giochetto di Lesley, un'allusione, anche se scherzosa, di Clayton... e tutta la mia fiducia era crollata.

«Allora tienimi in considerazione nel caso Adam fosse talmente stupido da cascarci!»

Ritrovai gli occhi castani di Clayton nei miei. Quel qualcosa che c'era stato tra noi durante l'estate non era del tutto finito, però... però non era Adam. Lo ricordavo con affetto, anzi forse avrei potuto davvero prenderlo in considerazione se non ci fosse stato Adam.

«Grazie, Clay. Sei un buon amico...» sussurrai rivolgendogli un sorriso un po' forzato.

«Sai che questa è la cosa peggiore che si possa dire a un uomo che mostra un interesse per te, vero Bonnie?»

Clayton corrugò la fronte con una smorfia un po' sdegnata.

«Davvero? Va bene, ne terrò conto per la prossima volta!»

Tentai di stemperare la tensione e scoppiai a ridere, facendo lo sforzo di mostrarmi divertita. E soprattutto impegnandomi per non pensare a cosa stava accadendo tra Adam e Lesley nel frattempo.

Intanto gli altri si erano allontanati. Nora, Susan e gli altri ragazzi erano tornati alle giostre e al loro divertimento, senza più preoccuparsi per la sorte di Lesley. Evidentemente le amiche erano parte del "complotto" architettato da Lesley allo scopo di prendersi Adam. All'idea sentivo lo stomaco aggrovigliarsi sempre di più.

«Facciamo qualche tiro mentre aspettiamo!»

Clayton con un cenno mi indicò il tiro a segno che al momento era gestito da uno dei nuovi collaboratori assunti da Steve Comte.

«Mmh...»

Lo assecondai ma ero troppo distratta. Non riuscii a centrare nemmeno un bersaglio.

La mia mente venne invece catturata da una canzone. Mi sembrò quasi di rivivere un altro momento. Lo stesso che avevo vissuto durante l'estate, quando insieme ad Adam c'era Stephanie e io ero costretta a trattenere i miei sentimenti, a nasconderli, anche a me stessa. Ancora una volta mi stavo perdendo.

Questa volta la melodia era allegra, ma le parole esprimevano invece la tristezza di un amore finito. Solo una storia d'inverno che il mondo non avrebbe neanche dovuto prendere in considerazione. Una tra le tante, un amore che non avrebbe mai avuto possibilità di esistere.

Mi chiesi perché mi capitavano sempre queste canzoni. Perché i miei dubbi dovevano sempre avere questo sottofondo malinconico. Forse in qualche modo ero io stessa a richiamarle. Oppure magari esprimevano una realtà. Tra me e Adam sarebbe stata davvero solo una storia d'inverno. Un amore senza destino. Anzi, senza un futuro.

"It was only a winter's tale
Just another winter's tale
And why should the world take notice
Of one more love that's failed?
A love that could never be
Though it meant a lot to you and me
On a world-wide scale we're just another winter's tale."

CAPITOLO 16

Margaret

Mi ero trasformata in nessuno. E non avevo accettato di rivederlo, non avevo acconsentito a un vero appuntamento, per diventare o tornare a essere qualcuno. Questo potevo farlo con o senza di lui.

Avevo accettato di rivederlo perché il sentimento che provavo per Robert Prichard non era mai morto. Era mutato col tempo, forse. Sebbene il nostro fosse un amore che non era mai stato davvero destinato a esistere, a svilupparsi. Una storia finita in un inverno qualunque di tanti anni prima, come era sicuramente accaduto a tante altre storie. La nostra non aveva nulla di più. Era speciale soltanto per me.

Lo avevo incontrato la sera successiva davanti alla mostra, dopo l'orario di chiusura. Che poi non era una mostra vera e propria, di quelle classiche, ufficiali. Sembrava un po' un salone, uno studio situato in periferia, in direzione del Bath Skyline. Conoscendo Robert ho subito pensato che lo avesse scelto di proposito, non perché non potesse permettersi di meglio.

Mi stava aspettando fuori dall'edificio in mattoni e dall'aria dimessa. Una costruzione piazzata lì come per caso. Forse la scelta era stata davvero intenzionale. Robert manteneva la testa bassa e si tormentava le mani guardando a terra. Sollevò lo sguardo soltanto quando fui proprio davanti a lui. Rimasi in silenzio in attesa di una sua reazione.

«Non credevo che venissi davvero.»

«Io mantengo le mie promesse, Robert.»

La mia provocazione non fu intenzionale. O forse sì. Ma non rimpiangevo di averlo detto.

Non rispose, annuì semplicemente. Cercò le chiavi nella tasca della giacca. Ebbi l'impressione che gli tremassero le mani, forse per il freddo. O forse ero io, era la mia percezione deviata, vedevo tutto come attraverso un velo che mi annebbiava la vista. Sentivo i miei sensi fremere in sua presenza. E mi sentivo folle e ingenua allo stesso tempo.

Mi ritrovai all'interno dello studio. Robert mi aveva invitata a entrare appoggiando delicatamente la mano sulla mia schiena. Rigirandomi di scatto mi ritrovai quasi contro di lui che si era fermato sulla porta per richiuderla a chiave.

Quali erano le sue reali intenzioni? E quali le mie?

Mossi qualche passo nel buio, prima che Robert potesse raggiungere l'interruttore e accendere la luce. Mi ritrovai di fronte uno spazio immenso, molto più grande di quanto potesse sembrare dall'esterno, in cui i dipinti occupavano le pareti e anche la parte centrale.

Mi avviai verso la parete alla mia destra, intenzionata a seguire il percorso indicato da una freccia sul muro e a compiere il giro del salone. C'erano anche tele sparse qua e là, dipinti coperti. Più che una mostra vera e propria sembrava di essere entrati nello studio di un pittore.

Fermandomi di fronte al primo dipinto mi voltai verso di lui. Rappresentava una donna. Poteva essere chiunque, non aveva un aspetto che potesse identificarla. Ciò che era particolare e tendente all'inquietante era che mostrava l'interno della sua essenza. Anzi, l'interno prevaleva sull'esterno. Erano riconoscibili un cuore pulsante nel petto, un cervello che occupava gran parte della sua testa, tanto da sembrare fuoriuscirne.

Non sapevo inquadrare lo stile in una corrente ben definita. Nemmeno Munch era arrivato a tanto. Io non ero certo un'esperta di arte e pittura ma non ricordavo di aver mai visto nulla di simile.

«Ti fa orrore, vero?»

Robert mi affiancò e senza nemmeno guardarmi fissò gli occhi sul dipinto, un po' come se lo vedesse per la prima volta.

«Diciamo che come inizio sono abbastanza colpita. Comunque avevo già visto alcuni dei tuoi dipinti su una rivista. Questo però non c'era.» Mi voltai verso di lui completamente, dando le spalle al quadro. «Espressionismo? Non saprei... colori troppo cupi forse. E anche quelle case, per metà ricche, eleganti esteriormente... e poi l'interno squartato, distrutto... Io non so se sono riuscita a capire. È tutto così per te, Robert?»

«Il mondo vive di esteriorità, Maggie. Questo è il punto. Ma cosa c'è davvero nel cuore e nella mente di una bella donna? E in quelle case... in quelle famiglie all'apparenza perfette?»

«Paura... rimpianto...» sospirai rigirandomi verso la donna del dipinto. Quelle macchie di colore che dal mio punto di vista razionale non avevano senso, ma cominciavano ad assumerne all'interno della mia coscienza. «Mancanza... vuoto... dolore. Dolore per aver amato e perduto. Per un'esistenza senza... senza...»

«Senza sapere cosa volere quando tutti i traguardi sono stati raggiunti, uno dopo l'altro.» Robert concluse la frase per me. Ma non era proprio quello ciò che intendevo dire.

«Senza un sogno. Non c'è più il sogno nel tuo lavoro, Robert. Non c'è più la magia, non ci sono più quei colori che davano vita a ciò che rappresentavano, davano vita anche a chi li osservava. C'è solo oscurità, rabbia. E non si tratta della scelta di uno stile oppure di un altro. Forse questo modo di dipingere ha rappresentato il tuo successo, ti ha portato alla celebrità... Io non sono un'esperta, non me ne intendo. Sono solo una semplice osservatrice, una che ti conosceva prima...» dissi tutto senza riflettere, quasi senza prendere fiato. Poi sospirai profondamente.

Altri pensieri prendevano forma nella mia mente ma non

osavo esprimerli a parole. Ci sarebbero stati troppi sentimenti e io volevo evitare di espormi oltre misura. Oltre quello che avevo già detto e lui probabilmente aveva compreso o intuito.

«Io dipingo la realtà, l'ho sempre fatto. L'unica differenza vera è che prima la mia realtà era diversa. Ero giovane, incosciente. Ero innamorato di una donna e della vita che sognavo di avere, della libertà che sognavo di raggiungere. Poi mi sono reso conto...»

«Mmh... quindi Monet con le sue infinite ninfee doveva possedere un cuore limpido e puro, i sogni intatti...»

Socchiusi gli occhi immaginando l'anziano pittore che non avevo mai incontrato. La mia era soltanto una deduzione logica, un'immagine mentale di serenità.

«Magari si teneva dentro tutto il resto. Io ho deciso di esprimerlo. Non ho cambiato stile, Maggie. Sono solo cambiato io.»

Parlando Robert si scostò dal dipinto della donna, così diverso dal mio di un tempo. Da quella che era stata la rappresentazione di me tanti anni prima.

«Mi dispiace...» sospirai stringendomi nelle spalle, seguendolo con lo sguardo. «O forse non dovrebbe dispiacermi, considerati i risultati che hai ottenuto.»

«Maggie...» Arrivato all'altezza del secondo quadro si voltò verso di me. «La tragedia in tutto questo è che non me ne sono nemmeno reso conto... di cambiare. È successo e basta.»

«Non è tanto grave. Io penso che anche chi crede di restare sempre uguale e lo rimane in apparenza in realtà cambia, in profondità. È la natura umana, anzi... il mondo stesso. Tutto cambia, si trasforma...»

Non sapevo che altro aggiungere. Non avevo nemmeno più voglia di parlare. E nemmeno di stare a guardare i suoi altri dipinti, non ritrovando più nulla di ciò che avevo amato in lui.

Rimasi in piedi, immobile, rivolta verso di lui. E lui poco più in là, nella stessa posizione. Compresi che probabilmente stava riflettendo, proprio come me, sulla nostra prossima mossa. Eravamo come sospesi tra due scelte. Tornare indietro o perderci per sempre. Eravamo soli. In ogni senso del termine. Senza sapere quale delle alternative sarebbe stata la più complicata, la più difficile da affrontare.

Avrebbe significato un ulteriore cambiamento? Io non avevo né la voglia né la forza di cambiare. Cresceva in me la sensazione che se nessuno dei due si fosse mosso saremmo restati così in eterno, in attesa che qualcosa o qualcun altro decidesse per noi. Come era già accaduto del resto. Non avevo nemmeno la forza di chiedergli della sua vita privata, di quella fede che portava al dito. Forse neanche mi importava.

«Perché sei tornata indietro?» La sua voce divenne roca, appena percepibile ma allo stesso tempo tanto profonda da penetrarmi nelle viscere. «Perché ti sei lasciata convincere che io non fossi abbastanza? Che non avrei mai ottenuto nulla di buono... nulla alla tua altezza...»

«Tu non sei mai tornato a prendermi.»

Mi voltai decisa avviandomi verso l'uscita. Intanto cercavo di registrare nella mente lo spazio, il momento, il suo viso... perché sarebbe stata l'ultima volta che lo avrei visto.

«Io cercavo di realizzare qualcosa che fosse abbastanza! Tu, anche crescendo, non mi hai mai cercato...»

Percepii la sua voce sempre più vicina, alle mie spalle. Forte ma sottile, come soffocata.

«Lo so. A un certo punto volevo dimenticarmi di te. Ci sono anche riuscita, qualche volta.» Mi accarezzai il collo con le mani, mi sentivo bruciare dentro e le mie mani gelide mi diedero un certo sollievo. «Mi sono fatta amare da loro... ma poi non sapevo più cosa volere, una volta ottenuto il loro amore. Era come se non fosse mai abbastanza. Abbastanza intenso, abbastanza...»

Senza una parola mi afferrò per la vita con un braccio, premendo il corpo contro al mio.

«Anche io potrei non essere abbastanza per te. Tu... tu fingi di non volere niente o di non sapere cosa volere. Ma in realtà tu... tu vuoi tutto, Maggie. Tu ti prendi tutto!» Sentii il suo fiato sul collo mentre mi stringeva più forte a sé, anche se solo con un braccio. L'altro scendeva lungo la mia gamba, che sfiorava con le dita. «Mi hai prosciugato l'anima. Ecco perché nei miei dipinti c'è solo oscurità. Volevi davvero me, Maggie? O volevi solo fuggire con uno spiantato, provare l'ebbrezza di essere una ribelle?»

Non risposi ma piegai il collo all'indietro fino a poggiare la nuca sulla sua spalla.

«Non chiedermelo, Robert. Non saprei risponderti...» Nelle sue parole scoprii qualcosa di vero. Lui all'epoca poteva essere considerato il cattivo ragazzo, quello da non frequentare. Non da una come me. Era stato questo ad attrarmi in lui? E ora? «Se vuoi qualcosa da me... devi agire adesso. Non lasciarmi tempo di pensare, di riflettere su di te, su di noi... altrimenti potrei uscire da quella porta e non tornare mai più.»

La sua mano premette ancora di più risalendo e percorrendo il mio corpo, mentre con il braccio mi teneva avvinghiata a sé. Mi baciò il collo quasi con rabbia. Voltando il viso incontrai le sue labbra. Mi mancava il fiato e mi girava la testa al punto che sarei scivolata a terra se non mi avesse trattenuta sorreggendomi. Improvvisamente odiavo le mie scarpe col tacco, il mio cappotto, la mia gonna tesa... tutto ciò che mi costringeva a essere la me stessa che giorno dopo giorno regalavo al mondo. Ma non ero certa fossi davvero io.

Ricambiai il suo bacio come se fosse stato il primo. Da ragazzi non avevamo mai vissuto quella passione, quel senso di smarrimento e di perdita. Era come se invece ora conoscessi alla perfezione la sua bocca, il suo sapore, ma allo stesso tempo era tutto nuovo. Un brivido mi percorse da capo a piedi e mi sbilanciai ricadendo sempre più all'indietro, mentre con la schiena aderivo al suo petto.

Inciampai nel mio cappotto che nel frattempo era scivolato a terra. Robert sostenendomi mi trascinò contro al muro. Reggendomi tra la parete e il suo corpo infilò le mani sotto al mio maglione e sotto la mia camicia dai piccoli bottoncini perlati. Le sue mani calde raggiunsero il mio torace e poi il mio seno.

Anche la sua giacca cadde a terra. La nostra perdita di pezzi di indumenti disseminati intorno mi ricordò il cambiamento di pelle di certi animali. Mi resi conto che non era un paragone molto romantico ma in quel momento non avevo la facoltà di comandare il pensiero. Non avevo idea del sentimento che guidava le mie azioni che erano diventate fin troppo istintive. Forse non lo avevo avuto mai, neanche prima. Che fosse amore, sesso, desiderio di libertà?

Voltando il viso di lato mentre Robert mi sollevava e si spingeva contro di me, incontrai con lo sguardo la donna del ritratto. Il suo cuore e la sua mente in bella vista. Socchiusi gli occhi per non vederla, mi faceva orrore quell'esposizione interna che prevaleva sull'esterno. Abbassando la testa notai un'etichetta nell'angolo sinistro, a cui prima non avevo fatto caso. Portava scritto il nome del dipinto: "Marguerite, le coeur et l'esprit".

Il nostro
leggero movimento
delle mani
sulla fragilità
delle carni
ci lascia
attoniti
straniti
vagamente devastati.
Siamo anime
in balia

di tutti i sensi
come nella vita
così nell'amore.

CAPITOLO 17

Bonnie

Adam era tornato da me. Non ne avevo dubitato. Aveva lanciato un'occhiata a Clayton. Un'occhiata che nelle intenzioni mi sembrò minacciosa. Gli sfuggiva che non era Clayton il responsabile di quello che era accaduto. Non c'era Clayton tra di noi, ma Lesley. Lesley che lo aveva puntato e che era abituata a prendersi tutto ciò che desiderava.

Evitai di farlo presente. Cercai di allontanare il pensiero per il resto della giornata e della serata. Volevo solo vivere il momento. Adam era con me. Lesley non lo avrebbe avuto mai. Detestavo parlare di lui o pensare a lui come un oggetto da possedere. Io non ero così. E non volevo diventarlo.

La mattina seguente Lesley si era presentata a scuola con un'evidente fasciatura al ginocchio e l'espressione sofferente. Indossava una minigonna azzurra e calze chiare e leggere per l'occasione. Suscitava la curiosità di tutti ma con aria da martire evitava di raccontare i dettagli dell'incidente.

Non mi piaceva. E ancora meno mi piaceva lo sguardo preoccupato di Adam. Tornato al Luna Park non mi aveva raccontato ciò che era accaduto tra lui e Lesley, quindi per quanto io ne sapevo l'aveva semplicemente accompagnata a casa. Le aveva proposto di farla accompagnare in macchina da suo padre ma Lesley aveva rifiutato. Era evidente che non fosse quello il suo intento. Com'era evidente che la sua sofferenza era una finzione. Anche uno dei suoi amici aveva la macchina, ma Lesley aveva preferito prendere l'autobus insieme ad Adam. E le sue amiche non l'avevano seguita.

«Quindi… cosa farai per il concorso?» Lesley mi aveva raggiunta al mio banco, a cui si reggeva sostando di fronte a me. Sulle sue gote era diffuso un innaturale pallore. Si era studiata anche il trucco da povera ragazza sofferente?

Impiegai qualche istante per comprendere di cosa stava parlando.

«Non credo che parteciperò. Non mi interessa.»

«Bene. Allora quella cosa che facevi con le lettere, potresti farla anche con il racconto…» Lesley lanciò un'occhiata intorno. «Visto che mi sono fatta male al Luna Park del tuo ragazzo, forse lo devi a me più che a chiunque altro. Se a te non interessa.»

Avevo capito bene? Pretendeva che io le scrivessi il racconto per il concorso?

Non sapevo se interpretare le sue parole come una richiesta o una minaccia. L'ingresso del professore di matematica e l'inizio della lezione mi tolse dall'imbarazzo di dover rispondere.

Il Luna Park del mio ragazzo. C'erano già abbastanza problemi, non aveva bisogno di aggiungerne altri. Forse ero stata io a capire male. Forse era soltanto una richiesta innocente, come lo erano state tante altre prima. Non scrivevo più lettere per gli altri. Magari Lesley aveva creduto che non sarebbe stato tanto difficile per me scrivere un racconto.

Cercai di rimuovere il pensiero e di seguire le lezioni successive. Evitare di avvicinarmi a Lesley e alle sue amiche, anche se dal mio posto mi concentravo per tentare di percepire i loro discorsi.

«Comunque, la Canfield è una finta santarellina. La sorella di mia madre era nella sua classe al liceo.» Riconobbi la voce acuta di Susan. «Da quel che ho capito, a diciassette anni è scappata da casa con un tipaccio, una specie di pittore squattrinato e drogato. Robert… non ricordo il cognome. Proveniva da Manchester, da una famiglia di delinquenti. Il padre è finito in galera dove poi è morto, la madre si è suicidata. Aveva anche un fratello maggiore morto per overdose. Lui a sedici anni è stato affidato a una famiglia qui a Bath ma è stato un disastro, alla fine lo hanno mandato via. Comunque si dice che la Canfield sia rimasta incinta e che lui l'abbia mollata a Londra per andarsene a Parigi a fare fortuna. Ora è tornato, proprio qui a Bath, divorziato e con quattro figli avuti da tre donne diverse. È diventato un pittore famoso mentre lei era stata spedita non so dove da una zia ad abortire e poi...»

Fu costretta a interrompersi per la ripresa delle lezioni. Era proprio la lezione di Margaret Canfield. Le parole di Susan mi martellavano nella testa, a tal punto che quasi dimenticai del tutto la richiesta o la minaccia di Lesley.

Non poteva essere vero. La storia che stavano raccontando non poteva essere quella di Margaret Canfield, quella nostra insegnante così compita, altera, distaccata. Bella ma quasi fredda, di una freddezza che la rendeva irraggiungibile.

La osservai. Sembrava quasi diversa questa mattina, sembrava aver perso parte della sua compostezza. Alcune ciocche di capelli, solitamente perfettamente raccolti, le ricadevano sul viso. Le guance sembravano più rosate e negli occhi c'era come una scintilla, un misterioso fulgore invisibile prima. Lei stessa mi appariva improvvisamente più vivace.

Intanto, involontariamente, mi stavo costruendo una storia. Una storia triste, drammatica. La storia di Margaret Canfield e di questo sconosciuto pittore di nome Robert. Forse lei lo aveva amato. Forse lo amava ancora. Forse lui era tornato per lei. Forse tutte le storie d'amore erano destinate a finire male, a fallire, proprio come dicevano le parole di quella canzone. *A Winter's Tale*. Un amore che non aveva possibilità di esistere. Come quello di Margaret e Robert. Forse anche come quello mio e di Adam.

CAPITOLO 18

Margaret

Ero riuscita a ricompormi in qualche modo. Ma i miei abiti erano sgualciti. Io stessa mi sentivo sgualcita, dentro e fuori. Ero rimasta insieme a Robert tutta la notte, nell'edificio che ospitava la sua mostra e che era anche il suo atelier. Sul retro aveva un piccolo appartamento, dove si era sistemato provvisoriamente per il periodo che avrebbe trascorso a Bath.

Oltre a sentirmi sgualcita, ero come percorsa da un tremito che mi rendeva instabile sulle gambe e nei movimenti. Non ero nemmeno riuscita ad acconciarmi i capelli come al solito, le ciocche continuavano a scivolarmi fuori dalle forcine, come se si ribellassero alla costrizione che ero solita imporre. Robert si era offerto di aiutarmi. Il risultato era stato molto artistico ma indubbiamente disastroso rispetto ai miei soliti standard.

Ed ero caduta nuovamente tra le sue braccia. Arrivando a scuola in ritardo, trafelata, accaldata anche se l'inverno era ormai alle porte e l'aria gelida.

«Oggi vi consegnerò le tracce per i racconti.»

Incredibile che avessi trascorso giorni in meditazione senza trovare idee e poi fossi riuscita a scriverle su un foglio di carta recuperato dall'agenda che tenevo in borsa, tra un amplesso e l'altro. Mi morsi le labbra per non scoppiare a ridere di fronte ai miei ignari, innocenti allievi.

Chiamai il sempre solerte Sminer e gli dettai i titoli alla lavagna. Ovviamente non avevo nemmeno avuto tempo di trascrivere le tracce a macchina e di fare le fotocopie. Però desideravo liberarmi di questa incombenza il prima possibile.

Eccole quindi. La scelta era tra *Canto di Natale* di Charles Dickens, il racconto *I morti* di James Joyce, *I viaggi di Gulliver* di Jonathan Swift, *Northanger Abbey* di Jane Austen, *Il mulino sulla Floss* di George Eliot e *Jane Eyre* di Charlotte Brontë. Tre uomini e tre donne. Evitando testi troppo "provocanti" che mi erano comunque passati per la mente come *Moll Flanders* di Defoe, *Tess dei D'Uberville* di Hardy e *Cime Tempestose* dell'altra Brontë.

Voltandomi verso la classe, mentre Sminer scriveva titoli e tracce alla lavagna, incrociai lo sguardo di Bonnie Meisel. Ero curiosa di scoprire quale dei titoli avrebbe scelto.

In realtà riflettevo anche su quale racconto io stessa mi sarei cimentata se avessi dovuto scegliere. Avrei escluso gli uomini, probabilmente. No, forse avrei concesso un'opportunità a Joyce. Sicuramente avrei escluso la signorina Austen. Ma probabilmente avrei scelto la Eliot. No, ripensandoci... la me stessa adolescente sarebbe andata sul sicuro con il caro vecchio Dickens. Con Swift non avevo mai avuto un ottimo rapporto e inevitabilmente se avessi scelto Charlotte Brontë sarebbe scattato il paragone con la mia favorita Emily.

Ero costretta ad aggrapparmi tenacemente alla letteratura e alle tracce di questi maledetti racconti del concorso per non lasciar vagare la fantasia e immaginare il corpo nudo di Robert su di me.

Ma quanto mancava alla fine della lezione che non avevo avuto tempo di preparare? Di solito ero una perfezionista. Conoscevo la mia materia ma non mi ero mai sentita così sprovveduta prima. Avevo la sensazione di arrampicarmi sugli specchi e allora insistevo con questi racconti che poi avrei dovuto distribuire anche alle altre classi. E leggere, tutti quanti. In meno di una settimana. Iniziai a confidare nelle scarse velleità letterarie dei miei studenti. Magari il mio essere un'insegnante severa e intransigente li avrebbe scoraggiati dal provarci.

«Confido nella tua storia...» sussurrai quando finalmente giunse la fine dell'ora, mentre Bonnie Meisel mi passava davanti per raggiungere la porta. Ecco, a differenza degli altri, nella sua confidavo proprio.

«Io non ho intenzione di partecipare.»

La ragazza, presa alla sprovvista, arrossì visibilmente.

«Hai paura di perdere?»

Non avrei dovuto insistere. Solitamente non ero così invadente.

«No, ho già perso tante volte. Una in più non sarebbe un problema.»

Si strinse le mani, poi le portò entrambe sulle bretelle dello zaino. Aspettava forse il mio permesso per allontanarsi. Annuii accennando un sorriso e Bonnie Meisel mi salutò frettolosamente precipitandosi fuori.

La seguii con lo sguardo. Curiosa ragazzina. Coraggiosa ma allo stesso tempo riservata. Scarsamente assimilabile a mio parere.

«Treccine...»

Scorsi il ragazzo biondo con gli occhi azzurri che già sulla porta le tendeva la mano. Adam Comte. Curioso ragazzo anche lui. Non il migliore, non un genio della letteratura. Però molto carino.

Si allontanarono insieme. Giovani, teneri, innamorati. Mi ricordarono per un istante me stessa e Robert alla loro età. Ma noi non eravamo mai stati così carini. Forse nemmeno così innamorati. In realtà non eravamo mai stati neanche davvero giovani. Eravamo già in guerra. Lui combatteva la sua battaglia personale per emergere dal nulla a cui lo aveva condannato l'esistenza stessa, l'abbandono forzato da parte della madre, del padre, di tutta la sua vera famiglia. Io lottavo per fuggire dalla mia prigione. In lui avevo trovato un compagno, un alleato.

La poesia, la poesia che mi ripetevo allora. Fuggire, fuggire. Contro tutto, contro tutti. Anche contro me stessa, contro la morte. Non avrei saputo esprime a parole la stessa passione, lo stesso esuberante bisogno di libertà. Ora improvvisamente la rammentavo, parola per parola. E la sentivo ardere nel corpo, nelle viscere, nel sangue. Ora la situazione era cambiata. Radicalmente. Ora potevo davvero tuffarmi nella libertà. Non mi avrebbero ripresa. Non più. Ero libera. Al di là della vita. Al di là della morte.

E se dicessi
- Non aspetterò!-
Se rompessi
il cancello della carne
e riuscissi a fuggire
fino da te.
Se del mio corpo
alfine mi spogliassi
scoprissi dove duole
e mi stancassi
per poi tuffarmi nella libertà.
Catturarmi non possono
non più.
Invochino prigioni
implorino fucili
mi lasciano del tutto indifferente.
Come il riso
di un'ora già trascorsa
o il pizzo
o il circo
di chi ieri morì.

(Emily Dickinson)

CAPITOLO 19

Bonnie

«Tu credi che Lesley sarebbe capace di... agire in modo scorretto, diciamo?»

Avevo buttato lì la domanda così, quasi senza darle importanza. Forse avrei dovuto evitare. Conoscendo Stephanie non si sarebbe limitata a rispondermi con una semplice opinione. Avrebbe preteso di conoscere i particolari. La verità, insomma.

«Sì, assolutamente. Ma dimmi tutto. Che ha combinato quell'inutile strega rossa?» Ecco, appunto. «Mmh... quanto vorrei essere già lì! Qui è tutto così noioso, non c'è gusto!»

«Vuoi dire che ti cadono tutti ai piedi senza sforzo, Steph?»

Stavo cogliendo l'occasione per cambiare discorso. Speravo di riuscire a sfruttare la vanità di Stephanie.

«No, insomma... Comunque, mi vuoi raccontare che cosa sta combinando Lesley?»

«Nulla di importante, davvero. Era solo una domanda... tanto per chiedere...»

Stephanie non era una sciocca. Lo aveva capito che avevo qualche problema con Lesley. Ma per fortuna la voce di sua madre che la chiamava la obbligò a riagganciare, così io riuscii a evitare l'interrogatorio a cui mi avrebbe sottoposta.

Lo scenario che mi si dipingeva nella mente era abbastanza preoccupante. Lesley avrebbe potuto incolpare il Luna Park della sua caduta. Quel cavo elettrico fuoriuscito dal ripiano del tiro a segno collegava le illuminazioni natalizie che erano state installate recentemente. Avevo questo timore che non riuscivo a

209

togliermi dalla testa. Cosa avrebbe voluto in cambio? Che le scrivessi il racconto per il concorso? E poi?

Avevo bisogno di certezze. Decisi quindi di affrontare il discorso con i miei. Anche se non sapevo da che parte cominciare. Soprattutto era preferibile che non ci fosse Eddie intorno. Non volevo rischiare che percepisse qualcosa e lo andasse a raccontare a Dennis. Che a sua volta lo avrebbe raccontato ad Adam.

Trovai mia madre con alcune riviste in mano, intenta a stendere liste di vacanze da proporre ai clienti dell'agenzia di cui era socia insieme a mio padre. Si parlava già di vacanze estive ormai. Forse era il momento di buttare lì il discorso.

«Quindi...» Mi accomodai sul divano accanto a lei. «Tu credi che il padre di Adam otterrà il posto? Cioè se il Luna Park andrà bene potranno fermarsi... per sempre.»

«Certo, se funzionerà potranno rimanere stabilmente a Bath. Sempre che loro lo vogliano, ovvio.» Mia madre sollevò il viso per guardarmi negli occhi. Era sempre stata attenta sul lavoro, così come lo era mio padre. Il fatto che ci fosse sintonia tra loro li aveva favoriti in quella professione in cui avevano unito i talenti di entrambi. «Steve Comte se la caverà, è molto bravo nel suo lavoro. Io e tuo padre ne siamo certi. Non sembra che ci siano problemi con il Luna Park. Ma questo c'entra qualcosa con Adam, Bonnie?»

«No, niente affatto. Con Adam va tutto bene.» Mi alzai di scatto con un sorriso radioso. O almeno così speravo. Speravo che mia madre non si accorgesse della mia reale preoccupazione. «Vado a finire i compiti!»

Mi ritirai rapidamente nella mia stanza prima di darle il tempo di replicare. Con la coda dell'occhio la vidi tornare a concentrarsi sui suoi fogli e sulla rivista che teneva in mano. Da questo dedussi che mi aveva creduta. Mentre mi stavo rinchiudendo in camera sentii aprire la porta e il frastuono provocato dall'ingresso di papà e di Eddie che arrivava dagli allenamenti di calcio. Meglio! Così la mamma non avrebbe avuto nemmeno il tempo di ripensare alle mie parole sul Luna Park.

Dovevo cercare anche io di distrarmi in qualche modo. I compiti li avevo già terminati da un pezzo. Mi risuonavano in mente le parole di quella canzone...

"A love that could never be
Though it meant a lot to you and me
On a world-wide scale we're just another winter's tale."

Più cercavo di mandarle via, più tornavano. E le ricollegavo a me stessa. Poi a Margaret Canfield. Davvero era scappata con quel ragazzo? Cercai di rammentare ciò che avevo sentito da Susan. Come aveva detto che si chiamava? Robert.

Ero curiosa, anche senza volerlo. Curiosa di conoscere i dettagli. Ma no, di certo non potevo andare a indagare con i miei. Margaret era di Bath ma non necessariamente i miei genitori dovevano per forza conoscere la sua storia. Meglio evitare. Oltretutto detestavo i pettegolezzi. Magari Susan si era inventata tutto... oppure la persona da cui lo aveva saputo non era attendibile.

Dovevo rimuovere il pensiero. Ancora una volta. Sia quello riguardante i problemi che avrebbe potuto avere il Luna Park sia questo appena sopraggiunto sulla vita privata di Margaret Canfield. Anche perché la vita privata della mia insegnante di letteratura non era affar mio.

Adam aveva iniziato gli allenamenti con la squadra di atletica. Io ero stata sempre abbastanza avversa a qualunque tipo di sport, avevo giocato a pallavolo solo i primi due anni. Non volevo preoccuparlo. Anche se conoscendolo temevo che avesse già intuito qualcosa. Mi arrovellavo chiedendomi se si sarebbe prestato al gioco di Lesley. O magari lei poteva piacergli davvero.

Decisi di iniziare a pensare a una storia. Soltanto per distrarmi. Cercai sul quaderno le tracce per i racconti. Nessuna mi ispirava particolarmente. Quella di Dickens mi sembrava troppo scontata, *I morti* di Joyce decisamente troppo triste, Swift... No, di quel romanzo avevo letto solo qualche pagina in realtà. Mi restavano la Austen, la Eliot e la Brontë. Una delle tre. La Austen sarebbe stata la scelta più naturale, però... *Northanger Abbey*? Io stavo rileggendo *Persuasione*. Non so perché anche la Canfield mi aveva ispirato quel libro, oltre al collegamento della mia storia con Adam. Ma forse aveva scelto *Northanger Abbey* perché ambientato a Bath. Però anche *Persuasione* in parte lo era. Comunque... se non dovevo partecipare a quel concorso era inutile pensarci. Per quanto riguardava Lesley e la sua richiesta... non avevo voglia di pensare nemmeno a lei!

Allungai il braccio sul mio tavolo e recuperai *Persuasione*. Avevo lasciato come segnalibro un piccolo calendario dell'anno precedente. Iniziai il capitolo e solo qualche paragrafo più avanti venni colpita da quelle parole, che non rammentavo dalla prima lettura.

"Vedere Anne Elliott, con tutto ciò cui nascita, bellezza e intelligenza le permettevano di aspirare, buttarsi via a diciannove anni; legarsi a diciannove anni fidanzandosi con un giovanotto che non aveva altre raccomandazioni che il suo aspetto attraente, le cui sole speranze di farsi una fortuna erano legate ai casi di una professione quanto mai incerta, che non aveva neppure parenti in grado di assicurargli una rapida carriera in quella professione... sì, sarebbe stato veramente un buttarsi via; una prospettiva il cui solo pensiero affliggeva profondamente Lady Russell!"

CAPITOLO 20

Margaret

Volevo restare con lui. Indipendentemente da tutto e da tutti. Anche da me stessa. E questa volta non ero tenuta a dare spiegazioni a nessuno. Tanto meno a giustificarmi. Non ero più la ragazzina che rischiava di buttarsi via a diciannove anni, lasciandosi guidare dalla passione per un ragazzo che sognava di diventare un artista.

«Tu sapevi che sarebbe accaduto...»

Avevo incontrato Kate per pranzo. Mi guardava con un'aria preoccupata ma consapevole. «Sì. Sono stata io a fare in modo che vi incontraste. Sapevo che tra voi sarebbe andata in un modo... o in un altro.»

«Speravi che una volta raggiunto un chiarimento ci separassimo per sempre?» Seduta al "Chelsie's" continuavo a mescolare il mio caffè senza zucchero. «Oppure che...»

Scossi la testa. Non sapevo cosa dire. Quasi non sapevo nemmeno cosa provare.

«Sei ancora innamorata di lui?»

Ecco, Kate aveva la straordinaria capacità di sintetizzare, senza girare troppo intorno alle questioni.

«Non lo so. La verità è che... non lo sapevo nemmeno prima. Lo volevo. Volevo che mi portasse via, Kate. Ogni giorno, da quando ho compreso quale sarebbe stata la mia vita qui, ho sognato un uomo che mi portasse via. Non volevo finire come...»

Mi interruppi, accorgendomi che sarebbe stato irrispettoso

213

esprimerlo a parole.

«Come me.» Kate annuì. La sua consapevolezza era arrivata al punto.

«Come te...» confermai senza più esitazione. «Come te, come mia madre prima di te, come altre donne qui che hanno bisogno di un uomo accanto per sentirsi "qualcuno". Come le ragazze del mio liceo che sceglievano il ragazzo che reputavano migliore, bello e benestante possibilmente. Ma non solo qui... Anche a Londra era lo stesso. Ecco... Robert non mi faceva sentire qualcuno perché stavo con lui. Ero qualcuno indipendentemente da lui. Con lui sentivo di poter costruire qualcosa di grande. Mi faceva sentire viva, forte... potente. Quando se n'è andato ho creduto di potercela fare anche da sola... ma invece riuscivo solo a sentirmi nessuno. Così come mi sono sentita con altri uomini e ti posso confessare, Kate, che non sono stati pochi. Mi sono fatta una certa esperienza. Questo significa essere innamorata di lui? Non so. Mi piace e lo voglio ancora, questo sì.»

Ecco, lo avevo detto. Tutto quello che pensavo, o quasi. Comunque avevo confessato a Kate che l'avermi convinta a rinunciare a Robert Prichard non aveva fatto di me una brava ragazza come sarebbe stato auspicabile per la classe sociale a cui appartenevo. Ero rimasta ostinatamente nubile e avevo avuto molti uomini. Ero andata ostinatamente contro tutto ciò che mio padre e anche Kate avrebbero desiderato per me. Forse un tipo come Niegel Thorpe.

«Io credo che ognuno di noi abbia una concezione diversa dell'amore, Margaret.» Kate appoggiò entrambe le braccia sul tavolino. Io incrociai le mie al petto come a difendermi dal suo giudizio. «Per me significa serenità, equilibrio. Essere tranquilla insomma e stare bene, ogni giorno.»

Mi morsi le labbra e scossi la testa. Ciò che per Kate era amore per me era una prigione. Non che non desiderassi serenità ed equilibrio. Anche io volevo stare bene. Ma avevo bisogno di quella scintilla di vita, di quel brio, di quell'entusiasmo che mi accendeva i sensi e il cuore... che avevo trovato, in vita mia, solo insieme a Robert. Avevo bisogno di una rinascita.

Rielaborazione
di immagini.
Sensazioni
ancora vive.
Noi.
Brucia.
La pelle
brucia
l'estate
dell'anima.
Rinascita...
di un fuoco
di una donna.

CAPITOLO 21

Bonnie

«Bonnie, c'è Lesley al telefono!»

L'annuncio di mia madre non mi colse alla sprovvista. Eppure sobbalzai. Non avevo voglia di andare a rispondere. Ma ero consapevole che prima o poi sarei stata costretta ad affrontare il mio destino.

E il mio destino era il racconto che avrei dovuto scrivere sulla traccia di *Canto di Natale* di Dickens.

«Quindi mi aiuterai, Bonnie?»

Aiutarla dal suo punto di vista significava scriverlo al suo posto. E la faceva sembrare come la cosa più naturale del mondo.

«Sì, va bene.» Non riuscivo a dire altro. Me lo aspettavo, ma il cuore aveva iniziato a battermi nel petto. Potevo dire tutto, raccontare tutto a qualcuno. Ma a chi? Ai miei genitori? A Margaret Canfield? Sicuramente non ad Adam. Stephanie era ancora lontana e non era il caso di coinvolgerla. Non si trattava di difendere me stessa. E non mi importava di quel concorso. «Però poi mi lascerai in pace.»

Tornai in camera mia e al mio tavolo nel modo più tranquillo possibile. Quindi… mi sarebbe toccato Dickens. Va bene, il destino avrebbe potuto riservarmi di peggio. Ma a quanto pare Lesley credeva che sarebbe stato più facile così.

Non avevo nessuna voglia di iniziare il racconto. Scrivere su commissione. Lo avevo fatto per le lettere d'amore, ma ora… mi sembrava di ingannare tutti. Di ingannare me stessa. Di ingannare la Canfield, ecco.

E avevo una gran voglia di scrivere, in realtà. Ma non qualcosa di imposto. Qualcosa di mio. Ripresi la storia inventata di Adam e Trisha che avevo scritto negli anni passati per "Il diario di Adam" e avevo lasciato in sospeso per mesi. Forse era arrivato il momento di concluderla concedendo ai due poveretti un lieto fine. Così avrei potuto archiviarla. E archiviare quella parte della mia vita allo stesso tempo.

Messa da parte quella storia, mi ritrovai nuovamente con l'incombenza che premeva sulla mia volontà. Scrivere quel maledetto racconto per Lesley. Potevo ancora rifiutare. Potevo dire tutto a… No, non potevo.

Avevo tempo comunque. Cercai un nuovo quaderno e iniziai a scrivere senza riflettere su un tema preciso, senza costrizioni. Una storia che non fosse un diario né un racconto imposto da un titolo. Immaginai una protagonista e per quanto mi sforzassi di distogliermi dall'idea, la sua figura, il suo aspetto fisico mi rammentava inevitabilmente quello di Margaret Canfield. Forse il fatto che la sua vita, il suo passato soprattutto, fossero avvolti nel mistero stava stimolando la mia fantasia.

Qual era la verità sulla sua storia con quel ragazzo? Com'era finito il loro amore? E perché? Lei lo amava ancora? Lo stava ancora aspettando? No, magari no. Tanti amori finivano. Sia nella vita sia nei romanzi. Finivano e basta. Anche tra Steph e Clay era finita. O forse no. Tra me e Adam… No, tra noi no.

Decisi di smettere di pensare troppo. Non volevo condizionarmi. Volevo solo continuare a scrivere. Magari solo per quella sera, poi mi sarei impegnata con il racconto per il concorso.

Così Margaret era diventata Mary… e avevo trasformato il nome di Robert in Ryan. Volevo creare una storia crudele ma allo stesso tempo commovente. Meditai sulle informazioni che avevo avuto da Susan. Probabilmente erano solo pettegolezzi indegni di considerazione. Però una separazione tra loro doveva esserci stata, necessariamente. E in seguito un ricongiungimento. Ma nel frattempo…

«Cosa vuoi?»

Lo avevo sentito entrare. Come al solito senza bussare. Ma questa volta era stato stranamente silenzioso.

«Mi scrivi una lettera per Miriam? Devo sconfiggere Dennis!»

Certo. Come no. Tra le altre richieste ora si aggiungeva anche quella di mio fratello! Avrei dovuto seriamente pensare a una professione nel campo: lettere d'amore e racconti su richiesta.

«Sicuramente… no! Te lo puoi scordare, Eddie. Se vuoi scriverle prendi carta e penna e scrivi. Non iniziare anche tu con queste richieste assurde!»

Sollevai lo sguardo spazientito su di lui giocherellando con la penna che tenevo in mano. Intanto la mia mente era ancora immersa nelle vicende di Mary e Ryan. Avevo iniziato in terza persona ma ero dubbiosa. Forse sarebbe stato meglio ripercorrere la storia dal punto di vista di Mary…

«Che stai facendo?»

Eddie invece di essere scoraggiato dal mio rifiuto si avvicinò spostando gli occhi chiari sul mio quaderno.

«Sto scrivendo un libro…» sospirai restando io per prima incredula di ciò che avevo appena detto. Cercai di trovare le parole per smentirmi immediatamente ma mio fratello mi precedette.

«Me lo fai leggere?»

Rimasi ancora più sorpresa dal fatto che non mi stesse prendendo in giro con qualche nomignolo di sua invenzione creato per l'occasione. O che comunque non corresse in giro per casa e anche fuori raccontando a tutti il mio grande segreto.

«Non so ancora se ne sarò capace. Ho appena iniziato.»

«Mmh… ma devi farlo leggere a qualcuno se vuoi vincere!»

La sua risposta arrivò spontanea, senza la minima esitazione.

Io però non comprendevo la sua logica. Vincere? Vincere cosa?

«Vincere cosa, Eddie? Perché sei sempre così competitivo in tutto?» E non solo lui. Posai la penna e mi girai verso di lui in attesa della risposta. Non ero mai stata tanto interessata a cosa aveva da dire mio fratello. «Perché tutta questa voglia di vincere?»

Eddie mi fissò un po' stranito. Come se cercasse di capire se volevo davvero conoscere la sua risposta. Invece di rispondere immediatamente ci pensò qualche istante.

«Vincere dà un senso di grandezza. Vincere una sfida e iniziarne un'altra per vincere ancora. Vincere sempre, insomma.»

«Sembra molto da supereroi, detta così.» Sbuffai tornando con gli occhi sul mio quaderno e sulle righe che avevo appena scritto.

«Sì, ma è una sfida! Altrimenti significa che hai paura!» Eddie decise che era arrivato il momento di ritirarsi e si avviò con una strisciata verso la porta. «E comunque io davvero sono un supereroe!»

Io non avevo paura. Semplicemente non possedevo uno spirito competitivo. O forse sì? Una sfida. Io non volevo sfidare proprio nessuno. Non mi importava di quel concorso, di quel racconto. Probabilmente non avrei partecipato per me stessa nemmeno se non avessi avuto la pressione da parte di Lesley di scrivere per lei. No, a me davvero non interessavano le competizioni. Non desideravo sfidare nessuno. O forse sì… Una persona c'era che avrei voluto sfidare. Me stessa.

CAPITOLO 22

Margaret

«Mi rendo conto che è una cosa che avrei sempre voluto fare. Da sempre. Ma non ne sono mai stata capace, purtroppo.» Restavo con la testa appoggiata sul petto di Robert, mentre lo accarezzavo. «Mi mancavano le idee, l'intreccio per una storia. Ma temo che se anche li avessi avuti... mi sarebbe mancato il talento.»

«Sai come si chiama questa, Maggie? Paura!»

Ecco, lo aveva detto. E forse non osava aggiungere che la paura aveva gestito e condizionato tutta la mia vita. Forse anche la nostra, insieme. Sbuffai staccandomi da lui.

«Non te la prendere. Le mie stesse azioni non sono mai state dominate dal coraggio. Sarei dovuto tornare a prenderti e portarti via di peso!»

Mi afferrò per un braccio e cercò di attirarmi nuovamente a sé ma io opposi resistenza.

«Sono abbastanza arrabbiata col mondo, Robert. E in questo preciso momento il mio mondo sei tu.»

«Maggie... la verità è che non ho mai capito cosa vuoi davvero. Credo che sia stato anche questo a bloccarmi. Vuoi me? Vuoi un altro? Vuoi stare sola? Anche ora non lo capisco.»

Con un dito percorse la mia spalla causandomi un brivido. Eravamo ancora nel suo studio che utilizzava anche come mostra. Preferivo rintanarmi lì piuttosto che portarlo a casa mia.

«Escludi pure un altro. La scelta rimane tra te e me stessa.»

«Quindi quando mi hai lasciato... Intendo dire, quando io

220

sono andato via e tu sei tornata indietro, quando mi hai detto di andare e crearmi una carriera, un nome… non lo hai fatto per l'intervento di tuo padre e della tua matrigna…»

«Forse non l'ho fatto nemmeno per te, Robert.» Mi sollevai a sedere e lo guardai negli occhi seria, decisa. «Io… ti amavo, Robert. Ti amavo davvero. O così ero convinta, ma… ho amato altri, dopo di te. Me ne sono convinta, anche con loro. Ma la verità…»

Mi morsi forte le labbra. Mi coprii il viso con le mani.

«Dimmi quello che devi dire, Maggie.» Non tolsi le mani dal viso mentre lui mi afferrava per le spalle. «Maggie… anche se non mi hai mai amato prima, anche se non mi ami nemmeno adesso e te ne sei resa conto solo ora. Dimmelo…»

«La verità Robert è che… io non so amare. Non ne sono capace. Non sono mai stata capace di amare nemmeno me stessa, quella che sono, quello che faccio…» Spostai le mie mani dal mio viso al suo. «L'unica differenza è che con te io sento l'energia scorrermi nelle vene, una vitalità che da sola non possiedo. Ma forse non dipende da me, ma da te…»

«Forse il tuo amore per me è stato solo un riflesso di quello che io provo per te.» Annuì abbassando gli occhi. Deluso? Ferito? Non riuscivo a comprendere. «Credo di averlo sempre sospettato.»

«Mi è sempre mancato qualcosa. Ardevo dalla voglia di scrivere, senza esserne capace. Sapevo solo mettere insieme qualche parola, poesie senza senso, senza rime, senza nulla di realmente poetico. Stralci, immagini, frammenti di emozioni. Ero limitata. Sono limitata e questo mi addolora. Tu invece eri un artista, sei un artista. È vero, Robert. Io ti amo di riflesso. Forse vivo di riflesso. A scuola… in una delle mie classi c'è questa ragazzina, si chiama Bonnie. E lei è… vorrei dire che è com'ero io alla sua età, ma non è così. Lei è l'immagine di ciò che io avrei voluto essere alla sua età. Sa anche scrivere, lei. E io credo che se fosse stata lei al mio posto, avrebbe avuto

221

coraggio. Lei non ti avrebbe lasciato andare via da solo... Non ti avrebbe detto di costruirti un mondo lontano... e di tornare soltanto quando avresti raggiunto un nome, una fama...»

Mi fermai nel timore di dire troppo. Nel timore di perderlo. La verità rende liberi, certamente. Ma a me sarebbe servita soltanto a liberarmi di lui definitivamente, una volta per tutte. A farlo accorgere di chi ero.

«Sei una donna che non sa amare, Maggie.» Ci era arrivato, grazie al mio aiuto. Grazie alla mia sincerità. «Ma la tua più grande disgrazia è che non sai amare nemmeno te stessa. Prima eri solo una ragazzina. È comune negli adolescenti, credo... Ma mio dio, Maggie. Sono passati diciotto anni! Mi sta bene che non mi ami... anzi, non mi sta bene ma dovrò accettarlo. Ma tu...»

«È la prima volta che lo ammetto. Non ho mai visto nulla di buono in me, nulla di bello, nulla che potesse aiutarmi a creare qualcosa di positivo. Mia madre era bella, Kate è bella... io...» Mi strinsi nelle spalle scuotendo leggermente la testa. «Mi dispiace...»

«Tu sei bella, Maggie. Molto più di prima. Sai quell'energia, quella vitalità di cui parlavi? Io l'ho avuta grazie a te. E senza di te la mia arte è diventata come un cielo nero. Hai visto i miei dipinti?»

«Sì... quell'inquietante "Marguerite" sono io, vero?» Arricciai il naso in una smorfia. «Comunque hai avuto successo.»

«No, ti sbagli. Quella "Marguerite" non sei tu. È la tua assenza. I tuoi colori sono rimasti dentro di me.» Mi sfiorò il viso con le dita, poi le lasciò scendere fino al mio collo, premendo lievemente. Da dietro le immerse tra i miei capelli, lasciandoli scivolare sul davanti fino a coprirmi il petto. Si allontanò un po' continuando a tenere lo sguardo fisso su di me. «Sei splendida così, Marguerite. Non raccoglierti più i capelli, mai più.»

«Dipingimi così...»

Non compresi la mia richiesta. Era forse un tentativo, un altro, di vedermi bella attraverso i suoi occhi?

«Non so se ne sono capace.» La sua esitazione mi stupì ancora di più della mia richiesta. «È passato molto tempo.»

«Ti amo, Robert.»

Inclinai il viso, tirandomi tutti i capelli su una spalla. Poi, sollevandomi sulle ginocchia, mi avvicinai a lui che istintivamente mi accolse tra le braccia.

«Non mi compri così, Maggie.» Sorrise sulle mie labbra. «Sono un artista, sono molto volubile.»

«Ora giochi a fare l'artista per competere con le mie follie da donna adulta ma immatura?» Lo baciai sulle labbra con dolcezza.

«Certamente. In qualche modo devo pur difendermi...» ridendo mi spinse all'indietro, facendomi ricadere tra i guanciali del nostro letto improvvisato completamente disfatto. «C'è una poesia che mi ricorda te... l'ho imparata a memoria.»

«Mmh... recitala per me, grande artista...» Gli afferrai le mani, intrecciando le dita con le sue. Notai solo in quel momento che la fede che portava al dito era sparita. Ma non mi importava del suo passato. In realtà nemmeno del suo presente con un'altra. Non mi importava nulla oltre a noi due. Oltre al preciso istante che stavamo vivendo. «Quale poesia?»

«Quella di uno dei tuoi poeti preferiti. Continuavi a nominarmelo...»

Alludeva a Kavafis. Oppure a Hikmet. Ero curiosa di scoprirlo.

«Sorprendimi, grande artista. Prendimi e sorprendimi. Non aspetto altro.»

Lo guardai negli occhi. Sì, lo amavo. Nonostante tutto il resto del mondo. Nonostante me stessa, soprattutto. Nonostante le mie resistenze. Poco importava se il mio fosse un amore di riflesso. Poco importava se alla mia età non avessi ancora imparato ad amarmi. Sentirmi viva era un principio. Non lo avrei più abbandonato. Oltre il suo successo, oltre la sua arte, c'eravamo noi.

Chiusi gli occhi assaporando il suo sapore, il suo sospiro sul viso, le parole di quella poesia. Lo conoscevo, in fondo. La sua scelta non mi sorprese. Forse per questo lo amavo più di quanto avevo creduto possibile.

Anima mia
chiudi gli occhi
piano piano
e come s'affonda nell'acqua
immergiti nel sonno
nuda e vestita di bianco
il più bello dei sogni
ti accoglierà.
Anima mia
chiudi gli occhi
piano piano
abbandonati come nell'arco delle mie braccia
nel tuo sonno non dimenticarmi
chiudi gli occhi pian piano
i tuoi occhi marroni
dove brucia una fiamma verde
anima mia.

(Nazim Hikmet)

CAPITOLO 23

Bonnie

I giorni erano trascorsi fin troppo velocemente. Eravamo arrivati al 13 dicembre in un attimo. E io non mi ero ancora decisa a fare quello che avrei dovuto. Rimandavo il racconto per Lesley da una sera all'altra, assicurandola giorno dopo giorno che lo avevo quasi terminato. In realtà non avevo nemmeno iniziato. La storia di Mary e Ryan invece procedeva a meraviglia. Ormai avevo quasi completato il quaderno.

«Mio padre sta preparando una grande festa natalizia.» Adam mi strinse a sé sulla ruota panoramica. Tremavo dal freddo nonostante sciarpa, cappello, guanti di lana e giaccone pesante, forse se n'era accorto. «Sarà la sua prova per decidere se continuare o lasciare.»

«Mmh...» Mi guardavo intorno mentre stavamo per raggiungere il punto più alto per poi iniziare la discesa. Non avevo mai sofferto di vertigini ma improvvisamente provai una sensazione sgradevole, che mi sembrò simile alla perdita di coscienza. Quasi non sapessi più chi ero e dove mi trovavo. Fortunatamente durò solo un istante. «Tu cosa vorresti?»

«Vuoi la verità, Bonnie?» Adam mi sfiorò il mento costringendomi a voltarmi verso di lui. Così incrociai i suoi occhi azzurri. Annuii debolmente e restai in attesa. «Se il suo progetto fallisse io sarei libero, non potrebbe più impormi di gestire il Luna Park con lui.»

«Sì, lo capisco. Tu non l'hai mai voluto.»

Quindi era questa la sua verità? Certamente non osava confessarla a suo padre. Io sapevo che il sogno di Adam era un altro e si era trovato quasi costretto ad aiutare suo padre nella gestione del Luna Park, però…

A questo punto se Lesley avesse agito come minacciava di fare a lui non sarebbe dispiaciuto. Anzi, forse già ne era a conoscenza. Forse lei cercava solo di estorcermi il racconto per il concorso… E io ero stata tanto ingenua e stupida da non capire. Ma cosa avrebbe potuto fare in effetti? Ormai la sua ferita al ginocchio era inesistente.

«Però la mia vita non sarebbe più la stessa senza tutto questo.» Adam sospirò appoggiando la fronte alla mia. «Cerca di capirmi, treccine. Voglio crearmi una vita mia, voglio dimostrare di essere bravo in qualcosa, ottenere dei risultati da solo. Non voglio essere considerato "il ragazzo del Luna Park" per il resto della mia esistenza. Per questo io…»

Non osai chiedergli quale sarebbe stato il mio ruolo in "tutto questo". Nei suoi progetti, nel suo destino. Forse non volevo nemmeno conoscere la sua risposta. Mi strinsi a lui, chiudendo gli occhi, nascosi il viso tra la sua spalla e il suo petto mentre la ruota panoramica iniziava la discesa e io sentivo la testa girare sempre di più. Stavo per dirgli che non volevo perderlo, che non volevo assolutamente che se ne andasse lontano da me. Ma non potevo nemmeno forzarlo a restare, farlo sentire in obbligo nei miei confronti, tenerlo legato.

«Bonnie…» Lo sentii staccarsi da me. Il suo sguardo era diventato serio, risoluto. Quasi cupo, come non lo avevo mai visto prima. «Tornerò da te, quando avrò ottenuto quello che voglio. Voglio avere una carriera, diventare importante. Almeno ci voglio provare.»

Annuii senza replicare. Non gli dissi che per me era già importante. Non gli dissi che non aveva bisogno di andare altrove per diventarlo o per dimostrare qualcosa. Comprendevo i suoi desideri, i suoi obbiettivi. Io, che ancora non avevo certezza su cosa avrei fatto nella mia vita, lo comprendevo.

Una sorta di terrore però mi avvolse. Sarei diventata come la protagonista di *Persuasione*? In attesa di un marinaio che torna solo moltissimi anni dopo? No, perché nessuno mi avrebbe persuasa a rifiutarlo. Soltanto forse la consapevolezza di ciò che sarebbe stato meglio per lui. Ma non lo avrei rifiutato, avrei soltanto accettato la sua decisione. Forse un po' quello che stavo facendo accadere a Mary e a Ryan. O forse inevitabilmente stavo per ripercorrere, nella scrittura e nella vita, la storia di Margaret Canfield e del suo amato pittore.

CAPITOLO 24

Margaret

«Le mie storie sono fallite. Tutte quante.»

Inclinai il viso giocando con i miei capelli. Non ero abituata considerato il fatto che per la maggior parte del tempo li tenevo raccolti. Tranne quando dormivo. Ero stanca di restare immobile sul letto con un lenzuolo bianco che mi avvolgeva solo a livello dei fianchi.

«Non me ne frega niente delle tue storie, Maggie. Nessuno dei tuoi ex è stato con te questa notte. Almeno spero...» Robert spostò il viso dalla tela che aveva di fronte, sostenuta da un cavalletto. Come sempre dipingendo sulla tela dipingeva anche se stesso. In questo non era cambiato. Il suo torso nudo macchiato di colore ne era la dimostrazione. «Non costringermi a indagare nella tua mente perfida, Marguerite!»

«Se fai di me un altro orrore dopo avermi costretta a restare nuda, immobile e al freddo... l'ultima notte che abbiamo passato insieme sarà tutto ciò che potrai ricordare di me, Robert. Te lo garantisco! O potrei iniziare a chiamarti con il nome di uno dei miei ex proprio sul più bello. So essere molto cattiva quando voglio!»

«Stai cercando di influenzare la mia arte, Marguerite. Non va affatto bene!» Tornò a guardarmi con un pennello tra i denti. Lo allontanò dalla bocca come se fosse stato un sigaro. «Hai bisogno di una pausa? Vuoi essere scaldata?»

«Mmh...»

Risposi lanciando via il lenzuolo e stendendomi sul letto. Vestita solo dei miei capelli.

«Sei davvero senza ritegno, Marguerite.»

Mi raggiunse con uno scatto quasi felino. Nemmeno lui era molto vestito, in quella stanza minuscola fatta di niente. Mi agganciò circondandomi la vita con le sue braccia forti, molto più muscolose rispetto agli anni passati. Ora sembravano create appositamente per cingere me e trattenermi.

Io lo circondai con le gambe afferrandogli la testa.

«Era ora che lo diventassi... senza ritegno, mio grande artista.»

Chiusi gli occhi inclinando la testa per permettergli di baciarmi il collo.

«Avremo tutto ora. Tutto. Ho ottenuto tutto quello che voglio!» Lo sentii sospirare sul mio petto. «Niente e nessuno potrà più dire qualcosa contro di me.»

«Robert...» Risollevai la testa per guardarlo negli occhi, appoggiando la fronte alla sua. «Robert... avrei preferito che tu tornassi prima, anche squattrinato. Avrei dovuto cercarti io prima...»

«Il mio orgoglio non me lo ha permesso, Maggie.»

Mi accarezzò i fianchi con le sue mani ora bollenti. Sentii il sangue tornare a pulsare nelle vene, i sensi impazzire. La sua bocca si incollò sulla mia, indagandomi fino a togliermi il fiato. Mi girava la testa, tanto che ebbi la sensazione di precipitare nel vuoto. Invece era in lui che stavo precipitando, nell'istinto e nell'amore che mi legavano a Robert Prichard come prima, più di prima. Senza concedere tregua alla mia razionalità.

Volevo lui più di ogni altra cosa al mondo. Avrei anche potuto dimenticare tutto il resto. Lui e la sua arte. Lui e il calore del suo corpo. Lui e la vita che riusciva a infondere in me. Lui è il sogno di una storia d'amore e di passione che nella mia esistenza non si era mai realizzata ma che ora era tangibile, viva, ardente, nuova. Come prima non lo era mai stata, nemmeno con lui.

L'anima delle cose.
Siamo noi.
Riempiamo la stanza
e i suoi oggetti
di noi,
del nostro amore,
gioia
bellezza
frenesia
di vita.
La luce
irradia,
invade
il tutto
e il poco
che ci circonda.
Fuoriesce
dai corpi
e si espande
inondando
l'universo.
Oltrepassa
ostacoli
ambiguità
incomprensioni terrene.
Raggiunge
sole
luna
stelle
pianeti
ricavando
energia.
Poi torna in noi
ci attraversa

ci completa.
E noi viviamo
sulla pelle
la pura essenza
di una passione
senza confini.

CAPITOLO 25

Bonnie

Attendevo il suo arrivo solo dopo il 20 dicembre. Invece aveva deciso di farmi una sorpresa. Quando mia madre mi chiamò alla porta non riuscivo a crederci.

«Steph!»

Prima di lasciarle il tempo di dire qualcosa la strinsi tra le braccia.

«Ehi... neanche un complimento? Neanche un "Stephanie ma quanto sei bella! Che meraviglia il tuo nuovo taglio di capelli!"» Ricambiò il mio abbraccio, poi tornò a guardarmi con gli occhi lucidi. «Ti trovo in splendida forma "treccine". L'amore ti fa bene!»

Stephanie voleva assolutamente essere aggiornata sulle ultime novità. Le raccontai un po' di tutto senza sbilanciarmi troppo. Qualcosa sulla festa in programma al Luna Park, qualcosa su me e Adam, qualcosa riguardante la scuola, quasi nulla su Clayton e niente del tutto su Lesley.

«Ora che sono tornata mi riprenderò Clay, stanne certa!» Seduta sul mio letto incrociò le braccia con espressione risoluta. «E anche Anthony, se voglio! Toglierò a Lesley ogni ragazzo possibile!»

«Sei sempre la solita esagerata, Steph!» Mi attirai le gambe al petto voltandomi verso di lei. «Clayton non è abbastanza per te? Comunque mi dispiace che tra voi sia finita, forse il fatto che tu sia stata lontana ha influito...»

«Già... Io e Clayton non siamo proprio i tipi adatti a una

relazione a distanza o per corrispondenza. Comunque, magari non siamo neanche i tipi adatti per una relazione abitando nella stessa città. Non siamo come te e Adam. Il vostro è un grande amore, da romanzo. Io e Clayton siamo troppo comuni. Lui mi piace, certo. Però...» Stephanie sospirò scuotendo la testa. Corrucciò la fronte e il suo sguardo divenne sempre più imbronciato. «Non è come Adam. Non è dolce, romantico e sensibile... è solo Clayton!»

«Guarda che anche Adam non è perfetto. Ha i suoi difetti!» sbuffai stringendomi nelle spalle. «Non so perché lo vediate tutte come il ragazzo migliore al mondo. Sì, insomma... in alcuni casi lo è ma è anche molto testardo e puntiglioso! E quando fa così non è facile avere a che fare con lui.»

«Chi altra lo vede come il migliore al mondo?»

Ecco, Steph in tutto il discorso che avevo pronunciato si era focalizzata proprio sulle parole che mi erano sfuggite.

«No, volevo dire... Il nostro non è certo un grande amore da romanzo. Anche perché spesso i grandi amori da romanzo sono contrastati.»

Stavo cercando disperatamente di cambiare discorso ma ero un po' a corto di argomenti. Dovevo trovare il modo, però. Non potevo raccontarle la verità, perché conoscendola Stephanie avrebbe scatenato l'inferno. Ne era capacissima!

«Perché... io non vi ho contrastati abbastanza? Poi ci si è messo anche Clay a provarci con te!»

Stephanie ridacchiò e si diede lo slancio per alzarsi in piedi.

«Ti confesso che non avrei tanto disdegnato Clayton... se non ci fosse stato Adam!» Lasciai scivolare le gambe giù dal letto pronta ad alzarmi. Probabilmente Stephanie si stava preparando ad uscire a fare conquiste. Doveva riadattarsi un po' al solito ambiente. «È un bravo ragazzo, Stephanie. Più di quanto si impegna a dimostrare.»

«Oh... ma i bravi ragazzi a volte sono così noiosi...» Stephanie si spostò di fronte allo specchio della mia camera.

Poi improvvisamente cambiò discorso. Andando a focalizzarsi proprio su quello che io stavo cercando di evitare. «Lesley ti sta dando noie con Adam, vero?»

«Mmh... io credo che Lesley sia un po' come te. Ricordi quando ti sei intestardita per portarle via Clay? Per voi è tutta competizione.»

Non volevo essere così dura e categorica, ma non temevo di offendere Steph. Era sempre stata così.

«È vero. Ma tu non sei come noi. E nemmeno Adam.» Stephanie, sempre davanti allo specchio, si passò le mani tra i capelli biondi, poi sul viso mordendosi delicatamente il labbro inferiore. «È il caso che qualcuno rimetta Lesley Walker al suo posto.»

CAPITOLO 26

Margaret

Robert si era rifiutato testardamente di mostrarmi il ritratto che mi stava facendo. Però acconsentì a una pausa per la colazione. Mi lasciò a preparare il caffè nella piccola cucina mentre si spostava nell'atrio per rispondere al telefono.

Lo sentii parlare in francese anche se non riuscivo ad afferrare ciò di cui stava discutendo. E nonostante fossi curiosa desistetti dalla tentazione di avvicinarmi troppo per provare a origliare meglio. Il tono di voce mi sembrava comunque preoccupato.

Mi giunse alle spalle mentre versavo il caffè nelle tazze.

«Hai del latte in frigo? Forse saremmo dovuti uscire per la colazione, tanto oggi è il mio giorno libero. Niente scuola…»

Cercai di parlare di cose poco importanti per non interrogarlo direttamente riguardo a ciò che avrei voluto sapere.

«C'è qualcosa che non ti ho ancora detto, Maggie.»

Mi afferrò per la vita facendomi voltare verso di lui. Riuscii a spostare le tazze sul ripiano appena in tempo, prima che cadessero.

«Qualcosa di molto grave? Sembra proprio di sì dalla tua faccia…»

Era serio e scuro in volto. I suoi occhi verdi sembravano aver perso la luce, la vivacità di poco prima.

«Io ho un figlio, Maggie.»

Non aggiunse altro, sembrò studiare la mia reazione.

«E questo figlio… ha una madre suppongo.»

Dovevo arrivarci da sola alla conclusione? La fede al dito era stata un segno evidente. Forse era proprio la fine completa della nostra storia. Allora perché era venuto a cercarmi? Perché aveva voluto ricominciare tutto?

«Sì. L'aveva. Ma è morta un anno fa.»

Abbassò lo sguardo staccandosi da me e reggendosi al ripiano con le mani.

«Mi dispiace.»

Sollevai la mano per accarezzargli la spalla nuda, ma la lasciai ricadere senza toccarlo. Mi sembrava di invadere il suo spazio in quel momento.

«Il bambino si chiama David e ha dei problemi... problemi relazionali, ecco. Ha bisogno di aiuto, non parla e spesso è come chiuso in un mondo tutto suo. In realtà lui non è davvero mio figlio. Isabelle, sua madre, era una mia cara amica, una pittrice come me. L'ho conosciuta a Parigi, durante i primi anni in cui mi sono messo a lavorare a Montmartre, il quartiere degli artisti. Si è ammalata gravemente, così prima che fosse troppo tardi io l'ho sposata per non lasciare che il bambino rimanesse solo, affidato a un istituto forse... Sposando Isabelle io l'ho adottato. Il padre non ne ha mai voluto sapere, è sparito appena ha saputo che Isabelle era incinta. E lei non aveva alcuna fiducia nella sua famiglia. Così io sono diventato a tutti gli effetti il padre di David e nessuno potrà togliermelo.» Si morse le labbra e voltandosi abbassò la testa. «Avrei dovuto dirtelo prima Maggie, lo so. Sono stato egoista, ho sbagliato. Ma temevo di annullare ogni possibilità con te se...»

«Robert...» Posai una mano sulla sua spalla. «Sì, decisamente hai sbagliato. Non avresti dovuto farmi perdere nuovamente la testa per te tenendomi nascosto il fatto di avere un cuore così grande.»

Appoggiai la fronte sulla sua schiena abbracciandolo da dietro. Chiusi gli occhi stringendolo forte a me.

«Dovrò tornare a Parigi, per un po'. Non mi lascerai,

236

Maggie?» Sospirò restando voltato, ma accarezzando le mie mani che trattenevo sul suo petto.

«Scordatelo! Verrò con te questa volta. Non so ancora come, dovrò sistemare alcune questioni con il lavoro, ma... non ti lascerò andare via di nuovo.» Gli baciai la spalla con dolcezza. «Ce la caveremo, ne sono sicura. Io non voglio perderti.»

«Davvero?»

Si rigirò restando stretto tra le mie braccia. Mi sollevò il viso per guardarmi negli occhi.

«Certo! Non posso rischiare di lasciarti tornare in Francia a riempire altre tele di orribili "Marguerite", non credi?» Sorrisi baciandogli le labbra e accarezzandogli il viso. «Sei mio, ormai. Non sono più la ragazzina di un tempo, so cosa voglio. E voglio te. Tutto di te, anche i tuoi problemi, i tuoi guai, le tue preoccupazioni. Per questo ti aiuterò con David, se sarà necessario. Io ti amo, Robert. Non ne sono mai stata più sicura di adesso.»

Questo strano battito del mio cuore,
questo assurdo mutamento di pensiero...
come spiegarlo?
Questa incertezza,
questa vulnerabilità,
questa emozione profonda
che mi scuote e mi esalta.
Questa viva sensazione di benessere e di smarrimento...
come se il mio petto si espandesse
e lasciasse entrare aria pulita,
come se soffiasse via la ruggine del passato
e aprisse la porta
a un amore nuovo antico e più profondo.
Questa strana euforia,
questa fantasia che non riesco più a frenare
nonostante i miei sforzi.

Devo lasciar andare tutto,
le mie resistenze si sono spazzate via da sole
e vagano controcorrente.
Non posso rifiutare
né porre ostacoli al tuo passaggio.
Ti riconosco.
Questa dolcezza che mi scuote,
questa viva malinconia,
nostalgia di te...
del tuo scrutarmi in silenzio,
del tuo parlare coi miei occhi senza mai
abbassare lo sguardo per celare i sentimenti.
Non si torna più indietro.
Il mio essere si ribella e si dibatte.
Sei di nuovo mio.
Ci siamo riconosciuti finalmente.
Il passato ci travolge.
È troppo tardi.
Non si torna più.
Questo strano battito del mio cuore,
questo assurdo mutamento di pensiero...
ora so come spiegarlo.
Sono tornata ad essere tua
come sono sempre stata,
sono tornata ad amarti
senza mai essermi resa conto
di non avere mai smesso.

CAPITOLO 27

Bonnie

Stephanie Lindbergh era veramente tornata. In tutto il suo splendore. Bellissima, vivace, irrefrenabile. Aveva insistito per fare subito un giro in centro e poi per raggiungere il Luna Park.

La nuova acconciatura le donava davvero. Aveva tagliato i capelli in modo che le incorniciassero il viso, donandole un aspetto più innocente ma al tempo stesso più provocante. Molti dei ragazzi che avevamo incontrato in giro si erano incantati a guardarla. Anche l'abbigliamento, composto da una giacca in pelo chiara, gli stivaletti imbottiti dello stesso colore e la minigonna azzurra, sembrava studiato per non passare inosservata.

Io, soprattutto con il freddo, restavo fedele ai miei jeans e ai miei maglioni. Per quanto avessi tentato di imitare lo stile di Steph dopo l'estate, preferivo sentirmi comoda e al caldo.

Raggiungemmo il Luna Park. Quando Stephanie corse ad abbracciare Adam io rimasi indietro di qualche passo e dovetti trattenere quel principio di gelosia da cui inevitabilmente mi sentii inondare. Fu solo questione di un attimo però. Adam subito dopo mi raggiunse e mi strinse tra le braccia, baciandomi sulle labbra.

«Sei molto carina quando sei gelosa, treccine.»

«Ma io non sono...» sbuffai risentita.

Se n'era accorto. Era così evidente? Quindi doveva essersene accorto anche quando lo avevo lasciato andare da solo con Lesley. Anche se in quel caso forse avevo voluto rischiare, metterlo alla prova.

«Forse non più di me, però un po' lo sei anche tu, vero?»

Adam mi sistemò una ciocca di capelli dietro l'orecchio e io annuii. Aveva ragione. Ero gelosa. Forse quanto e più di lui.

«Sei mio. Non di Steph. Né di nessun'altra.»

Anche perché Steph aveva dichiarato di essere assolutamente intenzionata e decisa a riprendersi Clayton. Mi aveva raccontato di avergli telefonato prima di arrivare a casa mia e si erano accordati per vedersi da "Chelsie's" nel tardo pomeriggio. Voleva fargli una sorpresa mostrandogli quanto era diventata ancora più bella di prima. Io e Adam eravamo stati i prescelti per accompagnarla verso la rivalsa che si sarebbe presa su Clayton e su tutti gli altri.

In realtà invece la sorpresa la fece lui, entrando dalla porta a vetri del "Chelsie's" per mano a Lesley e andandosi a sedere con lei a un tavolino poco distante, accennando un saluto a me e ad Adam e ignorando completamente Stephanie. Era palese. Il ragazzo voleva la guerra.

«Va bene…» Stephanie era avvampata di sdegno, vidi le sue mani tremare dalla rabbia che tentava di trattenere. Ma era fin troppo visibile, anche a distanza. «La sorpresa me l'ha fatta lui. Ma non finisce qui! Me la pagherà, giuro che finché avrò vita…»

«Steph… forse dovresti semplicemente parlargli e chiarire con lui, qualunque cosa sia successa tra voi.»

Non proseguii, perché essendo voltata verso la porta d'ingresso notai l'entrata di Margaret Canfield insieme a un uomo. Un uomo alto, dai capelli scuri, molto affascinante. Indossava un cappotto impermeabile elegante sopra ai jeans un po' scoloriti. Il contrasto accentuava il suo fascino e la sua sensualità molto maschile. Decisamente la nostra insegnante aveva buon gusto. Un tipo così non era facile da trovare. Ecco perché sembrava sempre sdegnare gli altri professori e gli uomini in generale.

La mia espressione un po' incantata costrinse anche

240

Stephanie e Adam a seguire la direzione del mio sguardo.

«Oh accidenti… Ma chi se ne frega di Clayton Stone, quello è da spogliare con gli occhi!» Stephanie espresse a parole il mio pensiero.

«Ma voi due non vi vergognate neanche un po' di guardare così un vecchio?» Adam ci rivolse un'occhiata accigliata incrociando le braccia.

«No!» Io e Stephanie rispondemmo all'unisono.

Io staccai però gli occhi dall'uomo prima di lei e sorrisi ad Adam.

«Ragazzino geloso…»

«Comunque…» Adam scrutò l'uomo che era andato a sedersi in un angolo appartato con Margaret. «Il vostro idolo sta con la Canfield, a quanto pare. E a parte la stronzaggine anche su di lei si potrebbe fare un pensierino. Oggi sembra molto… molto ecco…»

Spostai lo sguardo su di lei. Sembrava diversa dal solito in effetti, ma al momento non riuscii a comprendere cosa fosse cambiato in lei. Poi mi resi conto. Erano i capelli. Aveva lasciato i capelli castani sciolti sulle spalle. Erano lunghi quasi fino alla vita e leggermente ondulati, trattenuti appena da una molletta laterale. Sembrava che le guance avessero preso colore e anche lo sguardo era più vivace del solito.

«Chi è lei? Insomma, chi sono quei due?» Stephanie si distolse cercando di attirare l'attenzione mia o di Adam.

«La nostra insegnante di letteratura inglese, è terribile. Se torni toccherà anche a te! Auguri…» Adam le rispose prima di me alzando gli occhi al cielo.

«Non è affatto vero! È fantastica!» Mi sentii in dovere di difenderla, anche contro Adam. Tanto che gli rivolsi una smorfia risentita.

«Non riesco a credere che voi due non siate d'accordo!» Stephanie ridacchiò incredula soffermandosi sull'occhiataccia che avevo lanciato ad Adam. «Adesso sono proprio curiosa.»

«Ti distruggerà, tranquilla! Ma lo farà con molta classe. Annienterà tutta la tua autostima goccia a goccia fino a renderti consapevole della tua inutilità letteraria.» Adam si alzò dalla sedia, piegandosi però a baciarmi sulle labbra. «Vado agli allenamenti extra di atletica, altrimenti Anthony mi prenderà a botte. Ci vediamo più tardi, ragazze.»

«Siete tanto carini, insieme!» Il sorriso di Stephanie si raddolcì, poi tornò ad osservare Margaret e l'uomo misterioso. La curiosità le aveva fatto scordare completamente Clayton e Lesley, su cui aveva appena giurato eterna vendetta. Non guardava nemmeno cosa stessero facendo, pur essendo seduti poco lontani. Più vicini a noi di quanto fossero gli altri due. «Ma loro sono davvero strepitosi! Oddio come si guardano, come se si spogliassero con gli occhi! Che intensità drammatica, che passione! Lui poi… Lo voglio anche io uno così! Uno che mi guardi come se la sua intera esistenza dipendesse dalla mia presenza al suo fianco. Così maledettamente sexy, con quella carica erotica sensuale da bello e dannato. Ora vado a chiederle dove lo ha trovato!»

«Grazie eh… io e Adam siamo solo carini…»

Sbuffai offesa, alzando gli occhi al cielo. Poi però voltai leggermente il viso per tornare a guardarli anche io.

«Scusa Bon… ma quell'uomo è nel pieno del suo splendore! E anche lei è molto bella, ora che la guardo. Però lui è uno schianto per l'età che ha, ammettilo!» Stephanie si morse le labbra con aria sempre più audace. Pensai che se Clayton aveva architettato la "sorpresa" per farle un dispetto, non doveva essere così soddisfatto. Steph lo stava ignorando completamente, senza nemmeno sforzarsi, tanto era presa da Margaret e dal suo accompagnatore. «Se non fosse impegnato come sembra ci proverei… però quasi quasi…»

«Steph! No, non puoi farlo!» Cercai di spostarmi con la sedia mettendomi sulla traiettoria e oscurandole la visuale, per distogliere la sua attenzione dalla coppia. «Nemmeno per scherzo, Steph! È molto più grande di te e poi...»

Stephanie aggrottò la fronte fissando lo sguardo su di me.

«Non ti agitare, Bon. Stavo scherzando! Perché ti preoccupi così? Sai qualcosa che io non so? Quel bel tipo, quindi, sta con la nuova insegnante di inglese?»

«Mmh... non mi va di diffondere pettegolezzi, quindi silenzio assoluto Steph!» Mi sentivo vagamente ipocrita. Ero io stessa a diffonderli raccontando a Stephanie ciò che sapevo. Ma la verità era che avevo bisogno di confidarmi con qualcuno. Non tanto il pettegolezzo su Margaret ma quello che io ne stavo facendo, con la mia storia. Anche se... No, non era proprio il caso di raccontare quella parte. Non avevo detto nulla nemmeno ad Adam. «Comunque... tanto lo verresti a sapere. Sembra che Margaret Canfield abbia avuto una storia tanti anni fa, proprio qui a Bath, con un pittore che poi è andato a stare in Francia ed è diventato ricco e famoso. Ora è tornato. Credo sia lui, anche se è la prima volta che lo vedo dal vivo. L'ho visto su una rivista e la foto era presa un po' da lontano però e... sì, è lui! Anche se dalla foto sembrava molto meno... meno bello, ecco.»

«Storia molto interessante, mi piacerebbe proprio sapere se...»

Stephanie si interruppe perché l'uomo si alzò dalla sedia, si accostò per un attimo a Margaret, le sfiorò la spalla e i capelli e poi si fiondò a passò accelerato verso la porta, da cui uscì senza voltarsi indietro.

Io e Steph ci guardammo un po' interdette. Che era successo? Avevano litigato? Si erano lasciati? Così all'improvviso? Senza riflettere su quello che stavo facendo mi alzai e mi ritrovai al tavolino di Margaret Canfield, in piedi di fronte a lei. Aveva un'aria afflitta, quasi disperata.

«Io...» Mi sentivo una stupida. Cosa potevo dirle? Chiederle cos'era accaduto? Ero una stupida, una cretina, una ragazzina idiota, oltre che una pettegola e un'impicciona! E la cosa mi turbava e mi faceva stare male, perché io non ero mai stata così. Non era il mio atteggiamento quello, il mio modo di comportarmi abituale. Mi sentivo in colpa per aver raccontato quasi tutto ciò che sapevo su di lei a Steph, tralasciando i pettegolezzi di Susan. E per aver incoraggiato i suoi pensieri indecenti sull'uomo che stava con Margaret. Così dissi la prima cosa che mi venne in mente. «Io ho deciso di partecipare al concorso.»

«Bene. Sono contenta.»

Margaret Canfield mi rispose con un sorriso un po' forzato, ma tranquillo. Sembrava serena, nonostante tutto.

«Però non voglio che si sappia che sono io...»

Dettavo anche delle condizioni? Ma cosa mi era preso? La verità era che avrei voluto sedermi di fronte a lei, al posto occupato poco prima dall'uomo, e chiederle sfacciatamente cosa era successo, se stava bene, se potevo fare qualcosa...

«Va bene. I racconti verranno comunque giudicati dalla giuria, non solo da me. I nomi non ci saranno in ogni caso. Poi quando verranno selezionati i vincitori...»

«Io... non voglio che si sappia nemmeno nel caso vincessi. Non mi interessa vincere.»

Cosa mi interessava allora? Che lei leggesse la mia storia. Che poi era anche un po' la sua, forse. Ma non potevo chiederle di leggerla così, senza motivo. Allora stavo usando la scusa del concorso per proporle la storia che stavo scrivendo. Cosa sarebbe accaduto se si fosse riconosciuta? Preferivo non pensarci.

«Allora non vincerai, Bonnie.» Margaret Canfield annuì senza scomporsi, giocherellando con la sua tazza di caffè. Le tremava un po' la voce anche se tentava di mantenere un tono distaccato e compito. «Sono molto curiosa di leggere la tua storia. Il concorso non è così importante.»

CAPITOLO 28

Margaret

Robert era stato costretto a tornare in Francia. David aveva avuto qualche problema ed era necessaria la sua presenza. Io purtroppo non potevo abbandonare tutto da un momento all'altro per seguirlo. Gli avevo proposto di accompagnarlo a Londra, all'aeroporto. Aveva trovato un volo quella sera stessa. Ma lui aveva rifiutato. Gli avrebbe ricordato troppo l'altra volta. E non voleva assolutamente riviverla di nuovo. Quando io ero tornata a casa e lui dopo qualche tempo era partito per la Francia. Aveva ragione. Avrebbe fatto male anche a me.

Così eravamo andati a bere una tazza di caffè al "Chelsie's", proprio come facevamo tanti anni prima. Per ripercorrere il nostro passato, forse. Per non dimenticare ma per riuscire, allo stesso tempo, a cambiarlo per quanto possibile. E lì mi aveva convinta a lasciarlo andare da solo.

«Ti amo, Maggie.» Stringeva la mia mano, guardandomi negli occhi. «Tornerò presto, te lo prometto.»

«Porta il bambino con te.» Intrecciai le dita con le sue. «Voglio conoscerlo. Occuparmi di lui, se posso.»

«Grazie, dolce Marguerite. Tornerò per finire il tuo ritratto. Solo quando sarà finito lo vedrai. Probabilmente inizierà una nuova fase della mia pittura. Insieme a una nuova fase della nostra vita.»

Uscendo si era fermato ad accarezzarmi i capelli e il viso. Vederlo andare via così mi stava spezzando il cuore, ancora. Ma avevamo bisogno di un luogo dove eravamo stati felici, dove avevamo scherzato e riso tante volte. Un luogo che riuscisse a darmi un senso di continuità. E non poteva essere l'aeroporto di Londra, dove l'avrei visto andare via.

Mi sentivo serena, nonostante tutto. Mi sentivo anche rinata. Era l'amore in me a essere rinato. Era ancora vivo, nonostante avessero fatto di tutto per sporcarlo, per distruggerlo.

Tutto ciò che era stato detto su me e Robert, tutte le bugie che erano state raccontate sulla nostra fuga a Londra, mi avevano portata a dubitare, mi avevano fatta riemergere come una creatura cinica, fredda, indifferente. Ma io non ero così. Mi ero sentita sfiorire senza di lui. Ecco cosa aveva ritratto nel dipinto che aveva fatto di me negli anni in cui eravamo stati lontani. In più di una copia, mi aveva raccontato. La mia anima assente. Perduta e trascinata in qualche modo. Da una relazione a un'altra. Da un tentativo di essere felice a un altro. Senza mai riuscirci.

Non mi sarei lasciata annientare ancora. Eravamo adulti, eravamo più forti e consapevoli. Niente e nessuno mi avrebbe più convinta che Robert Prichard non era per me, quando la mia anima lo aveva riconosciuto fin dal primo istante. Chiunque fosse, da dovunque provenisse io avevo scelto lui.

Dovevo solo aspettare. Aspettare che tornasse nuovamente da me. Concentrarmi sui miei studenti, sui racconti per il concorso magari. Su Bonnie Meisel che si era avvicinata a me con un impeto così inconsueto in lei. Proprio mentre il mio cuore stava straripando di un dolore troppo forte da sopportare da sola, da gestire, appena lui si era allontanato uscendo dalla caffetteria.

La strana proposta di Bonnie mi aveva incuriosita, la sua necessità di segretezza, il disinteresse totale nei confronti di una probabile vittoria. Mi chiedevo quale storia avesse scritto, quale traccia avesse scelto. Ma soprattutto mi incuriosiva conoscere ciò che di me avrei ritrovato in lei, nelle sue parole. Sì, il concorso letterario di cui non ero mai stata entusiasta sarebbe stato un modo per occupare il tempo. E tra le altre anche la storia di Bonnie Meisel mi avrebbe aiutata a ingannare l'attesa.

Aspettare, aspettare
che qualcosa passi,
che qualcosa cambi...
La vita è un'attesa.
Aspettare che un autobus
arrivi a destinazione,
che smetta
di piovere
per uscire di casa,
che arrivi finalmente
il fine settimana
per poi tornare
nuovamente
ad aspettare il lunedì...
La vita è un'attesa
che non smette
mai di stupire...
La mia vita
è un'attesa...
un'attesa costante,
un continuo doloroso
aspettare te
immaginando
il tuo ritorno,
ricordando
pregando
sperando
che in qualsiasi
parte del mondo
tu ti trova
in questo preciso istante

tu stia aspettando
di tornare da me.

CAPITOLO 29

Bonnie

«Eccolo! Tutto tuo!» Non era mia intenzione. O forse sì. Comunque ormai era fatta. Avevo letteralmente lanciato il racconto che avevo scritto, anzi che mi era stato estorto, sul banco di Lesley. «Ora manterrai la tua promessa e mi lascerai in pace!»

Suonava un po' come una minaccia. In effetti sì, era una minaccia.

«Prima devo vincere, però!»

Lesley nascose immediatamente il mio racconto stampato a macchina nello zaino. Poi mi guardò con aria da sfida. Una delle sue espressioni più naturali, insomma. In quel momento avrei desiderato più di ogni altra cosa essere Stephanie.

«L'accordo comprendeva solo scrivere il racconto!»

Strinsi i pugni, poi li rilasciai sforzandomi di mantenere la calma.

Io e Stephanie eravamo uscite dal "Chelsie's" ignorando completamente Lesley e Clay. Desideravo soltanto che questa sorta di ricatto finisse. Non sapevo se la minaccia di Lesley comprendesse soltanto fare qualcosa contro al Luna Park o anche tentare di portarmi via Adam.

«Il Luna Park è un luogo pericoloso, Bonnie. E anche le persone che il padre di Adam ha assunto non sono molto raccomandabili. Quel Timothy Harris ad esempio. Ho sentito che è stato in prigione…»

Mi allontanai senza risponderle. Lesley era diventata un concentrato di tutti i pettegolezzi e le cattiverie cittadine.

L'avrei presa a botte. Proprio lì, a scuola, davanti a tutti. Ne avevo una gran voglia! Così magari sarei finita in prigione anche io! Allora la minaccia contro il Luna Park e quella di portarmi via Adam sarebbero stati l'ultimo dei miei problemi.

Avevo scritto il racconto per Lesley in un paio di serate, impiegando quattro o cinque ore in tutto. Mi chiedevo se fosse abbastanza buono da vincere il concorso o almeno da arrivare tra i primi. Poi incoscientemente avevo detto alla Canfield che le avrei consegnato la mia storia. Andai a sedermi al mio banco mordendomi le unghie. Mi sentivo in trappola e non sapevo come uscirne. E la trappola era stata ancora una volta creata dalla mia ingenuità.

«Tu hai un problema!» Stephanie, che aveva ripreso la scuola proprio quel giorno, era entrata appena in tempo per vedermi tornare al mio banco dopo essermi trattenuta davanti a quello di Lesley. E appena terminate le nostre ore di lezione aveva preteso una spiegazione. «Lesley ti sta manipolando in qualche modo? Ti ha chiesto qualcosa? Lo so perché lei fa così, è una stronza. Okay, ammetto di essere io la manipolatrice numero uno, però...»

«Io lotto per le persone a cui tengo, Steph. Non è un problema per me concedere qualcosa di poco importante.»

Non avevo voglia di parlarne. E allo stesso tempo stavo facendo una fatica tremenda a trattenermi dal raccontarle tutto, come se avessi urgente bisogno di un supporto morale.

«Non ti credo, Bon. Tu mi avevi concesso di prendermi Adam in estate... e lui era importante per te. Quindi mi avevi mentito.» Stephanie si fermò davanti al cancello della scuola mettendosi di fronte a me con aria accigliata, come a sbarrarmi il passaggio. «Perché non ti decidi a dirmi cosa è successo con Lesley? È da quando ci siamo parlate per telefono ed ero ancora nel Kent che ho capito che c'è qualcosa che non va con lei.»

«Lesley vuole mettere nei guai il Luna Park. E forse vuole anche portarmi via Adam. Ci ha già provato, lo sanno tutti. E tutti pensano che riuscirà a ottenere quello che vuole, come sempre.» Sospirai mordendomi le labbra.

Mi rassegnai a confessarle tutto. Proprio tutto. Del resto, probabilmente non aspettavo altro. Potevo scrivere racconti e storie in poco tempo. Ma purtroppo non ero abbastanza forte e aggressiva per affrontare il ricatto di Lesley da sola. Soprattutto quello riguardante la minaccia al Luna Park.

CAPITOLO 30

Margaret

Quanti giorni erano trascorsi? Non molti. Ma dal mio punto di vista fin troppi, un'eternità. Ingannavo il tempo dedicandomi ai miei studenti. E osservando la storia che cresceva davanti ai miei occhi. Quella di Bonnie Meisel e Adam Comte.

Mi sembravano, ogni giorno di più, la versione migliore di me stessa e di Robert. Una versione revisionata e corretta, insomma. Quelli che avremmo potuto essere se già alla loro età fossimo stati più maturi, più equilibrati e meno problematici. Se avessimo avuto meno ostacoli e se fossimo stati abbastanza forti da opporci, contrastarli e superarli. Se io fossi stata meno fragile e non mi fossi lasciata convincere a proseguire il mio cammino senza di lui. Per poi rimpiangerlo per anni e tentare inutilmente di rimpiazzarlo.

«Rimangono solo due giorni alla scadenza per la consegna.» Forse Bonnie lo aveva dimenticato. Non sapevo cosa l'avesse spinta a venire a parlarmi il giorno della partenza di Robert. Magari aveva agito d'impulso e successivamente aveva cambiato idea. «Entro lunedì dovrai consegnare.»

«Lo so, ho quasi finito. Consegnerò in tempo.» Bonnie sembrava molto tesa. Eppure si era trattenuta in classe mentre tutti gli altri stavano uscendo. «Però... non so se... insomma... Io credo di non aver seguito le tracce, quindi... Ci ho provato, ma...»

«Ma? Bonnie, dimmi quello che devi. Non temere.»

Raggruppai le mie cartellette infilandole nella borsa. Mi faceva tenerezza. Forse l'idea che avrei dovuto aiutare Robert a fare da padre o da madre… comunque fosse, da genitore al bambino che aveva adottato, stava risvegliando il mio istinto materno.

«Non credo… anzi, sono abbastanza sicura di non aver seguito molto le tracce che lei ha dato per il racconto. Io volevo solo scrivere una storia o almeno provarci. E vorrei che lei la leggesse. Ecco, questa è la verità. Volevo solo avvisarla prima, in modo che se… se lei non avesse voglia o tempo di leggerla io capirei.»

Mi raccontò tutto d'un fiato. No, Bonnie Meisel non mi ricordava me stessa da adolescente. Con i suoi modi delicati e tranquilli, Bonnie Meisel era coraggiosa e sapeva esattamente quello che voleva. Io invece non lo ero mai stata. Nemmeno da adulta. Non era troppo tardi per diventarlo però.

«Leggerò molto volentieri la tua storia, Bonnie.» Sorrisi stringendomi nelle spalle. Avevo preso l'abitudine di lasciarmi i capelli sciolti, come piacevano a Robert. In questo modo mi sentivo più femminile e meno austera e dovevo fare attenzione a non far credere ai ragazzi di potersi prendere più confidenze del dovuto. Però con Bonnie potevo fare un'eccezione. Un'insegnante non dovrebbe fare preferenze tra i suoi studenti. Ma non è così facile quando ci si trova di fronte una versione migliorata di se stessi adolescenti. Bonnie mi somigliava molto anche fisicamente. Ero consapevole che in quel caso gli scenari possibili potevano essere due. Una gelosia sfrenata per ciò che si poteva essere e invece si era perso per sempre. Oppure una preferenza difficile da nascondere. A me era capitato il secondo scenario nei confronti di Bonnie. «Il concorso non è stata una mia idea. Io detesto le competizioni. Soprattutto le competizioni letterarie e artistiche. Però… da tutto si può imparare qualcosa. Anche se al momento non ce ne rendiamo conto. Ogni evento della vita ci può insegnare a guardare il mondo con occhi diversi, da una nuova prospettiva.»

Mi fermai prima di lasciarmi andare eccessivamente. Di andare oltre. Di dire troppo. Stavo parlando con Bonnie o con me stessa?

Insegnami a guardare il mondo
con occhi diversi,
con gli occhi della fiducia,
della tenerezza,
del coraggio.
Insegnami ad apprezzare
le cose semplici
e spontanee della vita.
Insegnami ad essere sincera,
a dire la verità sempre,
a qualsiasi costo,
anche quando può far male.
Insegnami a trovare
qualcosa di bello e di buono
anche in chi non dimostra
alcun rispetto per me.
Insegnami a donare speranza
a chi l'ha perduta,
insegnami a donare gioia
a chi non sorride più,
insegnami a donare entusiasmo
a chi non ha prospettive.
Insegnami a ringraziare
per il sole, per la pioggia,
per ogni giorno che nasce.
Insegnami ad accettare
i miei limiti
e quelli del mio prossimo.
Insegnami che l'apparire
non conta e non determina

il valore di un uomo.
Insegnami a rispettare
i miei simili e i loro pensieri,
i loro sentimenti,
anche se sono diversi dai miei.
Soprattutto insegnami
ad amare.
Insegnami ad amare
come un bambino
che si affaccia
per la prima volta alla vita.
Con la stessa fiducia,
con la stessa intensità,
con la stessa naturalezza.
Insegnami ad amare
senza pregiudizi,
senza timori.
Insegnami ad affidare
il mio cuore totalmente,
anche rischiando
che venga nuovamente ferito.
Perché un cuore arido e chiuso
fa più male, provoca più dolore
di una rinnovata sconfitta.
Insegnami a credere
nelle storie d'amore
che sbocciano ogni giorno
davanti al mio sguardo.
Storie di fiducia,
storie di rispetto,
storie di solidarietà.
Perché l'amore
unito alla carità
può tutto,

è tutto.
Perché nonostante
il mondo urli
e lotti
e sbraiti
e imponga le sue leggi
talvolta disumane,
non è sempre il più forte
ad averla vinta.
Insegnami a vedere, a scoprire,
a scorgere l'amore, l'affetto
in un semplice gesto,
in un sorriso,
in uno sguardo.
Insegnami che l'amore vero
non conosce confini,
né differenze,
né finzioni.
L'amore vero non giudica,
non categorizza,
non prova vergogna
né smarrimento
e quando decide di esprimersi,
semplicemente si svela.
L'amore vero
aiuta a crescere,
a progredire,
a coltivare i propri talenti,
le proprie passioni.
L'amore vero possiede
una voce dolce, intensa, tenera
che incoraggia a sperare.
Una voce che ti giunge
forte, chiara,

distinguibilissima
in mezzo al frastuono
di tutte le altre voci.
Una voce che non lascia spazio
al dubbio e all'incertezza.
Una voce che ti dona due ali
e ti insegna a volare.
Perché l'amore vero è libertà.

CAPITOLO 31

Bonnie

Stephanie si stava preparando ad architettare un piano diabolico. Ne aveva tutta l'aria. E io la conoscevo fin troppo bene. Dopo averle raccontato tutto ciò che era accaduto con Lesley era rimasta troppo silenziosa. Già meditava vendetta contro Clayton… e Lesley era coinvolta anche con lui.

Aveva comunque detto che il Luna Park doveva essere completamente e assolutamente in regola per non correre rischi. Io ero abbastanza certa che lo fosse, i miei genitori e il padre di Adam se n'erano assicurati fin dall'inizio. Ma cosa potevo fare contro le macchinazioni di Lesley? Soprattutto se non mi andava di mettere di mezzo gli adulti. Per quanto ne sapevo io, Lesley poteva anche aver fatto finta di inciampare proprio di fronte a me e ad Adam.

«Tu stai tranquilla, ci penserò io. Mi è venuta un'idea! Almeno spero… Intanto mi auguro che il racconto che le hai scritto faccia abbastanza schifo da non farla vincere.» Mi lanciò un'occhiata quasi ostile, rabbiosa. «Dimmi che hai scritto una schifezza per quella stronza, ti prego!»

«Non ne ho idea, Steph. Non so mai giudicare me stessa.»

Poco mi importava del racconto che avevo scritto per Lesley Walker. Mi interessava solo la mia storia. Oltre a salvare il Luna Park naturalmente. E la mia relazione con Adam, anche se non mi sentivo minacciata da Lesley.

Però detestavo il fatto di non aver raccontato ad Adam del ricatto a cui mi ero sentita costretta a cedere. In realtà mi vergognavo anche un po' con lui, mi sentivo sciocca e ingenua ad averle creduto e ad aver ceduto alle sue richieste senza controbattere. Non volevo che Adam mi considerasse debole... anche se in effetti lo ero stata.

Adam era andato agli allenamenti. E io avevo liquidato Stephanie dicendole che dovevo scrivere. Non si era lamentata e aveva accettato la mia decisione. Poi arrivata a casa avevo mangiato qualcosa e mi ero chiusa in camera. Sì, dovevo davvero scrivere. Senza essere interrotta. Quindi avevo chiesto espressamente di essere lasciata in pace a tempo indeterminato.

«Bonnie, non va bene così. Non hai mangiato quasi niente. E poi dovresti uscire almeno un po'.» Mia madre, come al solito, doveva dire la sua in proposito. E sulle mie abitudini da adolescente fuori moda.

«Sono appena rientrata da scuola. Quindi sono già uscita, Carol.» Io, per controbattere, le rispondevo chiamandola per nome. Quando lo facevo significava che non avrei accettato interferenze nelle mie decisioni. «Quindi nessuna interruzione per nessun motivo.»

«Ma... e se chiama Adam? O Stephanie?» Questa volta mia madre era più testarda del solito. «Bonnie, insomma, tra dieci giorni è Natale. Oggi è sabato, non puoi stare chiusa in casa alla tua età. La settimana prossima arriveranno anche i nonni da Bournemouth e la nonna dalla Spagna...»

Cosa c'entrasse il Natale con la mia età e con l'arrivo dei nonni materni da Bournemouth e della nonna paterna che viveva in Spagna non lo comprendevo. Però per mia madre ogni scusa era buona per far valere le sue ragioni.

«Ti informo che probabilmente resterò chiusa in casa anche domani, nonostante la mia età. Adam e Stephanie capiranno. Li ritroverò quando deciderò di uscire dal mio ritiro. Poi da lunedì mi comporterò come una perfetta diciassettenne entusiasta per l'atmosfera natalizia e in vena di shopping, contenta?»

Mia madre sollevò gli occhi azzurri al cielo scuotendo

leggermente la testa. Lo presi per un sì.

Un insperato sostegno mi arrivò invece da Eddie.

«Non ti preoccupare. Vai tranquilla a scrivere! Io ti farò da guardiano della porta!» Sgranai gli occhi. Quasi non riconoscevo mio fratello. «Però devi assolutamente vincere il concorso!» Eccolo invece. Come non detto!

CAPITOLO 32

Margaret

Le telefonate di Robert mi rassicuravano un po'. Cercava di chiamarmi ogni sera e io lo aspettavo paziente. Non ero mai io a telefonargli perché non volevo rischiare di disturbarlo. Non avevo capito bene quali problemi avesse il bambino ma iniziavo a comprendere da cosa potesse essere affetto. Avrei fatto delle ricerche. Robert mi diceva che era soggetto a certe crisi per cui si sentiva in dovere di stargli accanto, anche se non poteva fare molto per lui.

Aveva assunto una governante esperta che si occupava a tempo pieno di David. E io avevo capito perché per Robert era stato così importante occuparsi di lui, fare quella promessa alla sua amica malata. Rivedeva in quel piccolo se stesso. Lo conoscevo abbastanza per capire che avrebbe fatto qualunque cosa perché David non dovesse subire la sua stessa sorte.

A volte percepivo nella sua voce un senso di colpa.

«Non avrei dovuto coinvolgerti, Maggie. La verità è che ero venuto a cercarti a Londra qualche anno fa, ma avevo scoperto che stavi con qualcuno, quindi…»

«Io avevo trovato una rivista che parlava di te alla stazione di Paddington. Morivo dalla voglia di prendere il primo aereo per Parigi, ma ho avuto paura di essere respinta. La mia verità è che sono coinvolta da anni, Robert. Ora più che mai. Quindi se hai deciso di tirarti indietro è troppo tardi… almeno per me. Ti rivoglio nella mia vita.»

Tutto in me si era addolcito in quegli ultimi giorni. I miei modi, i miei abiti, addirittura i miei lineamenti. Anche i miei gusti... avevo iniziato a mettere un po' di zucchero nel caffè che solitamente bevevo amaro.

«Saremo lì fra qualche giorno. Voglio trascorrere il Natale insieme a te, anche se... sarà un po' complicato, Maggie.»

«Non mi sono mai piaciute le storie semplici, amore mio.»

Avevo un rapporto contraddittorio con il Natale. Proprio durante lo stesso periodo ci eravamo lasciati tanti anni prima. Ma io desideravo con tutto il mio cuore che la situazione cambiasse. Questa volta nulla mi avrebbe condizionata. Ero sicura di me stessa e dei miei sentimenti. Ero sicura di lui.

Dovevo iniziare a leggere i racconti per il concorso anche se la mia mente era altrove. Ero talmente distratta da essere costretta a rileggere più volte la stessa frase per comprenderne il senso. Ci sarebbe stata una commissione a giudicarli ma io ero stata incaricata di presiederla. Non mi sentivo in grado, soprattutto in quel momento. Desideravo, più di ogni altra cosa, essere altrove.

Non era solo quello il motivo. Non potevo sottovalutare la mia sostanziale incapacità, mista a diffidenza, quando durante il mio terzo anno di liceo era stato proposto un concorso molto simile. In realtà veniva ripetuto tutti gli anni o quasi, anche se con modalità differenti e non sempre in coincidenza con il Natale. Quell'anno in particolare però mi avevano convinta a partecipare. Io avevo accettato, inizialmente con entusiasmo. Che poi si era trasformato in terrore, in panico.

Avevo provato, con tutte le mie forze, a scrivere una storia. L'avevo fatta leggere ad alcune amiche. Le credevo amiche. Il risultato fu che la mia storia venne schernita e beffeggiata. Troppo romantica. Troppo fuori moda. Troppo ridondante ed intimistica. Quindi nel corso degli anni non mi restò altro da fare che annientare il romanticismo che era rimasto residuo in me trasformandolo in cinismo.

Proprio in quel momento, subito dopo il mio annientamento

morale, avevo conosciuto Robert. E lo avevo amato con quel poco sentimento che era sopravvissuto in me. Tanto da sognare di fuggire via con lui, per sempre. Avevo relegato le mie parole in qualche poesia. Ma di scrivere una storia non ne volevo sentir parlare mai più.

Ero cresciuta così come una donna sola, spaventata e in disparte. Profondamente ferita a causa della mia intrinseca debolezza. Nemmeno l'amore di Robert mi aveva resa forte anche perché un tarlo nella mia mente mi aveva convinta che lui non mi amasse abbastanza. Che gli uomini mai, mai avrebbero potuto amare quanto una donna. E lui era un uomo. Allora perché avrei dovuto amarlo io?

Anche tanti anni dopo. Quando mi sentivo così incerta nei suoi confronti, prima di essere disposta a lasciarmi andare, c'era quella domanda che mi attanagliava l'anima e la mente. Io non lo avevo seguito. Ma lui non era tornato a cercarmi, a prendermi. Quindi perché avrei dovuto amarlo io?

Non allontanarti da me,
non sfuggirmi.
Lascia che io ti afferri,
che trattenga la tua immagine,
la tua voce,
i tuoi movimenti...
Riposa in me,
non mi abbandonare,
non permettere
che un'altra ti sogni
mentre io inconsapevole
dormo...
Vivi in me,
attraverso il mio ricordo,
attraverso le espressioni del tuo volto
che ora sono anche le mie

quando inconsciamente
imito i tuoi gesti...
Amore
non morirmi nel cuore
ma resisti in me,
lotta in me
e sii mio
per l'eternità
e oltre.

CAPITOLO 33

Bonnie

Avevo riscritto tutto a macchina. Commettendo molti errori. Correggendo. Riscrivendo. Impiegando gran parte della notte e arrivando al lunedì mattina distrutta. Ma pronta per consegnare la storia a Margaret Canfield. Che nella mia mente era diventata Mary ormai. Essendo riuscita a visualizzare anche il protagonista maschile tutto mi era risultato più semplice.

La loro era una storia di separazione, di dolore, di incomprensioni. E non era nemmeno conclusa. Cercando di sintetizzare avevo scritto circa quaranta pagine. Troppe per il racconto destinato al concorso. Non sapevo nemmeno io che cosa fosse il mio. Forse davvero il tentativo di una ragazzina un po' sciocca di scrivere una storia che avesse poi un seguito. Forse avevo preso in prestito uno stralcio di vita della mia insegnante, mescolandolo a qualche pettegolezzo udito per caso. Forse mi ero lasciata influenzare da Jane Austen, da *Persuasione*, dalle varie similitudini che avevo riscontrato con la storia mia e di Adam. E con quella di Margaret e Robert.

C'era quel passaggio poi. Quello che avevo riletto più volte. Quando mi chiedevo perché una donna dovesse sempre amare e soffrire di più. Così era per me, così era per Margaret. La sorte sarebbe stata la stessa; essere abbandonate, deluse, lasciate sole ad attendere un ritorno.

Sì, quello stralcio di *Persuasione* sembrava scritto apposta per noi.

"Vi offro di nuovo il mio cuore che è ancor più vostro di quando lo spezzaste quasi otto anni e mezzo or sono. Non

abbiate l'ardire di affermare che l'uomo dimentica più in fretta della donna, che il suo amore finisce prima. Non ho amato che voi. Ingiusto posso essere stato, debole e risentito lo sono certamente stato, ma incostante mai. Per voi soltanto sono tornato a Bath e senza di voi non posso immaginare il mio futuro."

Era davvero così? Sarebbe stato così? Forse la mia mente era troppo giovane, il mio cuore ancora inesperto. Così era facile per me lasciarmi coinvolgere e credere. Identificarmi in Anne di *Persuasione*, in Margaret Canfield e nella sua storia con Robert. Le mie erano illusioni. Illusioni della mente, del cuore.

Così accadde comunque. Consegnai i miei fogli a Margaret Canfield rivolgendole poche parole di circostanza, per poi fuggire via. Non in classe per non rischiare di essere vista da Lesley. Ma la raggiunsi mentre stava per entrare in sala professori.

Poco distanti ad attendermi trovai Stephanie, Adam e sorprendentemente anche Clayton.

«Cosa ci fate voi qui?» Rivolsi la domanda più a Clayton in realtà.

«Stavamo scommettendo. Se avresti avuto il coraggio di farlo oppure no.» Proprio lui mi rispose, mentre Stephanie mi strizzava l'occhio.

Io non comprendevo cosa fosse accaduto nel corso dei due giorni della mia reclusione destinata a portare a termine la storia che avevo scritto.

«Tu hai fatto la spia come al solito, Steph?»

Puntai l'indice contro di lei che ridacchiava trascinando via Clayton. Non avevo idea di come le cose si fossero sistemate tra loro oppure se si trattasse solo di una tregua provvisoria.

«Perché non ne hai parlato con me?» Lo sguardo di Adam era duro come non lo era mai stato nei miei confronti. E anche il suo tono di voce.

«Mmh… ma quei due sono tornati insieme allora?»

Cercai di cambiare discorso, poi abbassai gli occhi. Sentivo le lacrime pungere. Non avevo mai visto Adam così arrabbiato. Ed era arrabbiato con me.

«Non cambiare discorso, Bonnie! Ho dovuto sapere da Stephanie quello che ti ha chiesto di fare Lesley. Che ti ha ricattata e che voleva denunciare il Luna Park. Quando a me invece non ha detto proprio niente! Anzi, incolpava se stessa di essere una sciocca e una sbadata. E mi ha ringraziato di averla accompagnata a casa, di averla sorretta anche se non era niente di grave.»

«Adam, io…» Continuavo a tenere lo sguardo abbassato. Ero stanca, non avevo quasi dormito. Mi sentivo a pezzi sia fisicamente sia emotivamente. «Per me non era davvero importante scrivere quel racconto…»

Scossi la testa, mi voltai e iniziai a camminare.

«Sì, invece!» Adam mi seguì, trattenendomi per un braccio. «Bonnie… perché non ne hai parlato con me?»

«Te l'ho già detto! Non mi importa davvero nulla di quel racconto. Ma mi importa di te e del Luna Park.» Mi attirò a sé costringendomi a voltarmi. «Adam, io… non voglio perderti…»

Mi morsi forte le labbra abbassando gli occhi ma lui me lo impedì costringendomi a sollevare il mento.

Eravamo poco distanti dal corridoio che conduceva verso l'uscita. Alcuni ragazzi ci passavano accanto, abbastanza indifferenti di ciò che stava avvenendo di noi, della nostra storia. Tutto sarebbe potuto finire in un attimo tra noi o continuare. Il mondo sarebbe andato avanti comunque.

«Come puoi pensare di perdermi, Bonnie?»

Mi sfiorò il viso e i suoi occhi azzurri mi guardavano ora con dolcezza.

«Come… come tanti altri… come tante persone si sono perse…»

Mi tremava la voce. Lui voleva partire. Voleva andarsene. Ecco come. Esattamente come in quella canzone...

"Why should the world take notice of one more love that's failed?"

«Ma io non voglio...» Mi attirò a sé cingendomi la vita e mi ritrovai tra le sue braccia. «Qualunque cosa accada io non mi staccherò da te. Bonnie Meisel... Sono venuto fino a qui per stare con te. Ho convinto mio padre a spostarsi con il Luna Park proprio a Bath. Mi sembrava fosse chiaro... Io ti amo, treccine.»

CAPITOLO 34

Margaret

Eravamo arrivati al giorno della festa natalizia prima delle vacanze. La mia intera settimana era stata fin troppo intensa. Tra lezioni, racconti che fortunatamente non erano stati eccessivi e ansiosa attesa di notizie da Robert.

Solo due giorni e sarebbe tornato da me. Il giorno della vigilia. Il giorno esatto che aveva segnato la nostra separazione.

E ora, proprio nella palestra della scuola addobbata per l'evento, dopo canti e balli, si aspettava che io eleggessi il vincitore supremo del concorso letterario "Un racconto d'inverno". Era tornato dopo anni. Sembrava quasi che avessero atteso il mio ritorno per riproporlo. Giochi del destino.

Avrei preferito che qualcun altro si occupasse di pronunciare i nomi dei primi tre classificati. Ma sarei sopravvissuta. Si trattava comunque di affrontare più di quaranta sguardi delusi a favore di tre entusiasti. Anzi, solo uno in realtà. Il vincitore. Di questo ero abbastanza certa.

La mia trasformazione da insegnante integerrima in donna innamorata era diventata ancora più evidente. Indossavo un abito di lana rosso che mi fasciava considerevolmente le forme e i miei capelli sciolti sulle spalle ormai non erano più una sorpresa per nessuno. L'amore, la passione, la comprensione avevano contribuito a mutarmi anche nell'aspetto. Me ne rendevo conto ogni mattina guardandomi allo specchio.

Forse anche queste storie avevano contribuito. Il ricordo di ciò che ne era stato di me anni prima. La mia piccola solitudine, il mio grande disagio nei confronti delle imposizioni del mondo. Le convenzioni e le convinzioni che mi venivano imposte e che io accettavo senza reagire. L'amore che provavo per Robert e che avevo paura di ammettere, anche a me stessa.

Avevo letto i racconti con attenzione e una certa disciplina. Che io non fossi d'accordo con le competizioni non avrebbe compromesso le speranze dei ragazzi che mi avevano affidato i loro scritti.

Poi però c'era lei. Che mi aveva fatto male. La sua storia in cui io avevo ritrovato e riconosciuto la mia. E aveva aperto ancora di più quel solco che io negli anni avevo fatto di tutto per celare, per ricoprire di macerie, tanto da renderlo invisibile. Aveva riaperto la ferita che non si era mai rimarginata. Io avevo davvero reso me stessa come quell'orribile "Marguerite" dipinta da Robert. Con il cuore ridotto a un rottame. E la mente che spadroneggiava accettando però soltanto la voce di una ragione ammalata e corrotta. Un corpo che si lasciava trascinare, spinto dagli eventi e dalla fortuna, per lo più avversa.

Era arrivato il mio momento. Toccava davvero a me. L'annuncio dei vincitori. Salita su un piccolo palco improvvisato, mi avevano rifilato anche un microfono. Come se avessi dovuto annunciare il re e la regina del ballo.

Decisi di non perdermi in troppi convenevoli. La vittoria non significava poi così tanto. Era più che altro una vittoria morale. I tre racconti giudicati migliori sarebbero stati pubblicati sul giornalino della scuola. I premi erano in libri: tre libri al terzo classificato, cinque al secondo, sette al primo.

«Siamo arrivati alla premiazione del concorso "Un racconto d'inverno", finalmente...» Perché avevo aggiunto "finalmente"? Finalmente per me che non ne potevo più e me ne sarei sbarazzata? Non aveva importanza, ormai lo avevo detto. «Non vi terrò in ansia ancora per molto. Leggerò subito i nomi dei primi tre classificati.»

Nessuno dei presenti mi sembrava particolarmente in ansia

in realtà. Ma tutti gli occhi erano puntati su di me. Compresi quelli assorti e un po' cupi di Bonnie Meisel, che teneva per mano il suo ragazzo. In quel momento lui si spostò cingendola per la vita. Avevo compreso. La ragazzina era più intelligente e scaltra di quanto si credesse.

Aprii il mio foglietto, di cui conoscevo già il contenuto.

«Al terzo posto... il racconto ispirato a *Canto di Natale* di Charles Dickens... *Memorie del nostro Natale* di Lesley Walker! Congratulazioni Lesley!»

Vidi il bel volto di Lesley Walker oscurarsi, avvampare e poi impallidire. Sembrava prossima a una crisi nervosa. Sicuramente si era aspettata altro. Prevedibile da parte sua. Qualche applauso da parte degli spettatori, ma nemmeno tanti. Decisi di passare rapidamente al secondo classificato.

«Al secondo posto, il racconto ispirato a *Jane Eyre* di Charlotte Brontë... *Inverni del cuore* di Elizabeth Russell. Davvero un buon lavoro, brava Elizabeth!»

Elizabeth, diligente ragazza dell'ultimo anno, al contrario di Lesley, si dimostrò lieta e grata del risultato raggiunto. Batté le mani contenta e il suo risultato venne accolto da un applauso caloroso.

Non mi restava che annunciare il primo classificato. Ora davvero tutti gli occhi erano puntati su di me, anche quelli di chi attribuiva scarsa importanza al concorso. Insomma mi rendevo conto che l'annuncio di una vittoria, qualunque essa fosse, suscitava sempre curiosità.

«Al primo posto una storia che l'intera commissione e io per prima abbiamo ritenuto meritevole e particolarmente degna di nota. Un lavoro che denota uno studio, una passione per la lettura e per la scrittura, una cura della forma, dello stile ma anche del contenuto.» Passai in rassegna i volti dei ragazzi posando lo sguardo su Bonnie Meisel. La vidi sgranare gli occhi scuri e fissarmi incredula. Anzi, in realtà più che incredula ebbi la sensazione che da dove si trovava volesse prendere la rincorsa per saltarmi addosso e fermare i miei sproloqui insensati. Le rivolsi un sorriso che secondo le mie intenzioni doveva essere rassicurante, ma dallo sguardo di Bonnie sempre più accigliato compresi che non aveva ottenuto l'effetto desiderato. «Per la raffinatezza dello stile, per l'originalità della trama, per la sorpresa finale suscitata in tutti noi…» Mi sentivo una terribile carogna a tenere tutti in sospeso continuando a blaterare senza fornire indizi sul vincitore. Anzi, mi sentivo veramente una stronza. Ma era troppo divertente! «Come dicevo, al primo posto… ispirato a *I viaggi di Gulliver* di Jonathan Swift… *Lo straordinario mondo di Mister Magritte* di Stuart Sminer! Eccezionale Stuart! Complimenti vivissimi da parte mia e di tutta la commissione!»

Assistetti in contemporanea al sospiro di sollievo di Bonnie Meisel e all'esplosione di gioia di Stuart Sminer che iniziò ad agitarsi e a saltare per tutta la sala fino a raggiungere il palco dove mi trovavo io per abbracciarmi con un trasporto quasi sconvolgente. Poi, imbarazzato, si passò le mani tra i capelli, si aggiustò gli occhiali e continuò a saltare euforico.

Tutti applaudivano entusiasti, Bonnie Meisel compresa, al grido: «Grande Stuart!» Tanto che il solitamente timido Sminer improvvisò per il suo pubblico qualcosa di molto simile a una stravagante danza per la vittoria.

Anche io venni pervasa da una strana felicità, quasi al di là del mio controllo, del mio dominio. Il mondo, al contrario di quanto affermava una poesia che tanto avevo amato nel corso della mia adolescenza, mi sembrava improvvisamente giusto e corretto. Le menzogne erano finalmente state svelate. Anche quelle celate nel mio mondo, nel mio universo personale. Che finalmente, ormai lo sentivo nel cuore, sarebbe cominciato a girare nel verso giusto.

Un tempo ardeva in me la passione
di svelare le menzogne di quei demoni

272

la mia natura ribelle sdegnava
la legge che proibiva la sfida
oh nei giorni dell'ardente giovinezza
per la verità avrei dato la vita.

Per la verità, la libertà, il diritto
avrei offerto liberamente la vita
ora ascolto e vedo in silenzio
l'uomo vano sorridere lo sciocco irridere
non perché il mio cuore sia domato
non per timore non per vergogna.

Smania ancora il mio spirito ribelle
al suono dell'errore cieco ed egoista
ancora il mio cuore sfida il mondo
corazzato come un tempo contro ogni terrore
ma ora so che è vano il mio sdegno
il mondo segue e seguirà il suo corso.

(Emily Brontë)

CAPITOLO 35

Bonnie

Margaret Canfield stava per farmi prendere un colpo. E sembrava addirittura divertita, come non l'avevo mai vista! Come se ci prendesse gusto. Fortunatamente poi, quando è scesa nei dettagli, ho capito che non stava parlando di me.

Prima di potermi riprendere, mentre assistevo come gli altri all'esplosione di gioia sfrenata di Stuart per la vittoria, mi trovai di fronte Lesley. Era talmente furiosa che ebbi la sensazione che volesse prendermi a botte, se solo avesse potuto.

Stephanie invece si stava già muovendo dalla sua postazione, poco distante da dove mi trovavo io, verso di noi. La fermai con una mano prima che rischiasse di aggredire fisicamente Lesley.

«Giuro che te la farò pagare, Bonnie! Hai segnato la tua fine!» sibilò Lesley tra i denti. Fremeva di rabbia.

Io restavo immobile a guardarla, quasi impassibile alle sue rinnovate minacce. «Non credo proprio, stronza. Minaccia ancora le persone che amo e io ti prendo a calci nel culo per tutta la scuola.»

Lo dissi con estrema calma. Eppure alla fine mi stupii di essere stata io stessa a pronunciare quelle parole.

«Brava, non avrei saputo dirlo meglio!» Stephanie non riuscì più a trattenersi e si affiancò a me mettendosi proprio di fronte a Lesley che fece un passo indietro.

«Tu stai buona qualche volta...» Clayton però agganciò Steph per la vita circondandola con le braccia e baciandola sulle labbra. «Cerca di fare la brava ragazza ogni tanto, non sempre l'egocentrica manipolatrice.»

Risi abbracciando Adam mentre Lesley si allontanava ancora più infuriata. Intanto avevano riacceso la musica diffondendo nella sala canzoni natalizie.

Mi staccai imbarazzata da Adam appena mi accorsi che Margaret Canfield mi stava osservando. Quando vide che la stavo guardando si incamminò nella mia direzione. Estrasse un involucro dalla borsa e me lo porse. Non comprendevo cosa fosse mutato in lei, a parte l'abbigliamento più vivace e il modo di portare i capelli... ma sembrava un'altra persona. Non solo esteriormente.

«Questa storia va al di là di un premio scolastico. *Solo un altro Natale*. Inizialmente non ne avevo compreso il significato.» Afferrai la busta contenente il mio lungo racconto, completamente rapita dalle parole che Margaret mi stava rivolgendo. «Ti consiglio di ampliarla, ho indicato i punti che a mio parere meritano un approfondimento. Magari prova anche a imprimere più vita ai personaggi. Potresti trasformarla in un romanzo. Ho evitato di farla leggere agli altri membri della commissione, altrimenti avrei avuto problemi a convincerli a escluderti dal concorso, nonostante la lunghezza della tua storia. Molto furba nell'aver ripetuto più volte il titolo della tua storia nel racconto presentato da Lesley Walker, in modo che io capissi che anche quella era opera tua. In ogni caso avrei riconosciuto lo stile. Non sempre è così facile ingannarmi, Bonnie. Poi Lesley non sa mettere due parole in croce, era chiaro che il racconto non fosse opera sua.»

Lo aveva capito. Ci contavo davvero.

«Mi dispiace...»

Mi fermai. Mi dispiaceva aver usato proprio lei nel mio racconto. Ma forse almeno questo non lo aveva capito.

«Ho compreso molte cose su me stessa in questi ultimi giorni. In parte anche grazie alla tua storia. In ogni caso credo che il premio di Stuart Sminer sia stato meritato. E poi lui lo desiderava davvero.» Sorrise stringendosi nelle spalle.

«Sicuramente è stato più contento di quanto lo sarei stata io» annuii ancora un po' imbarazzata, stringendo tra le braccia la mia storia, come se fosse stata un grande tesoro. «Io non credo di avere la personalità adatta per certe sfide.»

«La personalità è una componente importante dell'essere umano. Se è forte non può essere soppressa. Tantomeno assimilata. Capisco che a te non interessi questo tipo di sfide, ma ce ne saranno altre nella vita che dovrai affrontare, che ti piaccia oppure no.» Sospirò socchiudendo per un istante gli occhi, poi tornò a fissarmi con espressione più seria, più decisa. «Diventa una persona forte, Bonnie Meisel. Continua a combattere per ciò in cui credi. E per coloro che ami.»

CAPITOLO 36

Margaret

Insomma quella ragazzina e la sua storia di circa quaranta pagine mi avevano proprio fregata. Sembrava quasi una fotografia della mia vita passata. Mi ci ero riconosciuta più di quanto avessi voluto ammettere con lei. Sì, una fotografia di me e di Robert e degli eventi che ci avevano legati e divisi. Mischiata con alcuni classici della letteratura inglese, in una continua altalena tra presente e passato.

In quella storia avevo individuato esattamente tutte le mie debolezze. Tutte quante. *Solo un altro Natale* era ciò che Bonnie chiedeva a se stessa, alla vita, all'amore. Ed era quello che chiedevo anche io. Un altro Natale… poi un altro ancora… un altro ancora.

Aveva combinato insieme amore, dolcezza, commozione, perdita. Tutto il dolore che avevo provato nel lasciarlo andare senza avere il coraggio di ammetterlo. Perché mi ero convinta che lui… lui non avrebbe mai potuto amarmi come lo amavo io. Perché nella mia mente esisteva la concezione che un uomo non potesse amare così.

Mi guardavo intorno e me ne convincevo ogni giorno di più. Osservavo le altre mie relazioni, gli altri uomini che avevo frequentato dopo di lui. Così giorno dopo giorno il mio cuore si inaridiva, il mio cuore perdeva la dolcezza e il mio viso la freschezza di quei tempi lontani. Sempre di più, sempre di più.

Questo raccontava Bonnie nella sua storia. Che la mia concezione della vita e dell'amore era tutta sbagliata, non era vera. Che c'era sempre una possibilità di ritorno, di speranza.

Che ci sarebbe stato sempre un altro Natale, senza più separazione. Il racconto di Bonnie parlava di esseri umani. Non di uomini e di donne. Parlava di fiducia. E io nell'attesa volevo averne ancora. Tutta quella fiducia che non avevo mai avuto prima.

Ero sempre stata una creatura di gran cuore ma di scarso coraggio. La paura aveva sempre dominato le mie azioni. Per questo era stato così facile convincermi a lasciarlo andare, a non lottare per me stessa e per lui.

Bonnie Meisel invece di coraggio ne aveva dimostrato molto. Aveva trovato un modo tutto suo di affrontare la slealtà di Lesley Walker. Si era fidata di me e del mio intuito. E io avevo compreso che aveva scritto lei quel racconto ancora prima che i suoi amici venissero da me a raccontarmi cosa era successo.

Avevo deciso di non umiliare Lesley di fronte a tutti perché imparasse una lezione. E avevo preferito non rivelare la verità per non mettere a disagio Bonnie. Ma quel terzo posto è stato suo, non di Lesley.

Mentre la festa proseguiva io non avevo più nulla da fare. Potevo abbandonarla, uscire. Tornare a casa anche se non ne avevo molta voglia. Mi ritrovai fuori dalla scuola, nel cortile deserto che portava verso il cancello principale. Mi sentii bagnare da una goccia di pioggia sulla fronte. Poi mi accorsi che qualcosa brillava sui miei capelli, sciolti sulle spalle. Non era pioggia. Erano piccoli fiocchi di neve. Che uno dopo l'altro avevano iniziato a scendere e ad accumularsi sui miei capelli scuri dando l'effetto di piccoli diamanti. E sembrava quasi che dovessero sostare lì, fermi, indissolubili.

Sollevai il viso verso il cielo. I piccoli fiocchi di neve moltiplicandosi cadevano su di me, circondandomi completamente, inondandomi il viso. Raggiunsi così in un istante una sensazione di pace perfetta, di riconciliazione con me stessa e con il mondo. Con il mio passato, con il mio presente. Anche con il mio futuro. Il dolore era ormai alle spalle. Sapevo quello che volevo. Lo avrei aspettato. Tutto il resto se ne sarebbe andato via da me. Tutto il resto si sarebbe sciolto come neve al sole. Mentre il mio vero amore sarebbe rimasto per sempre.

I miei amori
sono come la neve,
come la neve
si sciolgono al sole,
non resistono,
non riescono a crescere,
rimangono in embrione,
non hanno forza,
né calore,
né colore...
I miei amori
durano una settimana,
forse due,
un mese con un po' di fortuna...
perché i miei amori
sono come la neve,
si sciolgono al sole...
Solo il mio cuore
non riesce mai a sciogliersi,
solo il mio cuore
rimane freddo
e duro
e arido...
Perché il mio cuore
è una frontiera
che non si può oltrepassare...
e tu sei ancora lì
al sicuro,

sempre pronto a combattere,
a lottare
solo contro tutti gli altri,
tu splendi dentro me
come un sole
sempre nuovo,
sempre vivo...
e i miei piccoli
insipidi amori
non hanno speranza alcuna,
si scioglieranno sempre
proprio come la neve
al sole.

CAPITOLO 37

Bonnie

Non avevo idea di cosa stesse pianificando Steph. Ma conoscendola così bene dovevo immaginare che avesse qualcosa in mente. Perché una delle mie poche certezze era proprio quella: Stephanie Lindbergh avrebbe sempre avuto un piano per uscire dai guai. E per tirare fuori anche me.

Il consiglio di Margaret Canfield riguardo alla mia storia mi aveva lasciata un po' incredula. Davvero era convinta che io potessi scrivere un romanzo? Mary e Ryan erano entrati così tanto in me, nella mia mente, da avere difficoltà a liberarmene. E ora la verità era che le parole di Margaret mi avevano completamente travolta, tanto che continuavo a rievocarle.

L'avevo usata. La sua storia, mescolandola con quella dei personaggi che avevo immaginato. E anche con quella dei personaggi di altre storie, altre vite. Avevo usato in parte anche qualche impressione suscitata in me da tutte le letture che nel corso della mia vita mi avevano attraversata. In ultimo la rilettura di quel libro di Jane Austen, *Persuasione*. La vicenda di Anne Elliot e del suo capitano di marina aveva viaggiato parallelamente alla mia, a quella di Margaret, a quella dei personaggi della mia storia.

Alla fine quasi tutte le storie erano basate sulle stesse componenti. Sentimenti umani. Vite intrecciate. Incomprensioni. Dolore alternato a felicità.

Mi resi conto di quanto tutte le storie fossero davvero uguali ma allo stesso tempo diverse. E di quanto fosse complicato saperle narrare. Perché la stessa esperienza non avrebbe mai toccato due creature umane allo stesso modo. Ognuno viveva nel mondo ma era rinchiuso nel suo piccolo mondo. Sarei stata io, Bonnie Meisel, in grado di dispiegare così tanti piccoli universi che camminavano paralleli, a volte incontrandosi, a volte scontrandosi, altre ancora amandosi o perdendosi per sempre?

Non ne avevo idea. Avevo però compreso che nelle storie narrate nei libri, come nella vita, poteva sempre esserci una speranza. L'avevo trovata in Jane Austen, così come in tanti altri libri. In quasi tutti c'era comunque la speranza di chi scriveva la storia di essere compreso.

Speranza. Amore riconquistato. Felicità che si credeva perduta. Queste erano le parole che avrebbero potuto definire il mio *Solo un altro Natale*. Un titolo provvisorio che avevo usato perché ripetuto più volte anche nel racconto scritto per Lesley. E perché ciò che avrei davvero desiderato per me stessa, proprio mentre scrivevo durante quelle serate di immersione totale nelle mie storie, era trattenere Adam. Solo per un altro Natale. Ogni anno. Solo per un altro Natale.

CAPITOLO 38

Margaret

Avevo promesso di passare. Non per discutere delle mie scelte, ma semplicemente per comunicarle. Non comprendevo il clima di afflizione che regnava già all'ingresso. Come se conoscessero già le mie intenzioni. Sicuramente le avevano intuite.

Kate sapeva. Anzi, Kate era stata l'artefice del nostro incontro. Probabile che avesse trovato il modo di avvertire mio padre. Io ero stata troppo presa da altro per pensarci. Comunque ciò che decidevo di fare della mia vita era affar mio, finalmente.

In altre circostanze avrei evitato di informarli della mia decisione. Ma mancavano pochi giorni a Natale. Questo non mi aveva mai fatta sentire più buona, più saggia o più paziente, ma in questa occasione volevo dare un segnale di riconciliazione, forse provare a tendere una mano. Non perché le mie scelte venissero accolte favorevolmente. Anche se dovevo ammettere, almeno con la mia componente più profonda, che lo stavo facendo più per le persone che avrebbero fatto parte della mia vita che per me stessa. Sì, lo facevo per Robert e per il bambino che avrebbe portato con sé. Principalmente per il bambino.

Una delle ragazze che si occupava della pulizia della casa mi aprì la porta principale e mi comunicò che mio padre e Kate si trovavano nella biblioteca di famiglia che fungeva anche da ufficio.

«Che succede?» domandai quando li vidi seduti alla scrivania. Entrambi con espressione mesta.

Sostavo sulla porta in attesa di una loro parola. Notai che avevano diverse carte sparse ovunque sulla grande e massiccia scrivania.

«La situazione è preoccupante, cara.» Era piuttosto strano che fosse Kate a fornire spiegazioni se si trattava di qualcosa di veramente serio. Io ancora non capivo di cosa stesse parlando.

«Niegel Thorpe mi ha fregato con il suo investimento che non potevamo lasciarci sfuggire.» La spiegazione di mio padre fu decisamente più esplicita. Mi rivolse uno sguardo duro ma schietto, deciso. «Siamo in bancarotta, Margaret. L'unica possibilità sarà vendere la casa se vogliamo saldare i debiti. Questa è la sintesi di quanto è successo in questi giorni. E io non mi ero nemmeno accorto di cosa stava combinando quel disgraziato. Gli avevo lasciato carta bianca.»

«Ti sei fidato…» sospirai muovendo qualche passo verso di loro, ma restando vicina alla porta, come a distanza di sicurezza. Come se non osassi avvicinarmi, non essendo mai stata parte di quel mondo, non avendo mai provato alcun interesse per gli affari di mio padre, per la sua azienda.

«Sono stato un idiota! Mi sono lasciato convincere dal suo atteggiamento sicuro, competente. Dalle sue qualifiche. E da tutti questi anni in cui l'ho cresciuto come un figlio, gli ho insegnato quello che sapevo!»

Mio padre strinse forte il mappamondo in legno che teneva sulla scrivania e usava come portapenne. Lo aveva da sempre, lo ricordo da quando ero solo una bambina di pochi anni. Ne ero rimasta affascinata o forse lo era stato il mio spirito vagabondo, la mia tentazione di vagare davvero per il mondo. Ma non mi ero mai chiesta da dove arrivasse.

«Sembra non esserci altra scelta, cara…» Kate si rivolse a me. I suoi occhi chiari esprimevano dolcezza ma preoccupazione allo stesso tempo.

Da come mi guardavano entrambi sembravano aspettarsi una parola da me, un consiglio qualsiasi. Ma io ero solo un'insegnante liceale. Non sapevo come si gestivano affari, come si dirigeva un'azienda. E non avevo nessuna idea che avrebbe portato a una soluzione meno drastica. Il mio conto personale era alquanto modesto.

«Io credo… che molto probabilmente dovrete cambiare vita, cambiare abitudini. Cambiare casa se necessario.»

Non avevo una soluzione, né una formula magica per risolvere i problemi. Anche se mancavano pochi giorni a Natale.

«Venderemo l'azienda, venderemo la casa per prenderne una molto più piccola. Magari in campagna. Se vogliamo conservare uno stile di vita dignitoso.»

Mio padre corrugò la fronte e chiuse gli occhi. Quando li riaprì vi lessi qualcosa di inaspettato. Mi avvicinai per osservarlo meglio. Possibile che fosse sollievo?

«Mmh… direi che è la soluzione migliore, Henry… Se pensi che non dovrai più lavorare giorno e notte ed essere tanto inquieto. Poi magari più avanti potremmo andare a fare una piccola vacanza…»

La voce di Kate era flebile, quasi come se non osasse esprimere quello che sembrava essere un suo desiderio. Flebile ma allo stesso tempo speranzosa.

«Un cambio di vita totale non è sempre negativo.» Accennai un sorriso stringendomi nelle spalle. Ecco, a proposito. Anche io avrei dovuto comunicare il mio.

«Il pianoforte però non lo cedo! A questo punto voglio riprendere a suonare. Magari potrei anche dare lezioni, perché no? Posso ancora diventare un pianista, vero?» Mio padre passò lo sguardo da Kate a me, quasi in cerca di approvazione. «Ho mantenuto in vita questa azienda per una tradizione familiare che mi è stata quasi imposta. Ma a te non è mai importato nulla, Margaret. Quello che credevo il mio erede si è dimostrato un infame truffatore… dopo tanti anni! E pensare che avrei voluto che diventasse tuo marito! Per cosa dovrei lottare adesso? Per chi? Quando io stesso sono andato avanti con un accanimento che andava anche contro la mia volontà, le mie inclinazioni.»

«Fai esattamente quello che vuoi, allora!» In un attimo mi ritrovai di fronte a loro. A mio padre e a Kate, la mia matrigna amica. «Fate quello che desiderate, godetevi la vita, viaggiate, divertitevi quanto potete. Forse se io avessi sposato Niegel, se lo avessi accettato… lui non ti avrebbe ingannato, papà. Avrebbe fatto del suo meglio per far progredire l'azienda, l'avrebbe arricchita con ottimi affari. Ma io non potevo, non volevo. Non l'ho mai voluto. Perché anche io voglio seguire i miei desideri da ora in poi.»

Mi fermai. Avevo catturato l'attenzione di entrambi. Tanto che sia mio padre sia Kate annuivano alle mie parole, completamente coinvolti da ciò che avevo da dire.

«Anche io sto per cambiare vita… Robert Prichard è tornato in città da un po'. Credo che entrambi ne siate a conoscenza. Tutto è tornato come avrebbe dovuto essere anni fa. Io… non mi lascerò mai più convincere che non sia la cosa giusta, che non sia l'uomo giusto per me. Niente e nessuno mi riporterà indietro, questa volta.» Sorrisi entusiasta di ciò che stavo per dire, senza più costrizioni né blocchi emotivi. «Amo Robert da sempre. La mia vita sta per cominciare insieme a lui e a suo figlio David. Vorrei che voi lo accettaste. Non per me, non per Robert. Ma per quel bambino che ha assoluto bisogno di una famiglia.»

Inventerei
per noi
parole
che non esistono,
non hanno senso
per l'estraneo.
Solo per sentirne

esplodere
il suono
nella gola
tra la bocca tua
la bocca mia
le nostre labbra
unite.
Parole per mutare
il tempo,
la vita.
E poi...
Una parola
semplice
perfetta
e solo nostra,
una parola
da non condividere
con nessuno.
Una parola
che non sia
"Amore"
ma di più.

CAPITOLO 39

Bonnie

Ce ne sarebbero state altre, ne ero certa. Ma ero anche convinta che quella Vigilia di Natale del 1984 l'avrei ricordata per sempre. Io e Adam avevamo trascorso gli ultimi due giorni cercando di fare del nostro meglio per la festa al Luna Park. Anche Eddie e Dennis avevano contribuito a modo loro. Molto a modo loro.

Avevamo allestito un grande tendone per restare al coperto. La neve aveva aggiunto qualcosa in più all'atmosfera natalizia. Forse. Non ne ero mai stata troppo convinta in realtà. Non avevo mai avuto un'idea particolarmente romantica nei confronti del Natale.

Provavo una certa tensione. Forse risentivo ancora della festa scolastica e delle parole di Margaret Canfield. Poi ero stata coinvolta nel trambusto generale delle feste, nell'euforia del Natale che un po' mi stordiva.

Erano arrivati anche i nonni. I miei genitori avevano dovuto organizzarsi con gli ultimi impegni lavorativi e le ultime prenotazioni dei ritardatari che desideravano, come sempre, una vacanza unica ed esclusiva all'ultimo momento. Mio fratello, anche lui come sempre, pretendeva di essere al centro dell'attenzione generale e di ricevere esattamente tutto ciò che aveva richiesto. Però tra noi si era creato un curioso legame di "segretezza" per cui lui mi considerava una scrittrice. Stranamente senza prendermi in giro.

Per il resto ero rimasta la solita Bonnie Meisel. Con Adam, per il nostro primo Natale insieme. Sentivo il cuore accelerare i battiti ogni volta che mi stringeva, che mi baciava. Come se fosse stata ogni volta la prima volta. Come durante il nostro primo bacio, la nostra prima dichiarazione.

Avevamo scelto il Luna Park per scambiarci il nostro regalo. Ci avevo pensato davvero molto bene prima di sceglierlo. E un po' mi era costato scegliere proprio quello perché aveva un significato che mi faceva soffrire. Eravamo saliti sulla ruota panoramica.

«Treccine...» Adam mi attirò a sé sorridendo e guardandomi negli occhi.

Mi lasciai stringere, poi sollevai il viso per baciarlo sulle labbra. Con più intensità e passione del solito.

«Adam, io...»

Mi accarezzò il viso baciandomi ancora.

«Che cosa devi dirmi, Bonnie? Lo so che c'è qualcosa.»

«Io...» sospirai staccandomi da lui per un attimo per cercare nella mia borsa. «Ecco, questo...» Gli porsi un involucro che lui aprì rapidamente. «Ogni marinaio ha bisogno di un diario di bordo.»

Mi morsi le labbra abbassando lo sguardo sul diario. Quando lo avevo visto, con quell'illustrazione di una nave in lontananza che si scorgeva dalla riva, avevo capito che era perfetto per lui.

«Bonnie... grazie, ma io non sto andando da nessuna parte.» Mi baciò la fronte e poi le labbra, stringendo in una mano il diario. «Io... so che voglio crearmi una mia carriera, ma so anche che voglio stare con te, amore.»

«Sì, io volevo solo dirti che...» sospirai stringendolo a me. «Anche se deciderai di andare, quando sarà il momento... io ti lascerò libero, Adam. Ma sarò qui ad aspettarti, perché ti amo. Ecco, questo volevo dirti. Non rinunciare al tuo sogno per me.»

«Bonnie... non lo capisci? Il mio sogno non esiste senza di te.» Mi accarezzò il viso più volte e i suoi occhi azzurri divennero più luminosi e dolci. «Io credo di averti amata dal primo momento che ti ho vista... quando eravamo ancora piccoli, treccine. Non rinuncerò mai a te.»

Non glielo avevo mai detto, ma adoravo quando mi chiamava "treccine", in ricordo delle trecce che portavo da bambina. Solo da lui mi piaceva essere chiamata così. Involontariamente una lacrima scese a rigarmi il viso. Me ne accorsi perché per il freddo la percepii gelida mentre mi solcava la guancia. Mi aggrappai alla sua giacca mentre stavamo raggiungendo nuovamente il punto più alto della ruota panoramica.

«Treccine… anche io ho qualcosa per te.» Adam cercò nella tasca della giacca e ne estrasse una scatolina blu. La aprì e dentro vidi un cuore d'argento spezzato in due. Erano due ciondoli separati con due catenine. «Non sono molto originale, lo so. Però così saprai che qualunque cosa accada tornerò sempre da te.»

«Adam, grazie» annuii sfiorando le due parti del cuore con il dito. «Grazie per non aver permesso a nessuna di portarti via da me. Né a Stephanie né a Lesley. Sarai sempre libero di andare se vorrai. Ma io ti aspetterò sempre. Ti amerò sempre.»

Mi sentivo più tranquilla. No, era una bugia. Mi sentivo felice quando Adam scese dalla ruota panoramica e aiutò anche me a scendere, tenendomi la mano.

«Ehi voi due! Vi state perdendo la novità del secolo!»

Fummo subito investiti dalla voce di Stephanie che, nella sua giacca e cappello di lana bianco sembrava un enorme fiocco di neve. Impossibile non vederla tra le luci della sera che erano state accese nel Luna Park. Ma forse era meglio per me non farglielo presente.

«Che sarebbe?» Adam si guardò intorno stringendosi le spalle. Poi fissò lo sguardo sui dischi volanti. «Clayton si è imbarcato per una missione nello spazio?»

«Ma no, stupido! Non riguarda Clay… riguarda noi due!» Indicò se stessa e Adam. «Noi due rischiamo di diventare fratelli! Non ti sei accorto che mia madre e tuo padre…

ehm…»

Adam sgranò gli occhi e io arricciai il naso. Steph e Adam fratelli? Cioè… la madre di Steph con il padre di Adam? Io sapevo che Stephanie aveva interpellato sua madre Erin, che essendo avvocato poteva aiutarci con i problemi del Luna Park e il rischio di minacce da parte di Lesley. Poi avevo saputo che Erin si era interessata e aveva promesso di aiutare Steve Comte. Però ero del tutto all'oscuro del fatto che tra i due fosse nato qualcosa.

«Ah, l'amore!» Stephanie sospirò con espressione sognante. «Tanto ormai mio padre sta con quell'amorfa di… oddio come si chiama…?»

Stephanie non si preoccupò più del nome della sua pseudo matrigna perché Clayton l'attrasse a sé per la vita. Sembrava tutto sistemato anche tra loro. Per quanto tempo non era concesso saperlo. Probabilmente fino alla prossima battaglia. Ma io avrei scommesso sul fatto che Stephanie e Clayton sarebbero finiti insieme definitivamente, prima o poi. Lei doveva solo ammettere di essere gelosa e di provare sentimenti. E lui essere meno orgoglioso.

Il clima di festa ci avvolgeva completamente ormai. Erano arrivati anche i miei genitori, i nonni, la nonna e… Steph aveva proprio ragione. Tra sua madre e il padre di Adam sembrava davvero esserci qualcosa. Era abbastanza evidente da come si guardavano.

Eddie e Dennis non avevano costruito la casa delle bambole per Miriam. Nessuno dei due. Ma entrambi promettevano di lavorarci per il suo compleanno, così lei avrebbe dovuto per forza scegliere tra loro.

«Perché dovrei scegliere uno di voi… se posso avervi tutti e due?» sentii la ragazzina ridacchiare e i due nanerottoli azzittirsi, una volta tanto.

«Quella bambinetta ha già capito tutto della vita!» Stephanie annuì convinta.

Io invece avevo capito che non serviva avere tutto per essere felici. Non serviva vincere un concorso. Non serviva essere la prima. Serviva soltanto avere accanto le persone giuste. Con Adam ero davvero felice e avrei fatto in modo che questo nostro primo Natale durasse per sempre.

Abbracciandolo ancora il mio sguardo cadde su di lei. Non mi sarei mai aspettata di vederla al Luna Park. Si guardava intorno un po' smarrita. Sembrava pallida e infinitamente triste, con i lunghi capelli sciolti sulle spalle. Indossava lo stesso abito della festa a scuola, con gli stivali neri che le lasciavano scoperte solo le ginocchia. Sembrava stesse cercando qualcuno. Mi chiesi se era lui che cercava.

«Lui dev'essere qui intorno, lo sento…» Mi sciolsi dall'abbraccio e anche Adam, seguendo la direzione del mio sguardo, la vide.

«Su di lei hai creato la tua storia…» Mi posò una mano sulla testa con tenerezza. «Spero che ci sia un lieto fine, treccine.»

«Lo spero anche io» sospirai circondandolo con le braccia mentre la canzone *A Winter's Tale* si diffondeva nell'aria. «Lui tornerà sempre da lei. Io l'ho capito da come la guardava, lui non è mai riuscito a dimenticarla. Solo per lei è tornato a Bath. Quindi credo sia proprio vero, in fondo.»

«Che cosa, Bonnie?» Adam mi sollevò il mento fissandomi negli occhi.

«L'amore di un uomo può davvero essere profondo, duraturo e costante quanto quello di una donna.»

CAPITOLO 40

Margaret

Avevo trascorso gli ultimi giorni vagando tra i negozietti del centro e il mercatino natalizio di Bath Abbey in cerca di dolci, piccoli regali, decorazioni, ascoltando i canti natalizi soprattutto per sentirmi parte dell'atmosfera gioiosa ed essere in grado di condividerla quando sarebbe arrivato il momento. E Bath, la mia città, non mi era mai apparsa più bella, più dolce, più armoniosa, nel caldo colore dorato della pietra dei suoi edifici che si fondeva ai piccoli fiocchi di neve di cui si stava gradualmente ricoprendo. Appariva un po' come un paradiso di miele e ghiaccio, un luogo magico, incantato.

Il mio cuore intanto aveva trovato la pace mentre continuavo ad aspettare. Però... cosa ci facevo al Luna Park? Gli avevo lasciato un messaggio davanti alla porta del suo studio. La sua mostra era ancora lì. Ma la verità era solo una. Era la Vigilia di Natale e lui non era tornato. Cosa stavo cercando? Perché mi guardavo intorno come se mi aspettassi di vederlo comparire da un momento all'altro? Come se lo sentissi accanto a me, intorno a me.

Quella canzone poi... che continuava a domandarsi perché il mondo avrebbe dovuto prendere in considerazione un altro amore che falliva... Sembrava rivolgersi proprio a me. Alla mia storia. Ancora una volta. La mia storia che tornava a ripetere se stessa.

E io imperterrita continuavo a guardarmi intorno. A cercarlo con lo sguardo. Tra così tanta gente. Senza trovarlo. C'era anche Bonnie Meisel, con il suo ragazzo e i suoi amici. Anche

293

mio padre con Kate erano venuti a fare un giro. Era come se tutto il mondo si trovasse qui, tranne lui.

Mi passai le mani sul viso. Rischiavo di trasformarmi in una statua di ghiaccio. Non per il freddo. Il mio era un gelo interiore. Percepii un pizzicore sempre più intenso all'angolo di un occhio.

Era inutile attendere. Dovevo andarmene. Tornare a casa, nel mio appartamento. Avrei potuto riprendere a sistemare gli ultimi libri che erano rimasti ancora negli scatoloni.

Mi posai una mano sul petto, abbassai lo sguardo perché non volevo che qualcuno scorgesse l'espressione disperata sul mio viso mentre tra le giostre del Luna Park, tra la gente non mi rassegnavo e continuavo a cercare chi non c'era. Infine decisi di muovermi, di incamminarmi verso l'uscita.

«Scusa, tesoro…»

Inavvertitamente mi scontrai con un bambino di quattro o cinque anni. Gli posai una mano sulla testa, accennando un sorriso distratto per poi oltrepassarlo e decidere finalmente di andarmene.

Il bambino però si aggrappò al mio vestito, stringendo il pugno. Mi voltai nuovamente verso di lui, che mi guardava con i grandi occhi castani, senza dire una parola e tenacemente continuava a tenere stretta la stoffa del mio vestito.

«La tua mamma è qui in giro?» Mi guardai intorno confusa, tornando a posare la mano sul suo caschetto castano chiaro. «Ti sei perso, piccolino?»

«David, lascia andare il vestito di Maggie.» La sua voce mi fece sobbalzare il cuore nel petto. «Lo so che il rosso è il tuo colore preferito.»

Il bambino, senza lasciarmi andare, puntò lo sguardo su qualcuno alle mie spalle.

«David…» sospirai passando le dita sulla guancia morbida del bambino. Poi presi coraggio e mi voltai.

Lui era proprio di fronte a me. Teneva sotto al braccio una

tela, avvolta in un pesante panno.

«Io e David abbiamo avuto qualche contrattempo a Parigi, per i documenti. Poi volevo finirlo a tutti i costi...» Robert indicò il quadro con lo sguardo. «La nuova Marguerite. Volevo che tu l'avessi per Natale e... quando sono andato via mancava ancora un po'. L'ho finito ieri a memoria, mi ricordo perfettamente ogni dettaglio di te, volevo farti una sorpresa. So che le detesti, ma questa volta io volevo davvero...»

Sentii la sua voce incrinarsi. Robert abbassò lo sguardo, senza aggiungere altro. David intanto non mi lasciava andare, teneva il mio vestito prigioniero nel suo piccolo pugno, quasi temendo che io fuggissi da un momento all'altro. Mi chinai per prenderlo in braccio e sorprendentemente lui mi lasciò fare, appoggiando la testa alla mia tempia.

«Amore...» Mi avvicinai a Robert, gli accarezzai la guancia. Sollevò il viso per guardarmi negli occhi. «Non ti lascerò più andare via, amore mio. Mai più, Robert.»

Incontrai i suoi occhi verdi mentre con il braccio libero mi stringeva a sé. Poi incontrai le sue labbra che posò sulle mie. Gli afferrai la testa e lo baciai con impeto. Tra tanta gente, finalmente. Senza pudore, senza vergogna. Mostrando apertamente i miei sentimenti davanti a tutti. Alla luce del sole, anche se eravamo di sera e piccoli fiocchi di neve scendevano su di noi danzandoci intorno.

Robert si staccò da me, mi prese la mano per condurmi verso il tendone in modo che potessimo essere al riparo. Lì mi mostrò il dipinto che aveva fatto per me. Il mio viso era incredibilmente dolce, i capelli mi circondavano il volto cadendo morbidi sulle spalle. Gli occhi soprattutto, che nell'altro erano come due macchie scure senza luce, sembravano esprimere un amore infinito. Tenero e appassionato allo stesso tempo.

«Così mi vedi, ora?»

I colori erano tornati in lui. Insieme alla dolcezza con cui aveva raffigurato i miei lineamenti e parte del mio corpo.

«Così ti ho sempre vista, Maggie. Mi ero lasciato dominare dalla rabbia. Mi avevi spezzato il cuore, forse senza nemmeno rendertene conto. Ma non ti ho mai dimenticata. Non ho amato che te nella mia vita. Solo per te sono tornato a Bath e non posso più immaginare di starti lontano.»

David intanto aveva chiuso gli occhi, appisolandosi sulla mia spalla. Sorrisi posando un bacio sulla sua fronte.

«Credi che gli piacerò?»

«Già gli piace il tuo vestito. È un buon inizio. Gli piacciono i colori vivaci, soprattutto il rosso.»

Robert annuì convinto cercando di stringermi la vita, nonostante le difficoltà. Io avevo il bambino in braccio, lui reggeva in mano il dipinto.

Il mondo intanto ci scorreva intorno. Forse indifferente all'inizio di un ritrovato amore, così come lo sarebbe stato alla sua fine. Ma per noi quel nuovo inizio, quel ritrovato amore, significava il mondo.

«Andiamo a casa.»

Non sapevo nemmeno io quale casa. Il mio appartamento? Il suo studio? Non aveva importanza. La casa non era un luogo specifico. La casa eravamo noi due e il piccolo, dolce bambino di cui entrambi avevamo deciso di prenderci cura.

«Sì, andiamo a casa» ripeté Robert, restando però immobile a guardarmi.

Non mi aveva mai guardata con una tale dolcezza negli occhi. Mi amava. Quanto lo amavo io. Mi aveva sempre amata. Senza arrendersi, senza dubitare. Forse sapeva che prima o poi sarebbe giunto il nostro momento. Forse lo sapeva anche quando io lo avevo lasciato andare, rinunciando a noi due. Forse il suo amore era stato in quel momento più forte, più intenso, più profondo del mio.

Rammentai la storia di Bonnie Meisel. Quella che aveva scritto, con protagonisti Mary e Ryan. Che in realtà era la storia mia e di Robert. L'avevo indotta a continuare, a svilupparla in un romanzo perché mi ero riconosciuta nelle sue parole.

Forse sarebbe stata la storia che io non sarei mai stata in grado di scrivere. Bonnie Meisel poteva essere una sorta di mia alter ego che avrebbe però realizzato tutti i suoi sogni. Sogni che erano stati anche miei. Mi augurai, con tutto il cuore, che non commettesse i miei stessi errori.

No, a lei non sarebbe accaduto. Bonnie già aveva dimostrato più forza, più determinazione di quanta ne possedessi io alla sua età. Lei non si sarebbe lasciata sfuggire l'amore, la dolcezza, la passione.

E io... Io alla fine, anche se con un certo ritardo e molte lacrime, avevo ottenuto tutto ciò che davvero desideravo dalla vita. Un piccolo angelo di cui prendermi cura. E l'amore di un uomo straordinario che, dopo aver sfidato il mondo, era tornato da me per riconquistarmi. Guidato solo da una speranza. Senza sapere di non avermi mai persa.

Tu per me
sei come il sole
che ritorna...
sei la luce
in un giorno buio,
sei la pace,
sei il riposo
dello spirito
dopo l'afflizione.
Sei la forza,
la passione
che non smette
mai di accendersi.
Sei il mio rifugio.
Sei il mio porto sicuro.
Sei l'unica certezza.

Il tuo abbraccio
mi protegge
e mi fortifica.
Il tuo bacio
mi restituisce
alla vita.
Le tue carezze
lavano via
il dolore.
Il tuo sguardo
pieno d'amore
placa il tormento
dell'anima.
Tu mi fai rinascere
a nuova vita.
Tu mi rendi bella
e pulita.
Tu mi riscaldi
e illumini
il cammino.
Tu sei
il mio sole
che ritorna.

PLAYLIST

Claude Debussy: "Clair de lune"

Sheena Easton: "Almost over you"

David Essex: "A Winter's Tale"

CITAZIONI

Jacques Prévert: *"I ragazzi che si amano"*

Jane Austen: *"Persuasione"*

Costantino Kavafis: *"Torna sovente"*

Emily Dickinson: *"E se dicessi…"*

Nazim Hikmet: *"Anima mia"*

Emily Brontë: *"Un giorno ardeva in me"*

RINGRAZIAMENTI

L'unione di queste due storie è il preludio di una mia storia più personale e intensa che, come tante altre, non vede l'ora di essere scritta.

Il personaggio femminile di Bonnie è stato molto importante per me, mi ha vista "crescere" come autrice e anche come persona, portandomi a rammentare parte del mio vissuto, della mia storia. Ripercorrerne i passi in questa nuova versione è stato bello ed emozionante.

Ripeterò un po' gli stessi ringraziamenti che avevo scritto per *Almost over you – Una ragazza fuori moda* e *A Winter's Tale – Solo un altro Natale*, ma li ritengo necessari e dovuti.

Innumerevoli sensazioni mi ha provocato la scrittura di *Almost over you*, la prima parte di *Il mio sole che ritorna*. È stato come un tuffo nel passato, nei ricordi. In quelle lettere e in quei diari immaginari che hanno fatto parte della mia esistenza, della mia storia.

Per questo motivo ringrazio le persone che quotidianamente mi incoraggiano ad andare avanti, a scrivere, a impegnarmi sempre di più per fare in modo che le storie assumano una loro consistenza e che i personaggi prendano vita plasmati tra memoria e immaginazione. Ringrazio i lettori che mi seguono, mi hanno dato fiducia e hanno apprezzato le mie storie.

Ringrazio i libri della mia infanzia e della mia adolescenza, che mi sono trascinata in giro e che sono diventati parte di me più di ogni altro resistendo vividi nella mia memoria. In questo caso, *La piccola Fadette* di George Sand.

Ringrazio la musica ispirante, le canzoni, le parole che riportandomi indietro nel tempo hanno dato impulso alla mia fantasia permettendole di rivivere il momento.

Ringrazio quegli anni di dolcezza e poesia, quei luoghi, quelle spiagge, quei tramonti, quelle persone (non sono mai solo personaggi) che occupano le mie storie e in un'alternanza di presente e passato le animano permettendo loro di assumere vita propria.

Ringrazio, ancora una volta, chi mi ha scritto lettere di carta che ancora conservo. Mi ripeterò, ma sono sempre più consapevole che sia proprio così. A volte a distanza di tempo si riconosce l'importanza di persone, gesti, parole. E si comprende la differenza tra ciò che si può lasciar scivolare via e ciò che di prezioso si deve conservare e trattenere nel profondo del cuore, per sempre.

A Winter's Tale, la seconda parte di *Il mio sole che ritorna*, è molto cambiata rispetto a come l'avevo progettata inizialmente. Potrei sbilanciarmi dicendo che è mutata e si è evoluta in corso d'opera, mentre la scrivevo. La mia idea iniziale era stata semplicemente quella di scrivere un breve racconto sul primo Natale di Bonnie e Adam. Il Natale del 1984 che avrebbe seguito quell'estate che aveva unito i loro cuori e i loro destini. Con i loro problemi adolescenziali, così diversi, così lontani nel tempo rispetto a quelli che coinvolgono gli adolescenti oggi. Ma allo stesso tempo così simili, così attuali.

Margaret e Robert, la loro storia d'amore sofferto, di passione, di rabbia, di lontananza e di distacco, non avrebbero dovuto essere presenti in quello che per me doveva essere un semplice racconto invernale. Poi però, poco alla volta, Margaret si è affacciata tra i personaggi secondari che circondavano Bonnie. Talmente presente da diventare coprotagonista, una sorta di alter ego più matura della stessa Bonnie. Commettendo gli errori che forse Bonnie in futuro non avrebbe mai commesso.

Così l'alternanza tra Bonnie e Margaret è diventata sempre più palese e tangibile, anche quando non era nelle mie intenzioni esprimere il punto di vista di Margaret. Finché non ho più potuto evitarlo perché Margaret stessa chiedeva di avere "voce in capitolo". E mentre Bonnie esprimeva il suo slancio in prosa attraverso la riscrittura della storia di Margaret e Robert, a Margaret è rimasto qualche tentativo poetico che richiamava a sé un amore perduto, forse mai ammesso completamente ma comunque mai dimenticato.

Il risultato è stato un intreccio tra il punto di vista dell'adolescente Bonnie, dolce e un po' ingenua, con quello della più matura e disinibita Margaret, che porta con sé un amore abbandonato ma sempre rimpianto. Tra loro tanta letteratura e anche una grande autrice vissuta proprio a Bath, Jane Austen, con cui le due protagoniste individuano e riconoscono un legame.

Non mi resta che ringraziare chi mi ha seguita anche questa volta, in questa avventura un po' fuori programma che ha sorpreso me per prima. È proprio vero che quando si inizia a scrivere una storia si sa dove si inizia e il più delle volte non si ha idea di dove e come si andrà a finire, soprattutto quando sono i personaggi stessi a dettare le regole. Grazie infinite a voi lettori e al vostro sostegno.

Ringrazio, sempre, i luoghi del mondo che mi hanno accolta, che ho visitato e in cui ho vissuto. In questo caso Bath, una cittadina meravigliosa e carica di poesia e di storia. Ringrazio le persone che ho incontrato e quelle che sono rimaste nella mia vita.

Ringrazio la mia famiglia per il sostegno costante e per l'incoraggiamento a non abbandonare mai la scrittura.

Ringrazio Ghostly Whisper Ltd. e i miei correttori di bozze, tanto preziosi per me.

Ringrazio, questa volta più di ogni altra, i miei personaggi. In particolare, Bonnie e Adam, per la loro dolcezza ed empatia. Stephanie e Clayton, per la loro esuberanza e per il loro rapporto di amore, odio ma anche complicità. Margaret e Robert… che nonostante il dolore, la distanza, il rancore hanno trovato la forza e l'amore necessario per riprovarci, per il loro essersi trasformati da personaggi "oscuri" in personaggi "luminosi", in cui vive ancora una speranza di felicità. Dimostrando che l'amore di un essere umano, uomo o donna che sia, può davvero essere profondo, duraturo e costante.

Mi sembra superfluo renderlo noto, ma i falliti tentativi poetici di Margaret (quelli che non appartengono ai grandi autori citati) sono miei, donati in prestito alla mia protagonista.

Grazie ancora a voi tutti!

Barbara Morgan legge e scrive da sempre. Predilige urban fantasy, horror, distopici e fantascienza ma si avventura spesso in altri generi. Lavora nell'ambito della scrittura, dell'editoria e della moda. Laureata in lingue e letterature straniere, specializzata in letteratura inglese, letteratura americana e letterature comparate, ha vissuto tra Inghilterra, Francia, Italia, Svizzera e Stati Uniti, per poi trasferirsi in Irlanda, dove organizza eventi culturali e book club. Traduce dall'inglese, dal francese e dallo spagnolo.
Ghostly Whisper, la Casa Editrice che ha fondato in Irlanda, è un po' la sua storia.

Website: https://www.barbara-morgan.com

Facebook: https://www.facebook.com/BarbaraMorganAuthor/

Instagram: https://www.instagram.com/barbaramorganbooks/

Twitter: https://twitter.com/BabsiMorgan

www.ingramcontent.com/pod-product-compliance
Lightning Source LLC
Chambersburg PA
CBHW020228260626
47156CB00002B/587